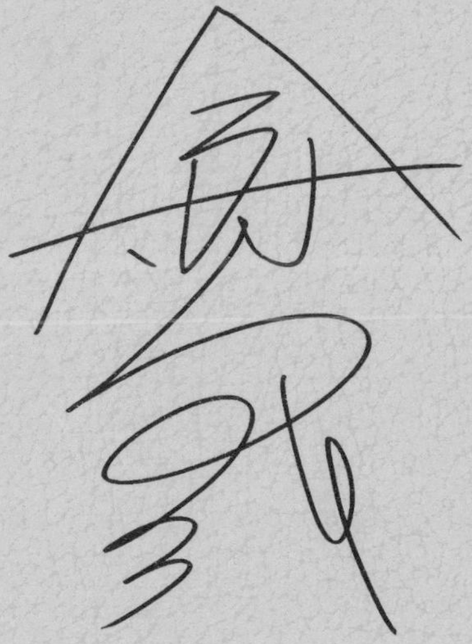

屍人莊殺人事件

屍人莊の殺人

今村昌弘
IMAMURA MASAHIRO

詹慕如─譯

目錄

作者序

各位台灣讀者初次見面，我是今村昌弘。

感謝您本次購買《屍人莊殺人事件》。

本作發售後不久，出版社立即前來洽談台灣譯本，我眞是非常感謝。

我現在一邊爲寥寥可數的作品中出道作得以進入台灣市場感到開心，一邊又像是愛子突然要去海外生活般陷入難以言喻的緊張，寫下這篇序。沒想到我的作品會比我本人還早到台灣。

聽說日本推理小說在台灣也有許多閱讀人口。不知道閱讀這本書的您是否也是推理迷？就算您只是陰錯陽差地打開這本書，平常與推理小說無緣的讀者，我也非常歡迎。

其實我本身並非長年的推理迷，而是在立志成爲作家的這幾年內成爲推理小說的俘虜。許多推理迷兒時應該都曾在充滿魅力謎團的故事當前之時，怦然心動不已。我如今長大成人才有所體會。盡可能與不限於推理迷的更多讀者們分享這種樂趣，我創作這本《屍人莊殺人事件》。不管您是誰又有什麼興趣，我都迫切地希望您讀讀這本書。

接下來差不多也該介紹《屍人莊殺人事件》，然而不能暴露太多。發售以來，儘管我或出版社未曾禁止爆雷，許多讀者仍會避免提及作品內容，社群媒體上充滿「拜託快去看！」的發文。我也要順應潮流，請讀者們先看再說。

不過身為一名推理小說愛好者，我敢向各位做出以下承諾——

《屍人莊殺人事件》中發生數起恐怖案件。其中包含您可能前所未見的事態。但不管故事中發生什麼事，都能夠以邏輯推導出真凶。沒錯，不管發生什麼事。因此希望您仔細留心，運用您自己的力量解開事件真相。

我很喜歡構思謎團，也非常樂見謎團被解開。期待台灣也能誕生出許多名偵探。

此外就像我先前說的，我為了讓從未接觸過推理小說的讀者也能看得開心，煞費一番苦心。祈禱本作有與更多讀者相遇的機會，多一位是一位。打從心底期盼日本與台灣的讀者透過本作，穿越海峽跨越語言及文化的差異，產生更強韌的羈絆。

謹獻給台灣朋友，以及名偵探們。

獲獎感言

今村昌弘

本次榮獲第二十七屆鮎川哲也獎，深感榮幸。

從小，我就希望自己的想像力能帶給別人快樂，但始終跨不出第一步，等到長大成人終於提筆挑戰創作小說。我閱讀興趣向來不偏食，總是瀏覽著書店的書架，發現有趣的標題或裝幀就會衝動買下。

因此我必須惶恐承認，自己從未醉心於本格推理，實在不敢自稱爲忠實本格書迷。而這樣的我，僅憑著「想寫出從未看過的推理」一念完成的作品，卻獲得這次殊榮，讓我深切覺得原來本格推理世界遠比我想像的更加自由、寬容。

隨著時間經過，我更加體認到獲獎的責任深重。希望自己的想像能帶給別人快樂。期許自己莫忘初衷、不懈精進。

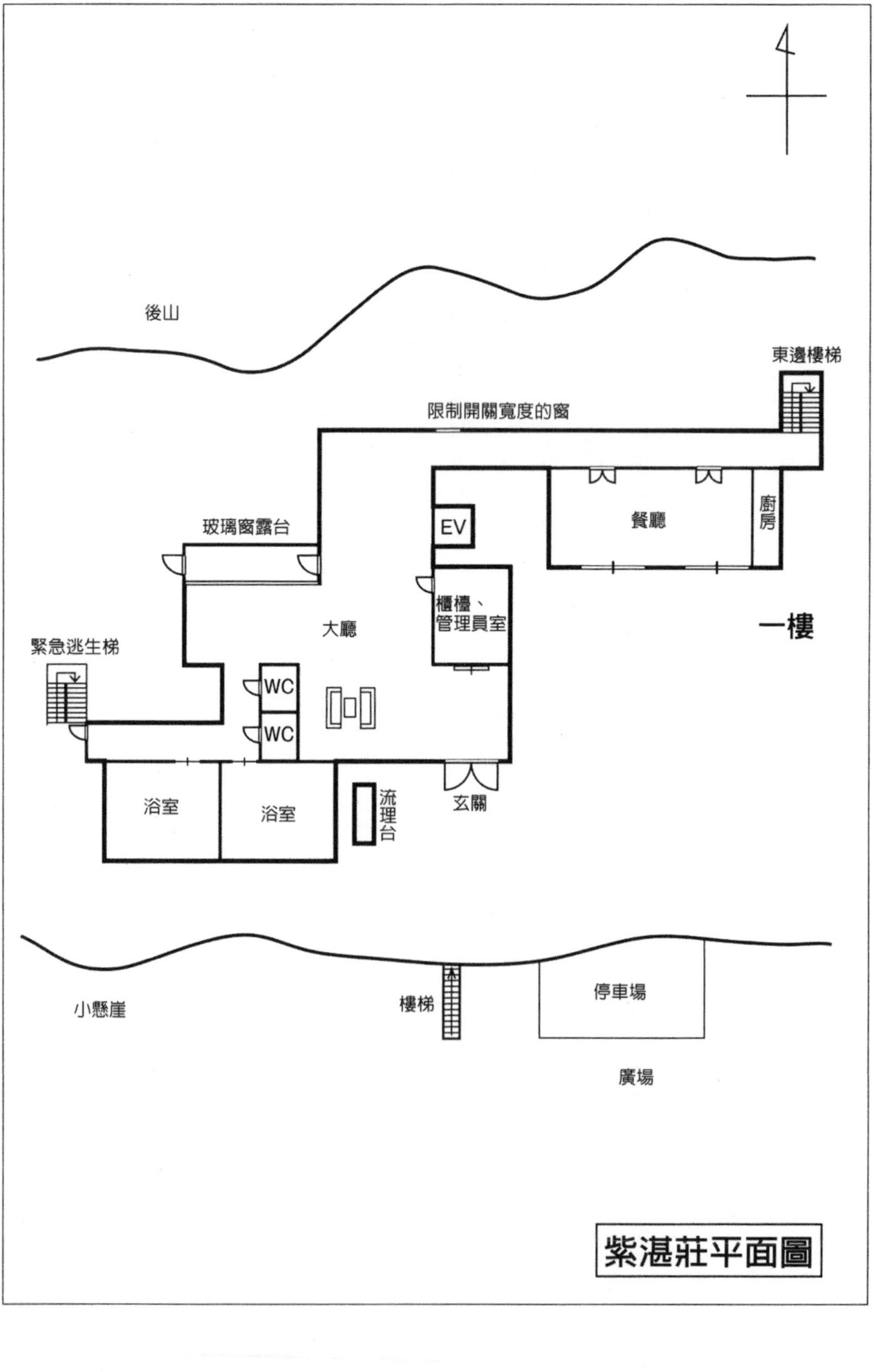
後山
東邊樓梯
限制開關寬度的窗
玻璃窗露台
EV
餐廳
廚房
櫃檯、
管理員室
大廳
一樓
緊急逃生梯
WC
WC
浴室
浴室
流理台
玄關
小懸崖
樓梯
停車場
廣場
紫湛莊平面圖

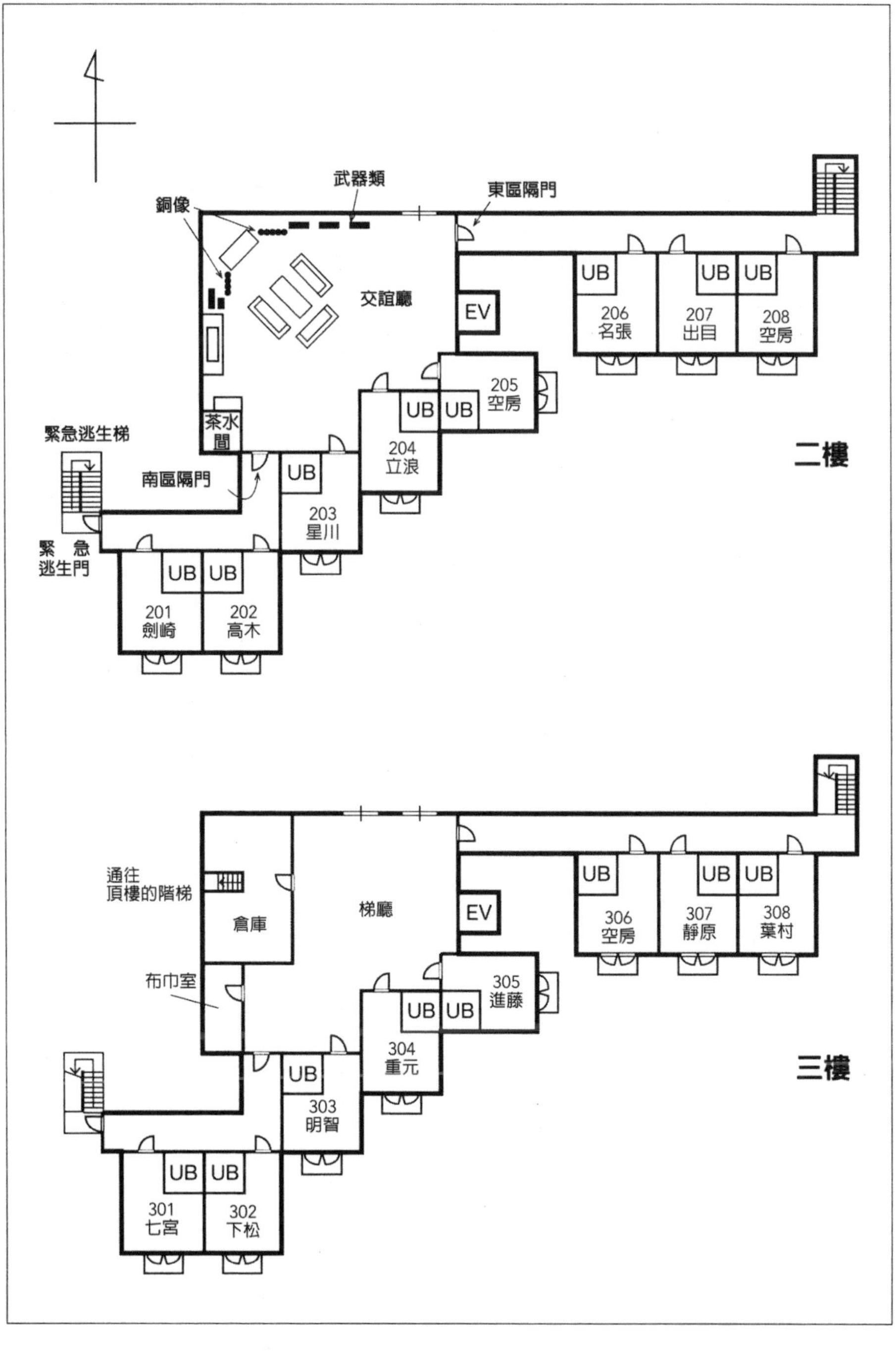

武器類
銅像
東區隔門
交誼廳
EV
UB
206
名張
UB
207
出目
UB
208
空房
UB
UB
205
空房
UB
204
立浪
茶水間
緊急逃生梯
南區隔門
UB
203
星川
緊急逃生門
UB
201
劍崎
UB
202
高木
二樓
通往頂樓的階梯
倉庫
梯廳
EV
UB
306
空房
UB
307
靜原
UB
308
葉村
布巾室
UB
UB
305
進藤
304
重元
UB
303
明智
UB
301
七宮
UB
302
下松
三樓

敬啓者　劍崎比留子小姐

近來可好。本人向來不擅問候俗套，請恕我直接進入主題。

日前您委託我調查班目機關這個組織，隨信附上報告書。

就整理資料的觀點看來，內容明顯背離常識、古怪異常，調查中意外發現，竟然已涉及公安調查廳的機密事項。

因此，這項委託我並非以事務所名義、而視爲個人案件處理，其他職員完全不知道委案一事。也請您切記，本報告非但不宜複製，更不宜外傳。

閱後建議銷毀本份資料。

班目機關。

正確時期不明，爲戰後岡山富豪班目榮龍所設立之研究機構。

根據記錄，這座設施建造於岡山縣O市深山，遠離人煙，對外宣稱在進行藥品研究。多人證實，該設施包含多層地下室，規模龐大，邀集全國素有奇人異士之稱的研究者、學者，不分領域不分日夜進行各項研究，還是外面世界不太認眞看待的研究。

從前誤闖該地的當地老人說過，他們好像飼養著莫名的可怕生物。一種說法是他們手中有第二次大戰時納粹進行過的研究資料……這類充滿神祕氣息的情報不勝枚舉。詳情請參照附件。

班目機關設立以來活躍將近四十年，但一九八五年被公安鎖定，用現在的話來說，就是所謂的「特異集團」，公安進行搜索後很快就解體。相關人員證實，這件事背後藏有當時中曾根内閣的強勢主導，足見該機關具有對國政難以忽略的影響力。

但當時回收的資料等記錄完全沒留下，班目機關具體有何種研究現已不得而知。

不過由於儀宣大學生物學副教授濱坂智教這個男人的出現，情況出現莫大轉變。他跟極左組織過從甚密，三年前左右開始受到公安注意。終於在今年夏天，公安前往他自家跟職場搜查，據說從他家中找到疑似班目機關的舊研究資料。

不過濱坂本人卻連同大學研究室的實驗資料一同消失了。

而他，正是八月那椿您也受到波及，娑可安湖集團感染恐攻事件的主謀……

第一章　奇妙的交易

一

「咖哩烏龍麵才不是本格推理。」

我這麼告訴他。

當然，咖哩烏龍麵只是烏龍麵的亞種，別說本格推理了，甚至連本格中華都算不上。我懂這點道理。我想說，在這裡提出咖哩烏龍麵這幾個字的邏輯相當不通。

「我可以把你這句話當成正式的挑戰書吧。」

一個背挺得跟尺一樣直的男人睨視著我。無框眼鏡後的細長眼睛炯炯有神，彷彿做好迎戰準備。他個子高，更增添那股威嚇感。

「請便啊，反正我已經知道結果了。我反而無法理解你爲何選咖哩烏龍麵。」

我交抱著雙臂縮起下顎，視線回到一個女學生身上。女學生手上的淡藍色托盤還空著。她站在那裡盯著眼前的「麵類」菜單思索好一陣子。很明顯，她正要點餐。

我們坐在距離十公尺左右的桌邊觀察著她。

「如果很難決定要不要我教你？」男人傲然笑道：「看看她的打扮，外面明明是炎熱盛夏，她卻披著長袖連帽外套。」

他說得沒錯，放眼望去幾乎所有學生都穿著輕薄夏裝，短袖襯衫及露出膝蓋的短褲、裙子等等，她在這當中穿著白色長袖連帽外套，顯得格外突出。

「她一定覺得教室和學生餐廳的冷氣都太強了。尤其是學生餐廳，外面是玻璃帷幕，日照強烈，冷氣也設定得特別強。因此不難推測怕冷的她想吃熱食。」

「到這裡爲止我接受。但熱的麵類又不只烏龍麵，菜單上還有拉麵啊。爲什麼你把拉麵排除在選項外呢？」

「因爲時間啊，葉村。」

男人賊賊地撇起嘴角。那表情就像企圖顛覆國家的反派，不過很遺憾，我們對話內容只圍繞在女學生爲何不吃拉麵上。但犯不著破壞現在難得的緊張氣氛，我決定不刻意提醒這件事。

「時間？」我反問。

「對，她跟三個朋友一起進來，現在其他兩人已經接過餐點正在結帳。她一定很心急、不想讓朋友久等。那你想，拉麵跟烏龍麵哪一種上菜比較快？」

正常來講應該是較細的拉麵比較不需要長時間煮燙。不過……

「當然是烏龍麵。」

聽到我篤定地說，男人也慎重地點頭。

對，親身經驗如此告訴我們。不知爲什麼，這間學生餐廳對烏龍麵很講究，每天特地請附近製麵所送來兩次新鮮現打的麵。可能也因爲這樣，烏龍麵類特別受學生歡迎，一到午休訂單便如雪片般飛來，廚房總會事先煮好一定分量，因此烏龍麵類不太需要等，馬上能出餐。

反觀拉麵，餐廳對待拉麵的態度跟烏龍麵完全不同，一點都不堅持，味道水準低、不怎麼受歡迎。總是等到有人點了才開始煮，飢腸轆轆的人往往等得十分難耐。附帶一提，負責煮拉麵的菲律賓（應該是吧）大叔也可列爲戰犯之一。那傢伙的麵軟爛到毫無嚼勁。只要依照固定時間燙好就行了，爲什麼會煮成這樣呢？

閒話就到此爲止。結論：烏龍麵出餐比較快。

「答案很明顯，趕時間的話，怎麼可能點等很久的拉麵。」

這推理聽起來很有邏輯。

「我到這裡爲止也贊成你的意見，但熱烏龍麵還有兩個選擇，咖哩烏龍麵或清湯烏龍麵，爲什麼偏偏要選咖哩烏龍麵呢？」

「她從剛剛開始就站在那邊一動也不動，根本不想點其他東西。午餐只吃清湯烏龍麵吃不飽，但咖哩烏龍麵就非常合理，因爲是咖哩啊！」

推理水準在此驟降。以自己的期待和偏好來導出答案，這哪門子的本格推理。

「……點清湯烏龍麵沒什麼不好啊。她可能想省錢或在減肥。還有，你忘了一個很重要的線索。」

「喔？什麼線索？」

看來他沒有發現。我沉浸在些許優越感中。

「她身上穿的連帽外套不是白色嗎？穿這種衣服怎麼可能點咖哩烏龍麵？」

咖哩漬是白色衣服的天敵，青春正盛的女孩不可能不在意。可是他並沒有因我的反駁而退縮。

「笨蛋，連帽外套脫下來不就成了。」

「哪有這種道理。」

拜託，照這麼說起來，女孩怕冷的前提不也一樣無法成立？

「假如她想省錢或減肥，能吃的東西一開始選項就不多，理應不會花這麼長時間挑選吧。」

「不，就是因為在減肥，所以每日必備的的三餐更重要……」

我們兩人還爭論不休，女學生已經從收銀櫃檯走近這邊。我們停下爭執，假裝不經意地伸長脖子偷看經過我們身邊的托盤。好！答案揭曉！

她的午餐是學生餐廳員工推薦的白蘿蔔泥鮪魚醬油烏龍麵。

「怎麼會！」我想大叫。就午餐來說確實是正確選擇，但這位小姐妳不是怕冷嗎？

「又一次平手了。」

我在撕下的筆記紙上畫下今天第三個「×」，眼前男人一臉不情願地拿起結著水滴的杯子，一口飲盡。

在關西地區知名私大「神紅大學」校園的學生餐廳中，吸引最多學生的就屬這間名爲中央聯合食堂的餐廳。內部裝潢時尚脫俗，直覺讓人想用Cafetería或者Bistro等洋文來稱呼。從玻璃牆面和採光窗戶照射進來的自然光，讓坐在餐廳裡的人們心情不由自主開朗起來。室內以海洋爲靈感的巨大馬賽克牆面格外引人注目，寬闊如一座網球場，餐廳裡緊密排列的長桌現在七成都坐滿學生。後面的廚房飄出勾人食慾的味道，香味最濃的應該是本日套餐——牛肉醬汁。

用餐的學生無不表情開朗。畢竟長達兩週的期末考今天上午終於結束，大家心裡都因爲即將展開的暑假計畫而雀躍不已。

眞羨慕。佔滿我心中的可不是期待，只有不安。

不安的原因大部分都來自坐在我眼前的理學院三年級生學長——明智恭介，但見他滿臉懊悔地緊捏著畫有「×」印紙條的模樣，他顯然毫無自覺。

「可惡，人類這種生物總是不肯依照邏輯行動。」

明智學長低聲碎念。是否能把他的推理稱之爲一種「邏輯」，我在心裡打了個很大的問號。但人類的行動並不像小說裡那麼好猜測，我贊成這一點。經常有人冬天鑽進暖被桌裡吃冰淇淋，剛剛那女孩穿著連帽外套又想吃冷烏龍麵，旁人也無話可說。

我和明智學長一有空就會來場推理比賽，但很少有某一方痛快大勝的局面。歷經將近百戰，我終於瞭解悲哀的現實，與其拙劣地推敲，還不如猜猜學生餐廳員工的推薦菜色或者本日套餐，成功機率要大得多。但學長不肯放棄，他說這等同於「逃避推理」，我們只好重複著這種學習力極低的對戰，重複組合幾種近乎妄想的邏輯，自取滅亡。

說到明智恭介，這位名字酷似某位偵探，臉型稍微狹長但五官精悍、戴著無框眼鏡的學長爲什麼跟我混在一起，時間得回溯到我入學不久的四月。

每間大學都一樣，一踏進迎接新年度的校園，新生就得面對社團之間弱肉強食的招生大戰。這也難怪，畢竟大學裡公認和非公認的社團加起來，數目可不是高中能相提並論。

我本來想進入俗稱「推研社」的推理研究社。

我這個人的個性本來就不以孤單爲苦，也沒什麼運動經驗，身邊沒有稱得上死黨的朋友，沒有可愛的青梅竹馬，青春時代完全可用食之無味四個字來形容。不過這樣的我也有所警覺，如果不在大學生活中建立一些人脈似乎不太妙。不難想像，要在跟高中完全不同概念的社會中生活，前輩建議與朋友交換資訊將佔有關鍵比重。

我從以前就很喜歡推理，於是前往刊載在社團介紹小小一角的推研社參觀兩次。老實說，很失望。

推研社的辦公室座落於社團大樓其中一間，成員約十五個學生，正規活動只有每年發行一次的評論小冊，平常只是隨意聚在一起閒話聊天。姑且不管這種沒有束縛的自由氣氛，從出面接待我的學長身上，絲毫感覺不到他們對推理的熱情。當我企圖找話題舉出喜愛的作品時，他們回答「不知道」、「沒看過」，我還得從頭開始說明誰是范達因、誰是都筑道夫。我一開口就陷入這種循環，講著講著雙方不免都覺得煩。

第二次參觀時也差不多，我喪失加入意願，心情低落地離開推研社辦公室，一個陌生的高個子男人突然擋住去路並叫住我。

「國名系列是昆恩、館系列是綾辻行人，那花葬系列呢？」

這是什麼唐突的問題？你又是誰？我本想這樣反問。

「啊？喔，連城三紀彥。」我的嘴巴卻擅自回答了。

那個瞬間，我根本沒伸出去的右手被對方用力一握。那是一隻很大的手。

「你這傢伙有前途！要不要當我助手？」

我就這樣被硬帶到附近的咖啡廳。腦裡還一片混亂，不過既然對方請客，我還是點了冰淇淋汽水。飲料尚未端上桌，他便自報名號。

「我是理學院三年級的明智恭介。現在是推理愛好會的會長。」

推理愛好會跟推研社不一樣嗎？

「算是推研社的翻版？」

「才不是！」

明智立即否定我直率的發言。根據他的說法，這裡才是眞正推理迷的歸屬。

「誰想跟那些連范達因和都筑道夫都不知道的傢伙劃爲同類啊！」

你是我雙胞胎兄弟嗎？

我喝著送上桌的飲料，聽他解釋，原來明智學長剛入學時參加過推研社，後來跟我一樣覺得話不投機，很快離開，自己成立推理愛好會。之後便以真正推理志士之姿，不斷探究身邊大小謎題，琢磨鍛鍊推理能力。

前幾天他從朋友口中得知——我、葉村讓，這個似乎值得期待的新生在推研社現身，就打算使用剛剛的測試將我挖角。

「你應該不想跟那些傢伙廝混四年吧。」

明智學長這句話一針見血。推研社喜歡最近流行的輕推理，重視角色個性，加進大量戀愛或青春小說元素。這當然是一種推理類型，如果否定這一點，只會無謂樹敵（？）。但老實說，身為熱愛古典和本格推理作品的人，我確實不想看到一個連這些基本知識都不懂的組織自稱是研究會。

「好，我知道了。我決定加入推理愛好會。」

儘管不覺得跟他意氣相投或被說服，我還是答應邀約。對於一直都是「回家社」的我來說，他是第一個請我喝飲料的學長。

我開始成為他的助手，隸屬學校非公認的團體，過起沒有建設性的日子。

目前這個社團還沒有其他成員。

二

「對了葉村，你八月下旬有什麼計畫嗎？」

明智學長望著離開餐廳的女學生背影問道。

「當然沒有計畫啊，又要去找貓了嗎？」

「笨蛋。這種熱到爆的天氣追著貓屁股跑有什麼好玩的。」

他喀喀地嚼起冰水中的冰塊。

找貓是他偶爾從大學附近的田沼偵探事務所接來的零工。

超越現實與創作的疆界、深愛各種謎題的明智學長，總是希望身邊能發生大小事件。假如他能老實靜待事件發生還好，偏偏這個人自己沒事找事做。他還特地製作名片（大大方方印著「推理愛好會會長」這個頭銜）跑遍校內各大社團宣傳：「假如有任何需求，請務必跟我聯絡。」聽說這種行爲已經持續兩年多，難怪他在校內莫名地小有名氣。「我看你也印張名片吧。」學長提議過，但我堅定拒絕。

實際上他眞的解決過幾樁校內委託案，不能太小看他。我入學以來，他就參與過「宗教學考題外洩事件（暫名）」和「中央操場挖掘事件（暫名）」等等，一旦處理起案件，這個人往往能發揮他敏銳乍現的靈光。當然，也有無法發揮的時候。

光是校內事件還不能滿足明智學長，他甚至到附近的偵探事務所和派出所發名片，跟田沼偵探事務所結緣。他們願意介紹工作，已經算釋出相當大的善意。而警方已經將一有事件就擅自跑到現場的明智學長列爲特別注意的危險人物。簡單地說，我除了是明智學長的助手，也負責幫他踩煞車。爲了不讓他的熱情給別人添麻煩，身爲學弟，我得負起監視責任。

這樣的學長竟然問起我的暑假計畫，情況堪憂。

明智學長又到自助區拿了一杯冰水回來才開始解釋。

「我聽說電影研究社暑假要辦個很有意思的合宿活動。」

我連學校裡有這種社團都不知道。

「好像要包下一棟別墅，在那裡拍靈異影片呢。」

「在出現過恐怖傳說的地方試膽嗎？」

「不是啦，是要用家用攝影機拍攝短篇作品。會用第一人稱視角，類似《厄夜叢林》或《靈動：鬼影實錄》那種以登場人物視角來拍攝的影片。這次要拍只有幾分鐘的超短篇。一到夏天不是常常播放這種特別節目嗎？」

介紹鬼魂或UFO影像的特別節目嗎？我不討厭這類節目。

「那挺有意思。」

「對啊。但是那些一到靈異景點，身體就出問題的偶像眞的夠了，看了就煩。」

「非常同意！」

我個人也覺得那些外國驅魔儀式太假太粗糙，根本沒必要。

「是要上傳那些影像到靈異影片動畫網站，或者在校慶播放嗎？」

「似乎是活動的一環，他們本來就志在投稿。業餘作品拍得好，聽說製作公司會願意買下，賺點零用錢。假如能在剛剛說的那種靈異節目播出，就算非常成功了。」

原來如此。舉辦社團活動的同時可以帶來實際利益，又能擁有夏日回憶，聽起來很划算。

「我在想，不如我們也一起加入。」

「啊？」突如其來的轉折讓我連聲音都破音了。

「可是我跟電研社長談了之後，被拒絕了。」

「我想也是。」

「我上個月起跟他談三次，他說什麼都不答應。」

「被拒絕兩次還不退縮，我眞的很羨慕你神經這麼粗。」

他的行動力值得讚賞，但不懂得察言觀色可說是白玉之瑕。非常大的瑕疵。

難得的社團夏日活動，當然不希望有外人進來攪和。

明智學長交抱著雙臂，還沒有放棄，他上半身微幅搖動著。

「可是啊葉村，那可是別墅呢，夏天的別墅！還聚集一批同輩年輕人。非常可能發生什麼事件不是嗎？」

又不是紫丁香山莊（註）。

但我好歹是推理迷，聽到城堡啦、孤島啦、別墅啦，細胞確實開始蠢蠢欲動，我的感官已經被侵蝕。一不小心連聽到神戶異人館、長崎哥拉巴宅邸等平凡單字都會出現反應。可是再怎麼說，還是不能給別人添麻煩。

「學長，你還是不要太煩人家啦，你本來就夠有名了。」

「唉，眞的不能參加嗎？」

明智學長不肯死心，但這種事不管你再怎麼想去，不可能就是不可能。

我本來以爲，應該是不可能。

三

進入八月，閒得發慌的我和明智學長幾乎每天都泡在大學附近的咖啡廳，就是第一次跟明智學長見面那天被他請客的店。這不是會端出時髦裝盤午餐的咖啡店，只有店主和一位女服務生招呼客人，菜單選擇不多，裝潢復古風。小小的窗戶裝飾著彩繪玻璃，

註：鮎川哲也的推理作品。

陰暗店內流瀉著點唱機放出的情境音樂。平常約九成客人都是學生，一到暑假，店裡罕見空蕩，咖啡豆的香味似乎比平常濃郁。

「又被拒絕了。」

坐在寫滿濃濃歲月痕跡的咖啡色椅子上，明智學長一雙長腿塞在矮桌下地感嘆著。他面前放著咖啡、我面前是祖母綠的冰淇淋汽水。

看來電研社合宿那件事他還沒死心。

「明智學長，你眞的不要這樣啦。」

「這樣？我怎麼樣了？」他眞的不懂。

「死纏爛打不肯放棄啊。人家說不可以就是不可以，不要像抽籤一樣硬要抽到滿意爲止。偵探辦案就是要瀟灑俐落才帥吧。」

「我只是拜託對方而已，沒給人家添什麼麻煩啊。」

「這種心態最讓人家困擾吧。」

「總之，這個夏天不能毫無事件發生。得想想辦法才行。」

沒救了。因爲「別墅」這個推理關鍵字和夏天的熱度，現在連煞車也失靈了。

我正在煩惱該如何讓明智學長的腦袋遠離合宿時，叮鈴——聽到店門打開的聲音。我隔著學長肩頭，見到一名女客人進來。她慢慢環視狹小的店內一圈，不知爲什麼筆直走向我們，接著在我斜後方停下腳步。

「打擾了，請問兩位是推理愛好會的明智先生跟葉村先生嗎？」

突然被點名讓我很驚訝，從正面看著她的臉更是驚訝。

她是個水準極高的美少女——但稱不稱得上是少女年紀倒是有待商榷。她穿黑襯衫及黑裙，一頭稍微過肩的黑色長髮。身高約一百五十公分出頭，但裙子腰線稍高，看起來顯得修長。容貌與其說可愛——對，應該用秀麗來形容。大概位於少女和女人之間的界線，總之，跟一般女大學生是完全不同的存在。

「您是哪位？」

明智學長收起剛剛吊兒郎當的態度回應。既然知道推理愛好會，就表示是我們學校的學生，但好像連交友廣泛的明智學長都不認識對方。

「初次見面，我是文學院二年級生的劍崎比留子。往後還請多多關照。」

她應該跟理學院的明智學長還有經濟學院的我都沒淵源。明智學長就罷了，連我的名字都知道，這個人到底何方神聖？

「劍崎……劍崎小姐啊！」明智學長再三重複，似乎想到線索：「那您找我們有什麼事嗎？」

「我們來場交易吧。」

她單刀直入地切進正題。

「明智先生，您很想參加電影研究社的合宿吧。」

「您怎麼知道？」

「我從電研社朋友聽來的。聽說您很積極在爭取。」

「是啊。不過對方反應很冷淡。」學長聳聳肩。

什麼反應冷淡。這樣一而再再而三死纏爛打騷擾人家，沒被揍回來就該慶幸了。

美女劍崎小姐彎起嘴角。

「看您的樣子，應該還不知道被拒絕的理由。」

「理由？」

「能耽誤您一點時間聊聊嗎？」

她嫣然一笑。此時對話的主導權已經完全掌握在她手中。我往裡移了一個座位，讓出一席給劍崎小姐。

「謝謝。」

等到劍崎小姐的咖啡上桌，明智學長馬上開口。

「我以爲被拒絕的原因，只是因爲他們不想讓外人參加？」

「好像不只如此呢。不過，這也是我從朋友聽來的。」

她提出這個大前提，接著開始解釋。

「合宿最大的目的並非拍攝作品，而是社團內的男女聯誼。畢竟是夏天。而且那座別墅主人是電研社校友的家長，不但包棟，還免費住宿。但房間數量有限，無法讓所有社員參加。活動名義叫合宿，實際上更像邀請招待，所以才沒有多餘空間接納外人。」

對青春正盛的大學生來說，還有比包下一整棟別墅渡假更令人嚮往嗎？不過競爭激烈，外人想參一腳被斷然拒絕也無話可說。好，你就放棄吧，明智學長。

「不過，最近狀況有點變化。」

風向有點詭異。

「再過兩星期合宿就要開始，可是許多社員在這時候紛紛退出。老實說，告訴我這個消息的朋友也是退出者之一。」

「爲什麼？」

明智學長從方才起就完全沒碰那杯咖啡。全部注意力都放在劍崎的話題上。

「因爲，社團收到了恐嚇信。」

劍崎故弄玄虛地拿起杯子就口。

「我朋友發現的。那天他最早進辦公室，發現桌上放著一張紙。」

「內容呢？」

「上面用紅色馬克筆寫著『今年活祭品是誰』。掩飾筆跡，還故意寫得歪七扭八。」

我偏頭不解。

「這內容還眞怪。既沒有明示殺害或詛咒等直接加害行爲，嚴格來說也不算恐嚇。」

「沒錯。但社員們見到這樣的內容，心裡似乎都有了底。」

劍崎壓低聲音，好像擔心被偷聽。

「去年參加合宿的女社員，過完暑假就自殺了。明智學長沒聽說嗎？」

「啊，妳這麼一說似乎有這件事，我記得查過那件事。但最後沒有他殺嫌疑，所以沒釀成太轟動的消息。」

「對，自殺動機跟合宿的因果關係也不清楚，不過很多社員都證實，去年的靈異影片裡，拍到並非他們事先安排的人臉。」

「所以他們覺得遭到報應或詛咒？」我皺起眉頭。

「當然只是謠傳。不過社員之間好像都默默有共識，覺得原因就在合宿上。實際上去年除了自殺，陸續出現很多退學、退社的社員。但儘管如此，今年還是計畫繼續舉辦合宿，所以……」

「對方才寄了恐嚇信，想潑一盆冷水？」

明智學長接下她的話。

「沒錯。」

「那些之前參加又取消的社員，都把恐嚇信內容當眞了嗎？」

我難以理解這一點。整件事的確有點讓人發毛，不過時下年輕人會因爲這一件事，就不約而同取消計畫嗎？聽到我的疑問，劍崎點點頭。

「這件事還有後續。我朋友發現恐嚇信後，社長緊接著進了辦公室。」

「是進藤吧。」明智學長補充。就是他死纏爛打要人家讓他參加合宿的苦主吧。

「對。進藤社長一發現恐嚇信，就面容凝重地要求我朋友別對外說。其實進藤社長也是去年參加合宿的少數成員之一。我朋友從他的態度裡感到有隱情，判斷不能瞞著這件事，才把這件事告訴其他社員，自己也決定不參加。接著就像滾雪球一樣，取消參加的社員愈來愈多。」

知道去年合宿發生什麼事的社長露出可疑態度，那麼女社員確實會特別不安。

「原來如此，我瞭解狀況了。」

點點頭，明智學長極謹慎地切入主題。

「剛剛妳說到交易，那是什麼意思？」

「進藤社長現在很煩惱，他總不能跟出借別墅的ＯＢ（註）說因爲人數不足得中止活動。現在可能可以接受社外參加。」

「可是我被拒絕了啊。」

「因爲你們兩個都是男的。」

劍崎篤定地說。

「既然ＯＢ邀請目的是聯誼，沒有女性參加者當然不行，進藤社長爲此煞費苦心。」

註：old boy的縮寫，指學校或社團的畢業生，在日文中常被使用。

我建議，你們要不要跟我一起參加？」

聽到她的提議，明智學長瞪大眼鏡後方的雙眼。

「聽說明智學長被稱爲神紅的福爾摩斯，這種似有隱情的合宿以及寄件人不詳的恐嚇信，您應該都很感興趣吧？」

「這個嘛……」

什麼這個嘛。明智學長已經完全被劍崎的話題吸引，難以抑制亢奮地抖起腳，桌上餐具都跟著咯噠咯噠響。他沒發現自己的心意早顯露無遺，還煞有介事地乾咳兩聲。

「嗯。要說我有興趣也是沒錯啦。」

「其實我已經跟進藤社長談妥了，他現在很苦惱怎麼確保女生人數，還問了戲劇社的女生。假如我參加，那麼他就願意多接受兩位男生。」

實在太周到了。對我們來說、至少對明智學長來說，眞是求之不得的好消息。但我還是充滿疑惑，忍不住插嘴。

「等等。剛剛妳說到交易，但這樣一來只對我們有好處啊。話說回來，妳爲什麼找上我們呢？」

這時，我彷彿看見劍崎微張的嘴唇露出利牙。但那笑容只有轉瞬之間，她之後便低下頭，藏起利牙。

「別問理由。這就是我的交換條件。」

奇怪的交易。

劍崎比留子突然出現在我們面前，想跟初次見面的我們一起參加這場諸多內情的合宿。打從一開始整件事就疑點重重，但正因如此，明智學長已經不可能回頭了。

「那，我們應該算成交了。」

她嘴角又忍不住浮現笑意。

第二章　紫湛莊

——

刺眼的陽光照在有強烈黴味的混凝土建築。窗框上沒組裝阻隔光線的窗簾，甚至連玻璃也沒有。這裡是山裡的廢棄飯店。停業至今近二十年，周圍沒有其他建物，現在連當地人都很少接近。天空是一片諷刺的蔚藍晴朗，所謂適合結束生命的日子，就是指這種日子吧，濱坂瞇著眼睛這麼想。

背後有人對他說話。

「濱坂，權藤傳來消息，說昨天不知道是警察還是公安，查扣了你的研究室。」

「是嗎。」

濱坂投入將近二十年的研究人生，奉獻出一切的大學研究室落入敵手。不過此時心裡沒有沸騰的怒火，沒有悔恨不甘的顫慄，只是安靜而虛脫。他已經將所有研究成果帶出來。電腦數據全刪除，剩下的資料沒什麼了不起的價值。那裡現在就像個成蟲蛻變後的空蛹。就讓那些人紅了眼調查吧。

濱坂背負的使命還剩一樁，就是將成果公諸於世。

廢墟裡除了濱坂還有五個男人。有人是長年舊識，有人幾天前初次見面。不過沒差別。今天一切都會結束。

「差不多該出發了，路上可能很塞。如果沒能在預定時刻到會場就沒意義了。」

「知道了。」

回答的男人扛起行李，吆喝其他夥伴。

「聖戰要開始了，走吧。」

其他人情緒高昂到不自然，開始出聲吶喊、互相擊拳。其中一個人還扯起嗓子高聲大叫。

「等著看吧！我們就快打開潘朵拉的盒子了！」

他是不是自以為是救世主了？濱坂冷冰冰地望著那男人。

他畢業於日本最難考上的大學，出社會後很快就被現實打垮，淪爲失敗者。旁人見他就是個對世間憤恨不滿的典型敗犬，濱坂收留了他。現在他也參與濱坂的計畫，準備犧牲自己的生命。

他們都是夥伴，但並非同志。只是濱坂實行這項計畫而聚集的人，簡單來說就是工蟻。不過少了他們的力量就無法達成計畫。

但他們終歸不懂。

這與其說是潘朵拉的盒子，更像是一具櫥櫃。過去被稱爲「班目機關」的組織留下的櫥櫃。

而今天他們要打開的，不過是其中一個抽屜罷了。

二

合宿當天。

明智學長和我還有劍崎，一大早約在離大學最近的車站集合，搭上電車。

我們的目的地別墅位於S縣娑可安湖畔，參加者約在最近的車站集合。娑可安湖一帶是知名避暑勝地，有許多私人別墅和露營區。能在這種地方過三天兩夜，以社團活動來說實在十分奢侈。

「怎麼了？葉村，一大早就沉著一張臉。」

明智學長穿著一點都不適合他的夏威夷衫。既是期待已久的別墅，又有恐嚇信，他想必現在一定難掩滿心悸動。相較之下，我心情凝重。我連推研社都無法適應，現在竟然要跟一群初次見面的年輕人一起過夜聯誼。

「長相陰沉是天生的。再說，除了要住三天兩夜之外什麼詳情都不知道，也不知道會有些什麼人，難道你不覺得不安嗎？」

「來的一定是懂日文的人啊。又不是送到中東戰亂地區，有什麼好擔心？再說，所謂事件本來就隨時隨地都可能發生，不要擔心啦。」

我不是擔心語言或者突發事件。老實說，比起恐嚇信，我最擔心興致高昂的明智學長跟其他年輕人的相處。這個人很可能在當事人面前直接說出：「聽說上次合宿導致社員自殺，是真的嗎？自殺前後有沒有什麼可疑的地方？」這種話。

這時隔著我坐在明智學長另一邊的劍崎轉過來對我道歉。

「對不起啊，我應該跟進藤社長問清楚一點的。」

「啊，不是啦，我沒有其他意思，妳不用太在意。」

我避開她那對澄澈的雙眼。我不太擅長面對美女。

今天的劍崎一反咖啡廳時全黑打扮，穿著裝飾蕾絲的無袖連身裙，儼然「夏日千金」的形象。白色連身裙的胸前開口綁著大大蝴蝶結，簡單顯眼。她頭上帶著略大的草帽，就像二八年華少女。她這樣的女孩對我露出歉疚的表情，我可承受不起。

「嘿咻！」

劍崎膝蓋倚在座椅上，將窗戶往上推。空調的冷風流出車外，舒爽的涼風灌入車廂。風吹動起劍崎的帽子。

「哇啊！」她連忙用雙手按住帽子，露出雪白腋下。我別過頭，視線躲向車窗外。

四節車廂的電車駛在遼闊的田園風景，顯得速度更慢。綠油油的稻田被風吹出一波波綠浪。

「竟然能包下別墅，電研社ＯＢ挺大手筆呢。」

聽到我的問題，劍崎開口。

「聽說對方爸爸是電影製作公司的社長。」

劍崎沒對我用敬語，用字遣詞很親近。

吹了一陣子的風，劍崎終於滿足地伸手要關窗。這時長髮被風揚起，蓋住她的臉。

「哇！」

她倉皇按住頭髮時，我替她關了窗。

「謝謝啊，葉村。」

見她邊道謝邊從嘴裡拉出頭髮，我輕輕嘆了口氣。

「啊，你笑了吧。」

「我沒笑啊。」

「眞是的，你除了陰沉，還有其他表情嘛。」

她微嘟著嘴這麼說。咖啡廳初遇時以爲她個性冷淡，但這時開始在這個人身上感到一點親切感。

我突然發現，她正在凝視我。我很快就知道那視線的緣由。她正盯著我左邊太陽穴的舊傷。那是一道約四、五公分的撕裂傷，很明顯。平常我總會留長頭髮遮掩，不過頭髮被風吹亂，便露出傷痕。

「這傷怎麼來的？」

「以前地震時被瓦礫砸到的。」

我刻意不表現得太沉重，想避開這個話題，但劍崎也沒隱藏她的擔心。

「這麼嚴重？有沒有後遺症？」

「幸好沒有，面相變得有點糟，有時候會嚇到別人。」

「好可憐。」

一回神，劍崎纖細的手指已經撫上傷痕，她冰冷柔軟的肌膚讓我一顫。還來不及對這出奇不意的動作做出反應，手指就離開了，她彷彿什麼事都沒發生過一樣，整理自己被風吹亂的頭髮。

這個人真是奇怪。前幾天來交涉時明明嚴謹小心，現在又表現得毫無防備。假如一切都經過她精密計算，那實在了不起，但我不由得覺得，這就是她最赤裸的樣子。真實的面貌。

劍崎比留子。

關於這個人，明智學長事前已經透露一些消息給我。

三

「我一直覺得在哪裡聽過劍崎比留子這個名字，後來終於想起來了。我去警局發名片時，一聽到我是神紅大學的學生，有個刑警脫口說了她的名字。聽說她是挑戰過許多連警方都束手無策的難案、怪案，發揮罕見推理能力一一破案的偵探少女。」

劍崎出現在約定地點前，明智學長這麼告訴我。

我覺得她並非等閒之輩，萬萬沒想到是個偵探少女。

「聽起來跟小說一樣。如果是眞的，媒體應該不會放過這種消息。」

畢竟她的長相遠比三流模特兒或偶像出色，若拿她當素材，應該很具新聞衝擊力。

「我也很感興趣，請田沼先生調查一下，原來她家在横濱是很有歷史的世家。每當她牽扯到事件中，報導就會受到嚴格限制。大概怕有損家裡名聲。」

「又是千金又是美人還是偵探少女，根本是豪華特別版嘛。她喜歡挑戰難案這一點，跟學長很像。你以前怎麼沒跟她接觸過呢？」

依照他的個性，要是知道同一所大學裡有這麼一個特別的女孩，理應早就找對方了。明智學長不悅地回答。

「我也是有自尊的好嗎。」

「啊？」

「她的成績貨眞價實。雖然沒有公開，可是聽說已經拿到警務協助章。相較之下我還一點成就都沒有。要跟她相提並論還早呢。」

原來如此，明智學長擅自將名實都稱得上名偵探的她視爲競爭對手。主動上門拜見，等於承認對方強過自己，這可能讓他覺得不太甘心。

但奇怪，她有這等實力和成績，會對區區大學社團內收到的恐嚇信感興趣嗎？加上不清楚她邀我們參加合宿的理由。應該不會是想藉助我們的能力啊？

「葉村啊，我看一定是這樣。」明智學長聲音很嚴肅。

「怎樣？」

「日本頂尖名偵探，向我們這對神紅大學名搭檔下了戰書。」

「我們什麼時候變搭檔了？」

「當然啊，你不是我的助手嗎？」

聽起來感覺不差啦。

「總之呢，她身上還有一些謎。交易目的也不清楚，我們就多多小心注意吧。」

四

我們在中途的車站提早吃午餐，JR轉乘私鐵後又搭了三十分鐘。電車來到某個地方小站。車站本來應該是鮮豔的粉綠，現在鋼筋斑駁褪色，沒看見站務員，大概是無人車站。正要下月台樓梯時，後面有人叫住了我們。

「明智、劍崎！」

轉過頭，發現一男一女站在那裡，可能是坐在其他車廂。明智學長一見到那男人立刻露出笑臉。

「喔，是進藤啊。眞謝謝你這次答應我無理的要求。」

對方浮現略顯僵硬的笑容。他就是電影研究社的社長進藤嗎？帶著眼鏡感覺很畏縮——抱歉，應該說感覺很認眞的纖瘦男性。

「本來不該答應的，不過劍崎都這麼建議了，狀況又特殊。既然來了就開心玩吧。」

聽他的口氣就像在說「其實我根本不想讓你來」。看來他對明智學長的纏功非常感冒。兩人再次向我們自我介紹。

「我是電影研究社社長，藝術學院三年級生進藤步。這位是……」

「我跟進藤一樣是藝術學院三年級生，我叫星川麗花。其實我是戲劇社的，不過這次會參加拍攝，請多多指教。」

一頭栗色波浪微卷頭髮，跟偶像明星一般可愛的長相，是跟劍崎不同類型的美女。他們兩人手指上閃著同款戒指，原來是男女朋友。

接著我們自我介紹。劍崎報上姓名後進藤馬上低頭致謝。

「這次眞的很謝謝妳，要不然我們一直湊不到足夠人數……」

態度跟剛剛面對明智學長時大不相同。進藤明明比劍崎高一學年，對她卻十分恭敬。而劍崎只是輕輕帶過他那卑躬屈膝的反應。

「哪裡，我自己也很有興趣。」

興趣。她用這兩個字簡單交代理由。我偷偷看了她的表情，還是看不出她到底在想什麼。

「其他人呢？」

明智學長環視空蕩的月台一圈。結果我們連參加人數都不知道。看看時鐘，離集合還有十五分鐘。

「有些社員開車載道具過去了，要在這裡集合的還有三個人。」

進藤回答。

一出剪票口，刺眼陽光和蟬聲撲面而來。一瞬間泛白模糊的視野中，我想起小學時在過世祖父鄉下家裡過暑假的回憶。

「——啊，是他們吧。」

車站前小圓環旁停著一輛大廂型車。

「我去一下洗手間，你們先過去。」

我們留下星川走向廂型車，這時一個男人從駕駛座走下。是個戴著眼鏡、忠厚老實的男人，年紀比明智學長大，大概三十左右。

「你好，請問是神紅大學的同學吧？我是負責管理別墅的管野唯人。」

「……去年那位辭職了嗎？」進藤顯得有點困惑。

「是啊，我去年十一月到職。其他人已經上車了。」

管野露出爽朗笑容，拉開車子拉門。已經到達的其他三人坐在車裡。

不過車內排列方式有點奇怪。廂型車的座椅總共四排，前面數來依序有二、二、三、三個座位。我們包含司機在內共九人，第三排或最後一排其中之一或兩排都得坐三個人。但先來的三人中兩個人坐最後一排、一人坐前座。就像相斥的磁鐵一樣挑選離最遠的座位，實在很不自然。

進藤好像有同樣感覺，短暫露出狐疑的表情，但他還是默默坐上第二排。接著明智學長坐在他旁邊。我和劍崎坐進第三排後方，星川來了應該會坐在我們旁邊。但前座那個女的到底怎麼回事？就算跟最後排兩人感情不好，也不需要搶著坐前座吧？

這時，前座的她好像察覺到大家視線，急忙轉過頭來很快地說。

「不好意思，因爲我很容易暈車。」

那是位散發著銳利氣息的知性美女。坐在她附近的明智學長答道。

「啊，不要緊啦。我是明智，坐在後面的是葉村跟劍崎。」

「我是名張純江，藝術學院二年級生。」

名張僅說這句就將頭轉回前方。這個人感覺有些神經質。接著後面傳來冰冷的聲音。

「我是高木，這是靜原。」

最後排是一對高矮女子組合。靠右邊的高個子（應該比旁邊的女孩高出一個頭），氣質強勢的是高木；左邊嬌小老實的應該是靜原。兩人長相端整。高木留著中性短髮，是五官清晰且輪廓鮮明的美女；而靜原是很適合用脫俗來形容的黑髮少女。可是連自己讀什麼系都不說，不會太冷淡嗎？更重要，這幾個女孩毫無開心興奮的氣氛。進藤社長，你是不是挑錯人選了呢？

「各位久等了。」

星川剛好上車，挽救尷尬的氣氛，車子駛離圓環出發。離開車站約十分鐘左右，周圍已經看不見人家，進入綠意豐富的區域。不過出乎意料，這條單側單線的馬路上塞滿車，遲遲無法順暢前進。

「附近平常就這麼塞嗎？」

聽到進藤的疑問，管野隔著後照鏡望著他。

「沒有，平時空得很。不過今天跟明天在附近的自然公園好像有戶外活動。」

「活動？」

後座的高木補充。

「薩貝爾搖滾音樂節。我聽說過名字，查了一下，發現不少知名樂團參加。對吧？美冬。」

突然被點名，她身邊的靜原小聲地點頭附和。高木整個人的氣勢至少是三年級，應該跟進藤同年。

「我記得去年時間差了一星期，沒有和音樂節重疊。」

聽到高木這句話，我不禁好奇。

「高木去年也參加了？」

「對。」她簡短回答我。總覺得我在這裡並不受歡迎，難道是多心了？

「只有我跟她連續兩年都參加。」

進藤接著說，像要掩飾她的冷淡。這兩人都知道去年發生什麼事。

「還有，這是合宿須知。」

星川交給我們一本簡單裝訂、約六頁的小手冊。封面是動物在湖中遊玩的插畫。可能是某個藝術學院學生的作品。

「好講究喔。」

「謝謝，是我自己做的。」星川回答。

翻開一看，裡面除了三天兩夜的計畫，已經決定好別墅的房間分配。別墅叫紫湛莊。參加的在校生有電影研究社、戲劇社及我們幾個外人，總共十人。不過有許多空房間。二、三樓客房加起來總共十六間，但現在寫上名字的房間只有六間。明智學長看了之後開口。

「比想像中少呢。社員參加率多少呢？」

「還不到一半。說是合宿，其實只是希望拍攝影片順利的話，可以讓前輩家公司買下，賺點零用錢，社員並沒有參加義務。還有提供別墅的ＯＢ學長會帶兩個同學過來。」

進藤好像故意模糊焦點，不想碰觸到參加率低這件事。我們談話時，除了星川以外的其他女孩絲毫不興奮，車裡充斥著男人們失去聽眾的聲音。

話題轉移到我們推理愛好會上。我彆扭地說起自己喜歡的小說，不愧是熟知電影的成員，有人陸續舉出推理作品的標題。但星川猛然踩下地雷。

「我剛剛才發現你們不是推研社耶。我一直搞錯了。」

「哈哈哈，他們只有知名度贏我們啦。」明智學長說。

「不好意思，爲什麼學校裡要有兩個同樣的社團呢？」

別再說了。明智學長會哭出來。

我雖然看不見他的表情，但與推理知識薄弱的推研社相提並論，不看也知道此時他的嘴角一定在抽動。星川繼續踩下第二顆地雷。

「推理愛好會平常都做些什麼活動啊？」

她閃亮亮的大眼睛這回望向我這裡。別問我。我們的例行活動就是像現在這樣沒節操地多管閒事。而這時出現意外的救兵。

「他們不是單純的推理愛好家，已經實際解決好幾件校內事件呢。」

救兵是坐在我身邊的劍崎。

「他們還有神紅福爾摩斯這個稱號喔。」

聽了之後車裡幾個人——其實只有星川、進藤，還有駕駛座上的管野，都發出佩服、或說狐疑的感嘆。我在心裡向劍崎低頭致謝。這球救得好。

本來以為當事人明智學長應該高興，但他背向我，沉默不語。活躍於全國的她出手相救，學長大概覺得受到挑釁。我正準備現在最好轉移話題時，劍崎又開口。

「不過大家又愛看電影又愛看小說，眞是很棒的興趣耶。我對這些都不太懂。」

「妳也不看推理嗎？」我問。

「小時候在圖書室讀過一點福爾摩斯和亞森羅蘋，但不太記得了。」

明智學長似乎也很驚訝，轉過半邊臉。對他來說，偵探和推理密不可分。

管野慢慢開著車，開心道。

「這樣應該會喜歡我們別墅吧。」

「喔，難道這棟別墅過去有什麼故事嗎？」明智學長聽起來很雀躍。

「不不不，我不清楚那種事。不過屋裡裝飾了很多屋主出於興趣收集的外國武器。劍啊槍之類的，看起來很像回事呢。」

「啊，對耶。七宮學長去年還威脅過我們，裡面有些眞正在戰爭中用過、殺過人。」進藤表示同意。七宮大概是其中一位OB。

「喔，武器啊……」

老實說，以推理元素來講差強人意，明智學長反應也很微妙。管野往下說。

「不過說到夏天、假期、年輕人，我比起推理更會聯想到災難恐怖片。」

「災難恐怖片？有殭屍或面具傑森魔那種嗎？」

「對對對，那種故事的舞台多半是夏天，然後鬧過頭的人最先被吃掉。」

「我們都會被吃掉呢。」

進藤開起玩笑，但一點也不適合，我可以聽到後座的高木發出粗重的鼻息聲。

五

車子緩慢地在堵塞的公路上前進，車窗外出現讓人誤以為是海的廣闊大湖。這就是娑可安湖。面積據說只有琵琶湖五分之一左右，不過實際出現在眼前，已經覺得夠壯觀了。我事前查過，如果以月亮來形容，這座湖的形狀就是上弦月，就像漫畫裡笑臉的形狀。我們現在就在上緣的弧線正中央朝最左邊移動。

美麗的深藍色湖面跟大海不同，風平浪靜。沿著湖畔，單側單線的道路重複著徐緩彎道，北側山群的斜坡上零星可見看似別墅的建築屋頂。

塞滿車線的車隊從中間往山中轉彎，我們終於從車陣中解脫。根據標誌，舉辦搖滾音樂節的自然公園地點好像在山的另一邊。

車子繼續沿著湖邊開，蜿蜒在突出的山間。這時駕駛座終於傳來聲音。

「就是那裡。」

管野手指出的那一瞬間，可以看到陽台上的紅褐色屋頂，但馬上被茂密的樹林掩蔽。管野將方向盤切入右邊小道，車子開始爬坡。

上坡路很快到達終點，來到樹林間開闊的地方，剛剛露出屋頂的別墅又出現了。別墅蓋在斜坡的梯狀平地上，這座西式建築有著白色牆壁和各處點綴的木骨裝飾，對比鮮明。我忍不住感嘆。

「該怎麼說……好氣派的房子啊。本來以爲會是規模更小的建築。」

這大小相當於一座鄉下小學。

上面的平地蓋著別墅主屋，下方平地則是鋼筋水泥材質的附屋頂停車場和廣場。根據手冊，今晚會在廣場烤肉。

停車場裡已經停了兩輛車。其中一輛應該是先到社員的車，另一輛大概是ＯＢ的車。明智學長愣愣地低聲道。

「紅色的ＧＴＲ？這車不太適合出現在森林裡吧。」

「應該是兼光少爺的車，他是屋主的兒子。」管野苦笑道：「很會揮霍吧。」

我正好奇地望著那輛據說要價一千萬日幣的高級車，背後傳來罵聲：「哼！去年還因爲在這道斜坡上摩擦到底盤大驚小怪的，怎麼一點都沒學到教訓。」

轉過頭，原來是車裡不怎麼開口的高木。去年也參加過的她似乎對這些ＯＢ沒什麼好感。

「——好，我們走。」

在管野的導引下，我們爬上通往上方平地的鐵製樓梯，來到別墅玄關。

別墅是棟三樓高的西式建築，不過形狀有點奇怪。對照手冊上的房間分配，這棟斜向的雁行式建築物就像一把橫向手槍，房間都排列在南側。

進入玄關，整片地板都鋪滿深紅地毯。正面是嵌著玻璃窗的櫃檯，後方可以看到面對小庭院的露台。左手邊是大到可以放進一座排球場的寬闊大廳，太陽光從整面玻璃大窗照進，即使沒有燈光也夠亮。大廳裡隔著桌子是兩座沙發，上面已經坐了三位先到的客人。這時其中一個男人轉過來。那人眼睛瞪得老大，雙眼間的距離長，髮型類似公雞頭，就像隻魚。

男人一開口就叨唸。

「你們很慢耶，我們一大早就等著女生來，結果先到的是個胖子，我都快吐了。」

突然聽到這些粗魯的話，我們還在發愣，進藤就走上前低下頭。

「抱歉抱歉，路上塞車。對了，應該有個女孩到了吧？」

「誰知道啊，也沒來打招呼。」

魚眼男仰身靠在沙發上說話，看起來挺神氣的。他就是屋主的獨生子嗎？

「好了啦，出目。你這樣搞得大家很尷尬。」

開口阻止他的是一個晒得黝黑的男人。一頭往後梳的頭髮束在腦後，白襯衫胸前垂著銀項鍊，是個狂野風格的帥哥。年紀大概是二字頭中後。

「神紅大學的各位好，初次見面，我們不是電影研究社而是神紅大學的ＯＢ，也是坐在這邊七宮的朋友，每年夏天都來這裡打擾。我是立浪波流也，那個很聒噪的是出目飛雄。」

沒想到有著那張魚臉的出目跟我們一樣是受邀者。看來他跟進藤去年已經見過，在別人家別墅裡，他態度如此囂張。

出目鬧彆扭似地不說話，被稱作七宮的小個子男人站起身。他的五官端整，皮膚白皙，眼睛和嘴巴每個部位都小，頭髮又往後梳，就像戴著一張面具。他用拳頭敲著太陽穴說道：

「女孩人數比原本說的少很多呢。進藤，你辦事眞不牢靠。」

又是相當沒禮貌的發言。

「這、因爲……因爲一些不得已的狀況，很多社員剛好不能來。」

七宮根本沒理會在我們面前努力辯解的進藤，對管理人管野揚了揚下巴。

「總之帶他們看看房間。進藤，等一下開始拍攝嗎？」

「是。」

「晚餐烤肉是六點喔，不要遲到了。」

確認這一點後，三位年長者離開別墅走下停車場。擦身而過時，出目和七宮對女性陣容投以打量般的視線，實在讓人不悅。

「那些人怎麼搞的，眞討厭！」

星川很快說出所有人的心聲。

雖然知道這次合宿也有聯誼性質，但沒想到有人一開始就大力強調。這麼一來，女孩不就像陪酒的女公關一樣嗎？

明智學長再次確認。

「那個七宮就是這裡屋主的兒子吧？」

「對，大概三、四年前畢業的電研社ＯＢ社員。現在免費讓學弟妹住別墅，個性很海派。出目學長講話那個樣子很容易招人誤解，不過不是壞人啦，大家別放在心上。」

進藤額頭上浮現冷汗，連珠砲似地解釋，不過女性成員都十分不以爲然。

「進藤社長，這是怎麼回事？」

劍崎平靜地看著手冊說道。

「這房間分配表，名字空白的房間表示他們已經入住了是嗎？」

除了我們十個學生住宿的房間，沒有塡入住宿者名字的房間有六間。這表示他們已經用了其中三間。

「嗯。」進藤尷尬地點點頭。

「什麼啊，怎麼這樣。」

星川他們急忙確認房間分配。

沒寫名字的房間二樓有四間、三樓有兩間。如果ＯＢ住在其中某一間，那麼可能隔壁的就是星川的二〇三號房、名張的二〇六號房、下松的三〇二號房、靜原的三〇七號房。確認了劍崎二〇一號房隔壁是女子高矮雙人組中氣勢較強的高個子美女高木，我稍微安心了。

幸好我的房間是三樓邊間，隔壁是高矮雙人組另一位、安靜老實的小個子靜原，也不會跟那些ＯＢ相隣。這時候覺得有人在看我，一轉過頭，高木正對我投以冰冷的視線。她大概自命爲靜原的保鑣，那眼神彷彿在說，你敢對她出手我絕不饒你。看來還是別想隨便跟她們拉近距離。

管野打開櫃檯鎖，拿出一疊卡片。

「那我把房間的卡式鑰匙發給各位囉。進房間後旁邊牆壁有插槽，把卡片插進去就可以用電。房門是自動鎖，外出時請記得把鑰匙帶走，不需要寄放櫃檯。啊，還有……」

管野的視線轉向右手邊。

「那座電梯非常小，頂多搭四個人。無法所有人一次上樓，但可以走樓梯。」

電梯左邊有一道往東邊的走廊，前方就是樓梯。雖然有點繞路，但我房間離樓梯較近，我決定爬樓梯。

「葉村。」明智學長看著鐘說道：「之後其他人馬上就要去拍攝了，我們呢？」

我想了想，決定一起拍攝。老實說，我其實更想悠閒地到娑可安湖附近散步，可是都硬跟著來參加合宿，不好意思完全分頭行動；再說，我對怎麼拍攝靈異影片挺有興趣。

「劍崎呢？」

「啊？應該會一起去吧？」

她一臉爲什麼這麼問的表情。基本上她好像打算跟我們一起行動，不過我們連她的目的都還沒問出來。

「對了，葉村。」她豎起食指。「能不能別再叫我劍崎了？聽起來好凶，我不太喜歡。叫我比留子就可以了。」

「……知道了，比留子。」

「很好很好。」

比留這兩個字的發音聽起來也有點凶，但好像可以直呼她。說不定這個人對我印象還不錯。

留下搭電梯的人，我們爬上東側樓梯。劍崎——不，比留子住二〇一號房，我們約好會合時間便在二樓分手，我跟明智學長上三樓。明智學長的房間是三〇三號房，就在梯廳旁邊。

「聽說是別墅，本來還期待有更奇怪又浪漫的事件。」

明智學長在分配給我的三〇八號房前發牢騷。

「目前感覺起來好像很麻煩。」

我也有同感。成員態度奇怪是一個原因，另外我也對於女性成員美女比例之高感到好奇。我甚至覺得今天好像只跟美女見過面。不知是巧合，還是過去我身邊只充斥著平凡女性。根據出目的言行，進藤可能替ＯＢ們篩選過女性成員。

「身為偵探，捲入任何事件都不能動搖。那我們解散，依照手冊兩點時到樓下大廳集合吧。」

看看手表。時針剛好指向下午一點半。

六

卡式鑰匙正面是房間號碼，背面是磁條。插進房門插縫，「嗶」一聲後鎖開了。

「——喔喔。」

出乎意料，房門是朝外——也就是面朝走廊開的。以往住過的商務旅館幾乎都朝內。聽說這是怕客房門堵住走廊，阻礙逃生；但我聽過另一個說法，怕房門內側有人倒下時無法開關，房門最好對外開，所以往外開不是太稀奇。

進入並關門後，馬上聽到門自動上鎖的聲音。房門有扣鎖，掛上後，門只能打開十公分左右，如果夾在開門隙縫間，就可以當作門擋、讓門維持半開。

將卡式鑰匙插進牆邊插槽，室內就能用電，這點跟商務旅館一樣。

一進房間，馬上映入眼簾的是從大片窗戶看去的景色。晴天下，森林另一端是廣大清晰的娑可安湖，就像海。

房間也比想像中大。約五坪的空間鋪著跟走廊一樣的深紅色地毯，放置著小雙人床，以及備有電話的床頭櫃和附鏡子的化妝桌等。牆上罕見掛著數位式掛鐘，跟我手表顯示一樣的時間。上面有接收電波的顯示，好像是無線電時鐘，不過是只有顯示時跟分的簡易款式。

陽台門朝外對開，戶外只有僅容開門的狹窄空間，無法將椅子搬出，但已經足夠享受戶外的風。

從陽台往外瞧，右邊可以看見各個房間斜向配置的雁行型建築。

到集合時間還有空檔，我決定在別墅裡四處逛逛。

我在走廊上往左轉，走向梯廳的方向。經過隔壁靜原房間時，首先見到通往梯廳處有一片門扉。那扇門木製，並不像防火門，而現在敞開著。這種地方爲什麼會需要這扇門呢？仔細一看門的兩面都有鑰匙孔，不管哪一邊都可以上鎖。

根據手冊上的平面圖，這棟建築物由門區分成東、中央、南三區。位在這扇門之前，我和靜原房間的位置是東區，梯廳在中央區，從那裡再往前走穿過同樣的門就是南區。各個區域配有兩或三個房間。

房間分配上，三樓中央區的三間房從東起依序寫著進藤、重元、明智的名字。目前還沒見到重元，應該是先到的成員之一。只有進藤的三〇五號房排列跟其他不同，房門位置有些侷促。不同房間的房門有些往右開、有些往左開，應該是因爲排水管或瓦斯管位置，室內格局左右對稱。

梯廳除了客房之外，還有兩扇門。門上的銘板寫著倉庫和布巾室。

這時，一個女人從南區走廊出現。

她一看到我便狐疑地歪歪頭。

「咦？——啊，對了，你該不會是推研社的社員吧？」

又被認錯了。爲了明智學長我馬上訂正。

「不是研究會，是推理愛好會。我一年級，敝姓葉村。」

「喔，那你是將來的大偵探囉，我是社會學院三年級的下松孝子。多多指教。」

報完名號，她像自衛官一樣將手放在額前。我好像很久沒跟開朗的人見面了。

下松也是美女，不過跟前面幾個人的氣質有點不同。她將蓬鬆燙捲的金髮束成馬尾，仔細描繪出一臉辣妹風的妝容，就像時下街頭的年輕女孩。領口大敞的T恤下胸部躍然欲出，反而是看的人覺得緊張。

「你們特地來參加，如果已經有中意的對象，我看不容易喔，這次很多女孩子都不太容易攻下呢。」

下松和高木及靜原完全不同，興致高昂。她該不會不知道恐嚇信和去年的傳言？再不然就是天生個性大而化之，不在乎那種事？

「不是不是。」我搖搖頭，否認爲聯誼而來。

「不是嗎？該不會你也是競爭對手吧？」

她似乎說溜了什麼。

「競爭對手？什麼意思？」

「啊，你果然不知道。這我不能聲張啦。」

不過下松也沒有隱瞞的意思，她環視周圍一圈。

「你知道提供這個地方的七宮學長嗎？」

「知道啊，剛剛見過面了。」

「他家是滿有名氣的電影製作公司。獲得學長賞識，就有機會透過他找到工作。」

想靠關係找工作嗎？說起來簡單，但他眞有這麼大的權力嗎？

「下松妳是認眞地因爲這樣而參加合宿嗎？」

「那當然啊！靠我的成績，就算跟別人一樣正常求職，也沒把握找到什麼好工作，如果得考幾十間公司也太累了吧。要不然誰有那個閒工夫來陪公子玩啊……哎呀，說溜嘴了。」

她刻意摀著嘴，又確認一次附近沒有其他人後再次強調。

「這不單純只是沒有根據的風聲喔。事實上去年眞的有人進了他們公司。讓兒子這樣自由使用別墅，我看他爸爸很寵他吧。」

原來如此。她是有自己的算計而參加活動。爲達這個目的，想必早有心理準備得討OB歡心。

感覺這個人身上什麼都問得出來，我決定試著追問她剛剛引起我好奇的問題。

「妳問我是不是競爭對手。意思是，還有其他人來這裡的目的也是拉關係找工作？」

下松「喔」一聲，露出有些輕蔑的視線朝向大廳一角。

「就那傢伙啊，我們的社長大人。」

她把嘴嘟得像隻章魚，指向一扇房門。那是進藤的房間。

「是他啊。」

「對啊。有些人可能不太了解他，其實那傢伙腦袋沒那麼好。要是沒有一些好處，他怎麼可能帶著女朋友來參加這種合宿？你看他拚命想取悅學長。不過他是男的，我可比他有優勢。」

她仰身挺起豐滿的胸部，呵呵笑起來。確實，她在那群學長面前眞的吃香多了。

不過我還挺意外。本來以爲進藤個性嚴謹，沒想到心懷鬼胎。考慮到他企圖隱瞞恐嚇信和去年的事，原來這個人外表是爽朗青年，落在他身上的評價卻不然。

「對了，我們要準備拍攝了。你們也一起去嗎？」

「對，有什麼可以幫忙的請儘管說。」

「OK！那待會見囉。」

下松輕巧地揮揮手，搭電梯下樓。

我繼續打開區域間的隔間門，走向南區。

南區並排著兩間房間。前面三〇二號房是下松的房間，最後面的房間在分配表上是空的。大概是某位OB住的吧。繼續往後走是一扇通往緊急逃生梯的門。

我回到中央區，走下二樓。如同管野所說，電梯相當狹窄。電梯裡寫著搭乘人數四人，我聽說這種時候通常以每人六十五公斤來計算，也就是共計兩百六十公斤。假如一個大男人帶著行李進入，大概三個人就快到臨界。

到二樓時出現令我瞠目結舌的光景。這裡跟三樓不同，有寬闊的交誼廳。角落有一台約六十吋的大型電視，電視前放著奢侈的沙發組，簡直像把高級住宅的客廳直接搬來。牆邊放著跟房間同樣的電話機，還準備了飲水機和咖啡機，不過最吸引人的並不是這些。

「太厲害了吧……」

厚實有份量的仿製武具裝飾在整面交誼廳牆。大概是管野說過的屋主收藏。放眼望去，其中沒有日本刀，西洋劍、長槍、鐵錘等散發著沉鈍的光芒。這些裝備經常在奇幻遊戲或動畫中看到，不過還是第一次見到實物。對了，我曾經跟愛玩遊戲的妹妹借了《武器事典》這本書。我一邊翻找記憶，一邊說出武器的名字。首先看到各種劍。單手、雙手兩用的變種劍、帶有美麗曲線的賽施爾彎刀，還有細長的護手刺劍——不，看那直線又簡單的刀鍔，應該是穿甲劍。槍幾乎是短矛，而且將近兩公尺長。短劍有匕首、廓爾喀刀，還有十字弓，竟然還有罕見的錘矛。牆邊排著橫長形的壓克力箱，裡面擺設著重現中世戰爭場面的模型。

「很厲害吧。」

一回頭，穿綠色圍裙的管野站在後面。他好像從東邊樓梯上來，手上拿著咖啡奶精和紙杯袋，應該是來補充的。

「我第一次也嚇一跳。不太清楚價值，不過屋主好像很喜歡中古世紀的戰爭。」

這裡的擺飾與其說是裝飾，展現個人興趣的性質似乎更強。

「這是假的吧。」

「刀刃都磨鈍了，但聽說材質跟眞傢伙一樣。現在還指示我每個月要掃一次灰塵，仔細保養。」

「——那個是？」

電視架旁，左邊四座、右邊五座的鎮座排列著高及我腰部約一公尺的全身像。顏色泛藍又摻著深灰，應該是銅像。

「聽說是西洋很有名的什麼……什麼九聖賢的銅像。屋主還罵過我，怎麼連這個都不知道。亞瑟王、大衛、凱撒……啊，我又忘了。」

原來是九聖賢。我聽過名字。他們是中世歐洲體現騎士道的英雄，但我只記得亞歷山大和赫克托爾。話說回來，又是武器又是英雄，屋主的收藏品味還眞特別。看完一遍後，我這麼說：

「沒有獵槍我就放心了。」

在推理小說裡，有獵槍的別墅或者宅邸一定會出人命。

「幾年前好像還有。」

「啊？」

「兼光少爺偷偷帶出去射擊過，後來不再放了。」

那個少爺還眞會惹事。

我開口問了自己好奇的事。

「對了，管野先生。以別墅來說這座紫湛莊有點奇怪。有那些用途不明的門，還有房間明明那麼大卻都是單人房，員工也只有管野先生一個人。」

管野笑著點點頭。

「屋主以前將這當作別墅使用，後來增建改建成公司的研習設施兼度假中心，走廊的門就是當時留下來的。現在雖然叫別墅，不過只有公司員工跟員工家人會來，平常很清閒。偶爾會有計時幫傭。」

就在這時候。

「阿步，是你說不用擔心的吧。你眞的覺得不用擔心嗎？」

「可是……也是。是……我會好好去……」

後方隔著門傳來模糊的對話聲，我們不約而同地安靜下來。

「不是這個問題吧！當時你爲什麼不堅持呢？」

「但是那是……也是因爲……」

其中一個應該是星川。另一人好像是男性，不過聲音很小，聽不太清楚。不過傳出聲音的是中央區邊間二〇三號房，依照房間分配是星川自己的房間，那麼談話的對象十之八九是進藤。阿步應該是他的名字。

「得跟那些討厭鬼一起過三天，要是發生什麼都是你的責任啦。」

星川跟在車內的感覺很不一樣，似乎很生氣。她口中的討厭鬼假如是那些ＯＢ，剛剛的見面果然給女孩們留下糟糕的印象。同時，進藤還是一樣嘟嘟囔囔，說著聽不清楚的話。身爲男人的我聽了那些對話只覺得胃都要痛了。

「眞糟糕。聽說旅行第一天的爭吵和告白是最危險的。」

管野在身邊悄聲說著。千萬不要。那兩人如果關係弄糟，這些成員就會分解四散了。兩人的爭執似乎還在持續，但約定時間快到，我決定先下一樓。

比留子已經在大廳裡，我們針對交誼廳的武具等交換一下意見。明智學長在約定時刻的兩分鐘前出現。大概是智慧型手機收訊不佳，他拿著手機朝向各個方位說道：

「明天好像會下雨。」

口氣聽起來並不太遺憾。

「要變成封閉空間了嗎。」

「封閉空間？」比留子偏頭不解。「我們被關起來的意思嗎？」

「因爲天候或道路阻斷而無法離開案發現場，這是推理故事裡常有的情節。」

我說明給她聽。

「警方無法介入，搜查線索也會極度稀少，仰賴邏輯推理的重要性就增加了。」

「又沒有暴風雨，路也不只一條。很遺憾，這裡在現實中不可能變成封閉空間。」

說著說著，電影研究社的人已經到齊。大部分人都已經見過，只有一個初次見面的男人。他身穿T恤，外披格紋上衣，戴著粗框眼鏡，有點肥胖，這應該就是重元。

明智學長詢問進藤。

「要在這附近拍嗎？」

「不，要開車到附近一間倒閉的飯店遺跡，那裡才是拍攝地點。」

進藤望向比留子的腳。

「那裡幾乎是廢墟，穿涼鞋去可能有點危險喔。」

「糟了。我不知道要去廢墟，太大意了。」

「小心一點應該不會有事。」

進藤對劍崎還是客客氣氣的。

「到了之後穿我的鞋吧。」

星川提出親切建議。完全感覺不到剛剛房裡的劍拔弩張，不愧是戲劇社來著。進藤望著她腳上的白色包鞋，歪著頭問。

「妳應該也沒帶多的鞋來吧？」

「話是沒錯，但演幽靈的時候得脫下來啊。」

進藤搔搔頭，這才發現自己的大意。

「對喔，幽靈得赤腳。那不管怎麼樣，拍攝地點都得打掃一下，以免受傷。」

這時，才打過照面的辣妹下松開朗地說。

「可是社長，如果偵探他們要一起去，一輛車不夠啦，還有攝影道具耶。」

她稱呼進藤爲社長。根據剛剛的對話，其中一定夾雜著捉弄的心態。

「沒問題啊。那就借用管野先生的廂型車，開兩台車吧。」

「我不知道地點。你得在前面指路。」重元嘟著嘴。

「這我知道。不過要開那種大小的廂型車，有點沒把握。」

進藤好像不擅長開車，但總不好連拍攝都讓管野一起來，再說他還有準備烤肉等工作。這時，明智學長舉起手。

「我來開。以防萬一我有大型車駕照，交給我吧。」

第三章　未記載的活動

花俏的煙霧和震天價響的聲量，讓擠滿整片大地的觀眾沸騰。

廣大區域裡，鋼鐵桁架組成的演唱會場中已展開了盛宴。

剛從人潮中脫身的濱坂滴著汗跑回車，半數以上的夥伴已經都回到停車場。看樣子應該沒人搞砸。

「完成了嗎？」

「完成了。其他人有聯絡嗎？」

「沒問題。接下來剩最後階段了。」

話中帶著無聲的緊張。

設置在自然公園裡的演唱會區域有三個。他們剛剛分組混入各區域的觀眾，在幾十個人的身體上戳刺附著「那個」的細針。可能有人感到些微疼痛，但處在興奮中的人多半都沒察覺。進入體內的量非常少，到發病差不多要等四小時。那時候，舞台已經是一片狂熱漩渦，觀眾將陷入想逃也逃不掉的局面。

「好，這就是最後任務了。」

所有人都集合後，濱坂等人搭車。被太陽晒燙的車裡熱得像砂漠。他從保冷箱拿出杜拉鋁製的皮包，將吸飽藥物的針筒交給車內每一個人。

已經沒有退路了。這是他們革命的開始，也是人生的終結。想必沒有一個人能親眼目睹革命結果，就算真能看到，他們屆時不可能了解其中意義。男人們就像在等待暗號般注視著彼此。

濱坂細細吐出一口氣，將針刺向自己的手臂。

「走吧，我們是革命的尖兵。」

「喔！」

「班目萬歲！」

男人們聽到濱坂刻意的吆喝聲很高興，接二連三地將針頭按進肌膚。濱坂看著他奉獻畢生研究的「那個」注射進體內，想像著即將震驚全世界的慘劇，滿心雀躍，並且對這些直到最後還是沒發現自己當不了英雄、只是工蟻的男人深感憐憫。

不過無所謂。一切都太晚了。

此時他心中想到的，是瞞著夥伴留在廢棄飯店的那本筆記。要是被當成那幫無能學者的資料就太令人不甘，希望找到筆記的人至少具備想解讀內容的好奇心。

這很奇怪嗎？約莫二十年光陰，徹底避開世人耳目且悉心準備，臨上戰場卻又希望讓人知道自己耗費在研究上的熱情和歲月。

所有夥伴都注射完畢。

「——好，接下來好好享受剩下來的時間。」

打開拉門，化為帶菌者的男人們踏上車外土地。

二

四男六女、共計十人分乘兩輛車，來到深山中約十分鐘左右車程的廢棄飯店。這裡地勢比紫湛莊高，以前應該很以此處眺望的景觀為傲，但現在茂密生長的草木遮蔽視野，建築本身被掩沒在森林中。

卸下行李後，我們等飾演幽靈的戲劇社星川和名張在車裡換好衣服，一起進入。沒有電的水泥建築物裡，明明白天卻很陰暗，空氣中有股凝滯的陰鬱感。

「小心腳邊。」

進藤領先走在瓦礫四散的走廊，來到看似大廳的空間，大家放下行李開始準備。

高木和靜原一直陪在飾演幽靈的兩人身邊，負責確認服裝跟妝髮，進藤和下松正在確認表演步驟，重元則在檢查器材。我們幫忙撿拾附近的垃圾，避免打赤腳的演員受傷，接著老實待在房間一角生怕打擾拍攝。

仔細看看，大廳一角有很多處塗鴉，還有煙蒂跟便利商店的麵包包裝等。其他房間和走廊散亂瓦礫，但在大廳裡的部分則明顯為了清出空間而挪到旁邊。彷彿有人在這裡生活似的。

——怎麼可能。

我們從旁聽成員互相確認拍攝步驟，順序大致這樣——

首先，進藤和下松兩人以試膽名義進入廢棄飯店，進藤拿攝影機在飯店內到處晃。他們從走廊邊緣逐間查看房間、一邊前進，當攝影機拍到某間房間洗臉台上的鏡子時，背後出現女幽靈。兩人急忙逃跑到外面緊急逃生梯，回頭一望，確認幽靈沒有追上來，但是當進藤將攝影機轉向下松時，剛剛的幽靈就站在她背後。

也就是說，身材個子差不多的星川和名張兩人同飾一角演女幽靈，比較麻煩的是進藤得一鏡到底，不能將各場景分開拍。幽靈出現的時機一旦錯了就得從頭再來，光是這個鏡頭就事先練習許多次。作爲少數男性工作人員之一的重元，負責將每次練習時拍下的影像檔案抓進筆記本電腦。他像個專業匠師，默默執行自己的職責。爲了不被發現幽靈是兩個不同的人，靜原正仔細地確認她們的妝髮。

至於高木，她交抱著雙臂看著一行人從走廊到房間、從房間到樓梯來來去去。假如認眞要拍成電影，應該還有更多準備工作，不過這次是以家庭攝影機拍，幕後人員發揮的地方大概不太多。明智學長不經意走近高木身邊。

「聽說去年拍攝的作品裡出現了人臉，是眞的嗎？」

明智學長依然覺得去年接連有人自殺、退社的原因就在那次合宿。可是高木顯得沒什麼興致，對這個問題不屑一顧。

「怎麼可能啦。只是瓦礫影子剛好很像臉的陰影罷了，那叫擬像現象啦。」

擬像現象是指當點或線排列成倒三角形時，大腦就會將其辨識爲人臉，據說這是靈異照片或類似體驗最大的原因。

「去年的合宿沒釀成什麼問題？」

「拍到那種東西是很適合投稿超自然雜誌。不過，因爲這樣就大驚小怪的人，不適合待在電影研究社裡啦。」

也就是說去年的作品跟自殺無關。那麼，難道眞的只是退出合宿活動的社員大驚小怪嗎？或者還發生其他足以導致自殺的事件？就在這時候……

女人的淒厲慘叫聲響遍整個廢墟。

是攝影隊所在的房間。我們趕到現場，發現名張躲在個子比自己小的靜原身後，蜷著身子，好像很害怕。不過她自己滿身血漿的幽靈裝扮就夠超現實了。

「蜥蜴、有蜥蜴。快趕走啦！」

名張歇斯底里地指向牆旁碎瓦礫堆的一角。進藤不情不願地上前，用腳撥開瓦礫。

「什麼都沒看見啊。」

「認眞找啦！」名張淒厲地尖叫著。

「已經逃走了吧。」

「拜託再好好確認一次。你們過來前得一直在這裡待命！要我跟蜥蜴關在一起，別開玩笑了！」

她說自己容易暈車時，我就有這種感覺了，這人個性實在太纖細。進藤似乎不太高興，正想回嘴。

「那就交給我們，找動物是偵探的基本功嘛。」

至今沒有表現機會的明智學長插了話，似乎終於能大展身手。

「明智。」進藤轉向他。

「沒關係、沒關係。喂，葉村，你也來幫忙。」

「知道了。啊，比留子，這裡危險，妳在那邊不要過來。」

接著我們爲了讓名張放心，把瓦礫翻個遍，開始找蜥蜴。

雖然始終沒找到要找的蜥蜴，不過在房間角落發現形狀古怪的垃圾。我走近撿拾，發現是小針筒。

「大概是來這裡試膽的年輕人留下。」

「毒品嗎？還興奮劑？竟然特地跑到這種深山來吸毒？」

明智學長好像又發現什麼。附近的瓦礫堆高成柱，似乎有特別的意義。推倒瓦礫後，裡面出現一本黑皮筆記本。大致翻閱一下，每一頁都寫滿密密麻麻的文字。不像日記，像份量龐大的筆記。

「那是什麼？」

重元隔著我們肩頭窺探。建築物裡已經沒那麼熱了，但他的襯衫還是因爲汗水而緊貼著肥胖身軀。我下意識避開他的身體。

「瓦礫裡埋著這個。」

重元大概想到什麼，用他沾滿汗水的手指翻著頁面，但過一會，他用力闔上，若無其事地想把筆記本放進自己包包。

「要帶回去嗎？」

「不行嗎？主人又不在。」

「不行！」

我忍不住拉高聲音，附近的高木他們轉頭看向這裡。可是重元依然故我，正打算離開，我抓住他的包。把筆記本藏在瓦礫裡的不見得是筆記本主人，說不定主人正在找筆記本，裡面可能寫著個人資訊，擅自帶走是不對的行爲。

「請放回去。」

「幹麼？又不是你的東西。」

重元揮開我的手，一臉厭煩。眼看我們就要扭打，明智學長介入。

「葉村，算了。」

「可是！」

「我知道，不過算了。」

明智學長嚴肅點點頭，我深呼吸一口氣道歉：「對不起。」

重元已經拉上皮包拉鍊，轉身背向我。

名張似乎對我們氣氛弄僵而感到有些責任。

「沒關係啦，我不要緊了。」

她總算鎮定下來，終於可以正式拍攝。

我們總共拍三次。在電腦上確認拍好的影像後，進藤宣告：「今天就拍到這裡。」

這天的拍攝在此告終，時間是下午四點半。

「好，回去吧！」收拾好後，我們遵從進藤的招呼，拿著行李走出廢墟。外面陽光還是一樣烈，但至少有風，讓人有重回人間的感覺。每個人都安心吐出一口氣。

這時，救護車聲乘著風從森林另一端傳來。數輛救護車宛如輪唱般重複響起。難道是搖滾音樂節會場有人中暑或發生意外？

三

傍晚六點。我們在紫湛莊前的廣場烤肉。離停車場約二十公尺處的廣場正中央擺著兩台烤肉爐，爐火熊熊燃燒。天色還很亮。

唯一令人不安的是所有人將在這裡見面，包含三位ＯＢ。烤肉道具和食材等好像是ＯＢ他們準備，我們沒資格抱怨。一方面得給足他們面子，一方面只希望女孩們的心情不要比白天更糟。這些念頭搞得我很快就覺得胃脹不舒服。

但一反我的擔憂，七宮那些ＯＢ好像反省過白天的事，首先就很有前輩風範地主控全局。

「我們母校神紅大學今年也有學弟妹來玩，眞是太好了。希望大家拉近距離，共創美好回憶。大家手上都有飲料了吧——乾杯！」

七宮用這番做作的宣言揭開晚餐序幕。

廣場正中間穩穩放著一台現在幾乎見不到的大型老舊卡式錄放音機，從方才就大聲地播放著夏天的招牌歌。啊，眞像社團活動。

「好，差不多可以查案了！」

肉都還沒烤好，明智學長拿著紙盤和罐裝啤酒環視四周。

「查案？」

「喂喂喂，我們可不是只來玩，還得查出那封恐嚇信是誰、出於什麼目的而寫，還有跟去年自殺的關係也很令人好奇。再發楞下去三天兩夜一下子就過了喔。」

說著，他走向下松和重元身邊。

老實說，我實在提不起興致。專挑美女參加的合宿、有所隱瞞的社長、個性獨特的

OB。總覺得稍微動手觸碰，這些虛飾外表馬上斑駁剝落，暴露出我不想知道的事實。同樣是挖掘，要挖謎底還醜聞，心情大大不同。

雖然對明智學長很不好意思，但今天我只想老老實實幫忙打雜。

除了我之外，唯一的一年級靜原已經握著夾子，靜靜翻著鐵網上的食材。對了，我還沒跟她說過話。雖然有點好奇，但看今天狀況，她好像不太喜歡跟人接觸。可能個性就不喜歡這種熱鬧場合。我乖乖顧著另一口爐上的食材。既然要動手，我身爲烤肉網負責人，一片肉都不能烤焦。考量著大家吃東西的速度和火侯及肉的種類，我暗自計算最適當的燒烤程度，舞動起夾子。

途中擔心手表被煙燻到，只好拿下手表，但每次一有動作手表就會在口袋裡鏗鏗作響讓人十分在意，便用手帕包起，放在停車場牆邊電燈下方的地面。

星川和下松特地走過來跟專注面對食材的我說話。下松道：「葉村，你是男生，要多吃點啊。」並將好幾塊肉丟進我盤裡。這觀察入微的個性實在教人佩服。

對了，管理員管野呢？今天我們包場，應該沒有其他住客，他是不是一個人吃飯？我仰望著座落在廣場上方的紫湛莊，每個窗口都沒看到人影。

「辛苦了，你們就是今年新生嗎？」

轉過頭，身後站著晒得黝黑的高個子男人。應該是富家子的朋友立浪吧？

「一直幫忙打雜很無趣吧。別客氣啊，吃啊。」

他的笑聲低沉磁性，很有大哥風範。不，他已經很習慣這種場面。如果我們沒有拿起夾子，他此時應該會老練顧起烤肉爐。我可以在眼前描繪那樣的光景。

他好像誤會我是電影研究社的新社員，我還是先自我介紹。

「不好意思，我不是電影研究社也不是戲劇社。剛好人數不夠，臨時加入。」

「臨時加入是怎麼回事？」立浪反問，似乎第一次聽說。

「聽說他們收到了恐嚇信。」

背後傳來富家子七宮的聲音。廣場周圍零星立著燈柱，不過離這裡有些遠，那張被火焰照得白亮的臉更像面具。

「恐嚇信？寫給誰？」

「誰知道。進藤堅持那只是惡作劇，不過很難說啦。」

他說話時邊用沒拿盤子的那隻手敲著側頭部。白天也這樣，是特別習慣嗎？

立浪頓了頓，似乎在想些什麼，然後道：

「嗯，那你爲什麼會來？」他打量著我。

這問題眞難。尤其是對我來說。這時，一個熟悉的聲音出現。

「我們算贈品啦。」

是明智學長。他應該在找其他人問話才對，到底從什麼時候開始聽呢？他在絕佳的時機介入，向兩人說明我們以跟比留子一起參加爲條件的來龍去脈。

「原來如此，來護送公主啊，那得跟你們兩位道謝才行。」

立浪沒有完全接受這個理由，不過還是笑著遞給我一罐還沒開的罐裝啤酒。我們還未成年，但此時不能拒絕。我點點頭乾杯。

明智學長又拉回話題。

「一封恐嚇信就陸續有那麼多人退出，總覺得有點反應過度。聽說恐嚇信的文字寫得很奇怪？」

「喔？怎麼個怪法？」七宮反問，態度不置可否。

「好像只有一句話：『今年活祭品是誰』，恐嚇信來說很少見吧。通常都會寫些殺人、詛咒，或者不保證平安等等，讓讀的人產生危機感的字句吧？寫成這樣根本連恐嚇都稱不上，你們覺得呢？」

「應該跟進藤說的一樣，惡作劇吧。」

這時明智學長刻意做出沉思的姿勢。

「但有別種可能吧。比方說恐嚇信並非寫給所有社員，只是寫給極少數特定人選。寄件人知道，這種寫法對對方來說已經有足夠效果。這應該是在威脅對方，暗示公開『活祭品』這幾個字代表的不利事實。」

聽著聽著，立浪插嘴。

「負責統籌合宿的是進藤。這表示進藤應該了解其中意義。」

「不只他。如果跟去年合宿的事有關，應該還有其他人看得懂，不是嗎？」

我緊張地望著他們三人。明智學長或許有他的考量，可是這種提問方法不會太直接嗎？這等於說：「一定是你們去年合宿時幹了什麼好事吧。」明智學長有想知道眞相的強烈慾望，遇到這種場面往往操之過急。

「——我聽不懂你在說什麼。」七宮搖搖頭。

「完全沒想到任何線索嗎？」

「你叫明智吧？」立浪再次插嘴：「我覺得你說的有點矛盾。假如恐嚇信的目的是取消合宿，何必用曖昧的寫法，大可說出眞相啊。這麼一來取消的人一定會比現在更多。但犯人僅用這種半調子的威脅？」

回得好。「活祭品」這幾個字可以有好幾種解釋。不得不使用這種曖昧表現，是不是表示恐嚇本身其實是虛張聲勢？

「總之呢，我覺得犯人聽到一些空穴來風的謠言，才有這番惡作劇，你們覺得呢？」

立浪穩穩築起一堵防護牆，明智學長只能陪著笑臉答：「原來如此，這很有可能。」我邀三人吃烤好的肉，試圖緩和氣氛，只有七宮沒接。

「我才不吃沾了灰塵的肉呢。」

就算是屋主的兒子，這種傲慢的舉止還是讓我訝異得一愣。

「別在意。這傢伙就這樣，有點潔癖。」立浪附耳這麼說。

宴會之後順利進行，並沒有特別狀況。

途中，下松不悅地說：

「咦？這裡手機訊號不通？」

我看了看自己的智慧型手機，確實沒收訊。奇怪，之前在紫湛莊裡還能用啊？

「喔，等一下再試試看。」

進藤這麼回答，我沒再多想。

——後來想想，其實這個時候情況已經生變到無可挽回了。

四

啪啪啪啪——

大家填飽肚子，眺望遠方景色時，突然聽到一陣別於卡式錄放音機音樂的重低音振動，撼動森林。我正在想，不知道那是什麼聲音，便見到東方出現三架直升機成排劃過那片宛如複製著湖水顏色的天空。好像是救難用的自衛隊直升機，難道這附近有自衛隊的駐軍基地？三輛直升機飛往搖滾音樂節會場所在的另一側山，逐漸降低高度。

「在想什麼？」

比留子打斷我思考。我記得她剛剛還被立浪他們包圍灌酒，可是面不改色。

「吃撐了在休息。」

「那我可以一起休息嗎？」

比留子突然把手伸進連身裙胸前。我驚訝地瞪大眼睛，她從衣服底下拿出一疊白色紙張。原來是合宿的手冊。

「爲、爲什麼要放在那裡？」

害我一瞬間以爲有什麼特別服務。

「不知道什麼時候會用到啊，再說，如果突然被刀刺中還可以當盾牌。」

她是認眞的嗎？

「不過你看，這次每個參加者都很有意思，你已經記住所有人名字了吧？」

「大概，至少名字應該知道。」

我沒什麼把握。一天認識十一個人對我來說太多了。我讀推理小說時經常會忘記出場人物的名字，得翻回開頭的人物一覽表。

「是嗎？我正覺得這次大家名字特別好記呢。」

比留子開始一一列舉每個人的名字跟外貌特徵。

「首先是社長進藤步。又是進又是步，很好記吧。名字剛好象徵他的嚴謹認眞。」

名字確實給人這種印象，不過想起下松對他的評價是「腦子不怎麼樣」，但我什麼也沒多說。

「接著是他戲劇社的女朋友星川麗花。星、川、麗、花的組合！根本就是專為美女而想的名字。我是覺得她對進藤社長來說有點高不可攀。」

眞尖銳。比留子應該不知道他們在房內爭執過，可是評論一針見血。進藤或許不是壞人，可是他刻意隱瞞對自己不利的消息、又對前輩們低聲下氣，這些明哲保身的行動格外引人注意。

「另一個戲劇社的名張呢？我忘記她的名字了。」

「你是說名張純江吧。說會暈車還有引起蜥蜴騷動的。」

「妳記得眞清楚。」

「因為她整個人很神經質啊。純江、名張、窮緊張，聽起來像不像？」

她輕快地笑起來。沒想到還會講這種冷笑話。

「再來是高木凜。她個子高又有點男孩子氣，非常適合用『凜然』這兩個字來形容。還有靜原美冬。她文靜老實，冬這個字很符合她的氣質。」

比留子繼續她的姓名診斷。

「我跟那兩個先到的人聊過了。負責機器的叫重元充，是理學院二年級。」

就是跟我因為筆記本而起爭執的宅男。

「微胖的外型豈不是又重又充實？還有一個下松孝子。她感覺是很活潑的女孩。」

像辣妹的她參加合宿的目的是求職。

「這個妳要怎麼掰！」

「很符合她活潑的個性啊！」

我還沒抓到她的意思，僵了片刻。

「下松孝子，松跟孝，輕鬆又愛笑。」

沒想到是第二波雙關語攻擊。

「其他就簡單了。管野唯人根本是天生當管理員的名字，七宮兼光是個靠父母親光采庇蔭的人，立浪波流也不管長相或名字都很像衝浪手，出目飛雄那對眼睛就像要飛出來一樣。就這樣。」

我忍不住有點感動。要當名偵探，是不是得具備這種記住人臉和名字的能力呢？

比留子稍稍正色。

「——回到這份手冊，你不覺得有些奇怪處嗎？」

她翻開房間分配的頁面。大概從管野那裡問出來，空白房間又填上三個ＯＢ的名字，除此之外沒發現奇怪之處。乍看隨機分配，跟年齡性別沒關係，進藤跟女友星川也分配到距離很遠的房間。

「我覺得沒什麼奇怪的啊。」

「不只手冊，你再仔細看看周圍。」

我依照比留子的話確認周圍成員，忍不住「咦」一聲，再看一眼房間分配表。

參加者四散閒聊，但我特別注意那ＯＢ三人組。現在立浪手拿罐裝啤酒，正熟稔地跟星川攀談；七宮跟下松並肩坐在火熄滅的烤肉架旁椅子；至於出目，他死纏著一臉疲累靠在停車場牆壁的名張，她看起來甚至有點不耐煩。

我重新審視房間分配，立浪二〇四號房的隔壁是星川，七宮三〇一號房隔壁是下松，出目二〇七號房隔壁是名張。而且這些房間剛好各自位於建築物分隔出的三個不同區域。要說是偶然未免太巧。說不定房間分配反映出ＯＢ他們的期望？

對了，今天高木數度對我投以銳利的視線。她去年參加合宿的，可能已經知道內情，對所有男性都帶著警戒的態度。

說著說著，星川走向我們。

「差不多該結束了吧。」

大家聽到這句話後紛紛開始收拾，我接下洗碗盤的工作。流理台在爬上廣場樓梯後、紫湛莊旁邊。我靠著一盞小燈清洗著鐵網和鐵板，背後傳來腳步聲。本來以為是比留子或明智學長。

「玩得還高興嗎？」

我驚訝地轉過頭，竟然是高木。她為什麼在這裡？

我不清楚她的目的，只是點點頭。

「應該吧，邊烤邊吃，吃得挺飽啊。」

高木不知爲什麼深深嘆一口氣。她走到我身邊搶過一個髒鐵網，拿起刷子刷掉污垢。流水聲中夾雜著她的疑問。

「喂，老實說，你跟明智爲什麼參加這次合宿啊？」

可能在廢棄飯店裡被明智學長一問而起疑心。假如現在在這裡瞞著她，她可能會完全不相信我們，連比留子也會被懷疑。我決定誠實傾訴。

「妳聽說過恐嚇信的事嗎？」

「聽過，就是寫活祭品的那個？」

我告訴她明智學長聽說恐嚇信和去年的自殺事件後，對合宿產生興趣，還有以跟比留子一起爲條件才得以參加等的事實。

「這樣啊，眞不太懂明智在想什麼。」嘆息後，她向我道歉：「不過抱歉啊，一直對你很不客氣。」

怎麼？原來是個很重禮儀的人啊？她以爲我們參加合宿的目的是接近女人，才那麼警戒。不過目睹那些OB的態度，難怪她這樣提防。

「不過那個叫劍崎的女孩，你就盡量多照顧一點。」

「啊，這次的成員，果然都是刻意找來的嗎？」

「應該，大概是七宮施壓進藤要他找的，女孩子們水準都很高，男的幾乎都像重元那樣戰力外。不過下松倒挺熱絡的，一直覺得這是求職的好機會。」

戰力外，她講話還眞毒辣。

「既然知道，妳爲什麼要參加呢？」

高木甩著水滴，憤憤地說。

「我怎麼能眼睜睜看著學妹被拖來參加這種荒唐的活動呢。」

「妳是說靜原嗎？」

她輕輕點頭回應我。

「進藤那傢伙很卑鄙。我不知道他是不是爲了工作，總之，他對那三個人、特別是七宮唯命是從。看到大家因爲恐嚇信紛紛取消參加一定很緊張。爲了塡補缺口，竟然把自己的女朋友拉進來。」

老實說，我眞不想聽到這些。多希望進藤在心中維持「不怎麼可靠社長」形象。

「但他可能還是想避免前輩們對他女朋友出手，才會那麼積極邀其他女社員參加，於是美冬就被盯上。進藤知道美冬的個性，如果是前輩開口，她絕不會拒絕，所以找上她。我發現時，她已經決定參加。我本來不想再來，可是不能放著她不管。」

這麼說，高木是在活動截止前才決定參加吧。

雖然還想多探探關於去年自殺的消息，可是貿然提起這種敏感話題可能會惹高木不開心，我決定問別的。

「那房間分配也是？」

「沒錯，幸好美冬在你隔壁。」

我很高興獲得她的信賴。

但我又忍不住想問，說不定今後會對靜原產生好感。

「假如我一時鬼迷心竅呢？」

「我踩扁你。」

高木咧嘴一笑。她並沒有明說要踩哪裡或踩什麼。

五

夜幕早已低垂，厚重雲層掩蓋星光。

我跟高木各拿一些洗好的鐵板和鐵網，走過紫湛莊玄關。這時，我們見到一道背影進入後面的電梯。雖然短短一瞬，但好像是OB出目。

「已經解散了嗎？」

「可能吧……」

回到廣場上，我發現處理完善後工作後聚集在停車場旁的眾人之間，瀰漫著一股尷尬氣氛。和樂融融的氣氛不再，大家彼此小心翼翼窺探，生怕觸碰到不該碰的地方。

我環視一圈果然沒見到出目。另外星川緊依在名張身邊對她說話，好像在安慰她。
「怎麼了嗎？」
我問了呆站在附近的明智學長。
「我也搞不清楚，好像是名張小姐拒絕了出目熱烈的邀請。」
他說著聳聳肩。身邊的高木啐一聲。正擔心就發生這種事。那個叫出目的男人，連一個晚上都沒辦法抑制自己的慾望嗎？
此時立浪出面緩和這微妙的氣氛。
「眞不好意思啊，那傢伙從以前就這樣，喝酒遇到女人就沒分寸又手腳不乾淨，常常被甩。」
那就別讓這種傢伙喝酒啊。
「我會叫他好好冷靜一下。剛好，當作處罰，等一下試膽時讓他當鬼吧。怎麼樣？七宮。」
「好啊，算他自找的。」
看來這三個人的關係並不對等，七宮和立浪掌握實權，出目只是丑角。出目對其他人表現出的高壓態度，或許是發洩心中不滿。
高木對於活動依然繼續進行表示抗議。
「試膽就明天再說不行嗎？今天很多人都累了。」

她會這麼說是看出除了剛剛有不愉快的名張，星川等人都顯露出不耐，只有一個人活力百倍，那就是下松。她對高木的抗議充耳不聞，差點整個人貼上去問七宮。

「學長你說試膽，要去哪裡啊？剛剛那座廢棄飯店嗎？」

「不，反方向。走路十五分鐘左右有一座舊神社。接下來分成兩人一組，拿回神社本堂的神札。」

他們無論如何都不打算改變計畫。拿人手短，這種時候免費住宿的立場就很難有意見。七宮他們說要回去準備，便離開廣場先行回房。沒辦法，我們只好走向樓梯。

「什麼嘛，眞是的。只是想找人陪他們玩吧。」

「算了算了……就當作去散步，消化一下。」

星川的心情又要走下坡，進藤連忙安撫。

這時候，望著天空的明智學長輕聲說道。

「咦，那是什麼？」

抬頭一看，東邊山的輪廓泛著微光，就像亮起背光。

「一定是那個啦，薩貝爾搖滾音樂節。山對面的自然公園正在辦戶外演唱會啊。應該是那邊的舞台燈光。」

白天太亮沒有發現。現在跟這一頭的寂靜形成對照，顯得格外亢奮熱鬧。

「咦？」

我聽到一個鼻塞的聲音而轉過頭，是好一陣子沒什麼存在感的重元。烤肉時他就像高木說的一樣，完全是戰力外。他正望著手上的智慧型手機，快速動著手指，但遲遲沒有往下說。

「怎麼了啦？」進藤受不了，開口問。

「網路連不上，我正想查查搖滾音樂節的狀況。」

「啊，從剛剛就連不上了。這裡是不是收訊不好啊？」下松說道。

「我記得烤肉前還連得上啊。」

這時其他人紛紛掏出自己的手機，異口同聲地表示疑惑。

「眞的耶，完全連不上。」

「喂，這怎麼辦啊。」

每個人的手機機種跟系統業者都不同。不像單純的通訊障礙。

「萬一眞有問題，紫湛莊也有電話，可以開車到街上去。沒什麼大不了啦。」

進藤說得沒錯。但我抑制不了難以言喻的不安。看看明智學長，平時向來開朗的表情，現在有點沉鬱。

「阻斷了跟外部的聯絡，這也算得上一種現代版的封閉空間吧。」

「但眞的有心要離開，馬上就能到街上啊。」

「沒錯，隨時都走得了，所以我們現在不會動念要走。但往往就是在這種狀況下，漸漸無路可走。」

我聽了他這些話更不安，習慣性地想確認時間而舉起左手。見到空蕩蕩的手腕，想起烤肉時拿下手表。

離開眾人的圈子，我走向放手表的停車場電燈下，愣愣低語。

「不見了。」

眼前只看到原本包著手表的手帕攤開，手表卻不翼而飛。不可能是被風吹走。因爲比手表輕的手帕還在。難道被誰無意間踢走了？

「怎麼了？」

比留子發現我的異狀，從人群中揚聲問。

「放在這邊的手表不見了。」

名張高聲說道。

「我剛剛看時手表明明還在。我很好奇那邊怎麼會有手帕，翻開來看了。」

我回到大家身邊，詢問詳情。

「那是什麼時候的事？」

「烤肉結束時吧，出目來糾纏我之前。」

從廣場烤肉處到停車場約二十公尺左右。對了，我跟比留子一起確認手冊的房間分配時，名張跟出目正在停車場的牆邊。假如那時手表還在？

嗅到一些事件的氣息，明智學長繼續追問名張。

「途中有人接近手表嗎？」

「沒有。我當時滿腦子都在想怎麼結束跟那個人的對話，如果有人接近一定會發現的。」

雖然不知道他們都聊些什麼，可是看來她眞的很討厭出目。

「後來開始收拾了。我想這是甩開他的好機會，結果他自以爲很熟地把手搭到我肩上，我大叫一聲揮開他的手，然後跑到附近的星川身邊，後來的事大家都知道了。」

沒想到我跟高木洗東西時發生了這些事。

明智學長一一跟他們確認。

「名張出聲大叫後，剩下出目學長一個人留在放手表的牆邊。在那之前有人接近牆邊或停車場嗎？或是有沒有看到誰？」

有幾個人舉手，表示準備烤肉時要取出放在倉庫裡的器具而接近停車場。不過這些都發生在我放下手表前，沒什麼意義。這時，靜原怯生生地舉起手。

「那個……名張跟出目學長來之後，我一直在注意他們。因爲出目學長看起來很強硬，我有點擔心名張……所以我可以證明，他們來了之後沒有其他人接近那裡。」

名張也同意，加上沒有其他人能作證。明智學長說。

「——這麼說來，比較自然的推論是當我們所有人都在注意名張時，出目學長趁機撿起手表帶走。」

「對了……」

高木聲音僵硬地說。

「去年發生過類似的事。我記得江端喝醉時，錢包裡的萬圓鈔票被抽走了，進藤你說對不對？」

她口中的江端應該是電影研究社的前輩。

「……有嗎？」

「有啊——對了，我想起來了。我記得當時灌醉江端的也是出目，不過最後他還是堅持沒這回事。」

該不會立浪說手腳不乾淨，就是出目有偷東西的習慣吧？現場其他人也此起彼落、陸續發聲表達對出目的不信任。高木心裡似乎認定犯人就是出目。

「葉村，去拿回來吧。我跟你一起。」

「等等，又還沒確定出目學長就是犯人。」

進藤慌了，臉上明顯寫著不想把事情鬧大。不過高木不打算退縮。

「那直接確認他是不是犯人就得了啊。還是你覺得有其他可疑的人？進藤？」

他頓時語塞，又馬上反駁。

「這、這……對了，這個推理成立靠的是名張的證詞，但她的證詞可能是錯的。」

「你說名張說謊？」

高木立即反駁，名張氣得橫眉倒豎。進藤慌張地繼續說。

「我不是這個意思啦，但她搞錯的可能性不是零吧。你說是不是？明智？」

突然被點名的神紅福爾摩斯表情僵硬地點頭。

「依照邏輯來看。假如在她來之前手表已經不見，那所有人都是嫌犯——可是她看過手表也是千眞萬確。」

「你怎麼能肯定？」

「現在這裡只剩手帕。剛剛葉村這麼說：『放在這邊的手表不見了』。而在那之後名張證實她『翻開來看了』。葉村並沒有說他用手帕包住手表，依照一般常理，多半會覺得是把手帕墊在手表下方。她說自己『翻開來』，表示她眞的看過手表。」

一點也沒錯。這麼說，直到名張來之前手表還在。

「看吧。照這個狀況偷手表的不是我就是出目學長，大家想怎麼查就儘管查吧。」

名張自信滿滿地說，明智學長又繼續補充。

「再進一步說，也不能否認名張偷了手表後在星川接近時交給她的可能。當然，這純粹是以邏輯上的可能性來推論。」

經歷跟出目那陣騷動後，只有星川跟名張接觸過。

「好啊，那你們可以調查我啊。」

星川也這麼說，對著企圖袒護出目的進藤攤開雙手。

根本不需要調查。假如把男用手表藏在她輕薄的夏裝下，一定會突出不自然的形狀，再說表帶是金屬製的，一動就會發出聲響。很明顯，手表不在這兩人身上。儘管如此，比留子還是迅速地檢查她們的身體，證明沒有。

再怎麼搬弄邏輯都沒有用，實際上身上沒有贓物就不能斷定是犯人。既然知道這兩人身上沒有，那麼出目是犯人的可能就更高了。事到如今進藤無法反駁。

這時大家暫時回自己房間，我前往出目房間打算問個清楚。幸好明智學長和高木兩人也放心不下，願意陪我一起來。可是很遺憾，我們白跑一趟。再怎麼喊，出目房間也沒有人回應。

「那三個人剛剛搭電梯下樓出去了喔。」

問櫃檯的管野後，他回答。我們走東邊的樓梯，剛好錯過。一定是為了待會的試膽準備吧。

「晚了一步。怎麼辦？」

「今天就算了吧。」

高木一臉不滿地問：「這樣好嗎？」我點點頭。

「出目學長剛剛在大家面前被名張甩了，可能泄憤才偷了手表，等等還有試膽活動，還是不要太刺激他比較好。」

「確實，他那種人就算講道理壓他也不會反省，反而惱羞成怒。說不定會波及其他人，不太好。」

明智學長嘆了口氣同意我的說法。

「手表很貴嗎？」

「不，不值什麼錢，我上高中時妹妹送的禮物。」

而且還是地震剛過不久、一切都還混亂不安時，她費盡心思買回來的。這手表有金錢難以衡量的價值。一定得找個好時機要回來。

六

聽到試膽準備完成的通知，我們再次在廣場上集合。沒看到出目，應該已經藏在某處，負責嚇人。衝浪客風的立浪遞出一個紙袋。

「那我們就抽籤決定配對吧。女生先抽。」

我本來懷疑這些籤是不是動過手腳，結果出乎意料，隊伍組成很隨機。不過不知道是偶然還是必然，比留子跟我一組。

「眞開心，這算不算命中注定啊？」

連命中注定這幾個字都出現了。最後總共配成六組。我們這組的順序是第四。其他分別是七宮跟下松、進藤跟星川、明智跟靜原、重元跟高木、立浪跟名張。

目的地神社得沿著湖畔往東前進，途中有一條通往山上的路，山路盡頭就是神社。拿回本堂的神札就算過關。

晚上九點。第一組七宮跟下松先出發。下松跟我互看一眼，我避開七宮的視線，用嘴型對她說聲「Lucky」。不管是房間分配或者烤肉時的聊天，看起來都挺討富家子歡心。既然彼此都心懷鬼胎，或許可以說是最佳的雙贏關係。

「天變冷了。」

穿著連身裙的比留子摩擦著手臂低語。大概是離湖比較近，白天的暑氣彷彿一場夢，周圍吹起涼風。如果現在能把自己外套借給她該多瀟灑，可惜我只穿著一件T恤。

「我們快去快回，妳不害怕嗎？」

「普通，只有普通怕的程度，還可以忍耐。」

那就好。要慘叫時最好能兩人一起叫。

隔五分鐘左右，第二組、第三組陸續出發。接著輪到我們。

「走吧。」

試膽有個規矩，得跟隊友牽著手。比留子的手比我小一圈，就像個易碎物。我不知道怎麼拿捏力氣，彼此試探調整一番，最後摸索出一種不捏碎雞蛋般的強度。

我們沿著湖邊走一會。這裡沒有街燈也沒有步道，只能盡量小心車輛、走在馬路邊緣。仔細想想，這情境眞奇怪。我跟一位見面次數屈指可數的學姊牽著手走路，昨天之前根本做夢也想不到。

看看身邊，臉望向湖水的比留子就這樣被我牽著走。她矮我一個頭，這樣望去剛好可以看見她胸口。沒想到比留子身材還挺豐滿。

「喂，葉村啊。」

「什麼？」我嚇了一跳。

「有件事我想先跟你說清楚。」

「什麼事？」

「關於我爲什麼約你們來參加這次合宿。」

跟我說？不是跟明智學長說？

交易條件不是不追問這件事嗎？我轉過頭，她那對大眼睛剛好朝向我這邊。

「葉村。我是爲了說動你，才約你來合宿。」

「——啊？」

完全預料外的答案讓我整個人當機。她不如自稱外星人，我還覺得可信一點。

「這是什麼意思？」

「你可能聽說過，我過去解決了一些困難的案件，我想以後也會繼續嘗試破案。所以呢……」

她用力抽出原本跟我牽著的手，改用雙手包覆住我的手。

「我就直接了當地說了。請你來當我的助手吧，我需要你。」

——我該怎麼解讀這個狀況？

眞的是如同字面、希望我協助她的偵探活動？或者這是她獨樹一幟的告白？

「等等等等。」

再怎麼樣都太突然了。所謂助手只是明智學長擅自這麼稱呼，我並沒有負責他的行程管理，也不是他的聯絡窗口。

「我只是愛看書，既沒有專業知識，也沒有那種天才式的靈光乍現。」

「華生也一樣啊。他只是從旁說些非常普通的意見，但能破案就萬事ＯＫ。我不會要你馬上回答，希望合宿結束前可以好好考慮。」

聽來不像在開我玩笑，這個人眞心在找偵探助手。

「爲什麼找上我？」

「……這是祕密。」

我嘆口氣，放棄追問。

「……我可以跟明智學長說這件事嗎？」

「再等一下吧。這等於要拆散你跟他這對搭檔。你對他來說一定不可或缺，我過一陣子會親自跟明智提。」

話題就在這裡結束。老實說，我從來沒像現在這樣渴望有鬼怪出現。我甚至毫無道理地生氣，為什麼沒出現。

比留子儼然推理故事的主角，參與過許多事件。身為一個推理愛好者，如果說我對她的生活一點興趣都沒有，那就是騙人。假如可以，我想參與其中，就算只是在一旁看著也好。不過因此要跟明智學長以外的人搭檔，那實在是太沉重的決定。

我在明智學長身邊扮演著煞車的角色，同樣地，他對我來說就是油門。要不是他開口邀約，我現在一定還在話不投機的推研社裡浪費時間。正因為有他狂踩油門，我這個煞車才有意義。我也因為這樣認識比留子，能夠參與這次合宿。

左手邊的雜樹林中出現一道空隙，可以看見山上延伸下來的小徑。我記得要沿著這條路走上去。就在這時候——

七

哇啊啊啊啊！

遠方傳來慘叫，我不禁肩頭發顫。

之後又聽到兩三次慘叫，然後一片寂靜。

「……嚇了我一跳。」

「聲音聽起來好逼眞喔。」

比留子的聲音裡滲著緊張。不過，剛剛那可怕的慘叫聲聽起來不太像單純的試膽。只能聽出是個男人，但無法分辨是誰。我無法想像明智學長發出那種聲音，難道眞的布下如此講究的機關？

凝神望去，幾個人影從山上走下。本來以爲是先出發的組別，正要出聲招呼。

不對，人影有三個。當地人嗎？

「他們看起來是不是不太舒服啊？」

比留子說得沒錯，那三個人影都像喝醉，身體左右搖擺。想威脅我們嗎？可是負責嚇人的理應只有出目。莫非這位少爺興致大發雇用臨時演員？不會吧？

接著，我們眼前又出現更令人難以置信的光景。

「比留子，妳看。」

跟山道不同方向、約三百公尺距離前方，有一塊陸地前端往右手邊的湖裡突出。縣道沿著陸地形成一道大大弧線，在路邊零星路燈照射下，浮現出十多道人影慢慢往這裡接近。那群人影毫不在意地走在車道上，占滿整條馬路。

「葉村……」

從山上走下來的人影已經很接近，不消五秒就能跑到我們身邊。不知是什麼人，拖著腳步，一邊發出低沉呻吟。我的理性試圖歸納出合理說明，同時本能要我馬上行動，兩種念頭在腦中交戰。眼看剩下短短幾步。

「葉村！」

她拉起我手的同時，眼前人影發出了聲音。

「喔喔喔，啊啊啊——」

路燈照亮了他們的臉。失焦的眼睛，耷拉大張、發出無意義呻吟的嘴，紅黑色的血沾滿整張臉跟衣服。還有些人的衣服碎裂，赤身裸體。

那臭味更明顯！一股混著血汗、油脂和強烈腐臭的味道往鼻腔撲來。我的本能在那個瞬間占上風。「快跑！」我反手拉著比留子的手跑向來時路。我完全沒想到他們可能是傷患或病人。途中轉過頭看，從山上下來的人影愈來愈多。

「啊！」

回程路上出現人影。我差點要停下腳步，不過從輪廓辨認出那是跟在我們後面出發的重元跟高木。

「別過來！快回去！」

兩人聽到我們的叫聲，滿臉不解地停步。

「怎麼了？你們兩個冷靜一點。」

「不能過來！快回去！有奇怪的人。」

「奇怪？」

「不知道啦，很不尋常。」

「來了！」

比留子叫道。發現那些發出詭異呻吟、在橙色路燈下浮現的無數人影，高木不禁往後退了幾步：「那是什麼？」

「演的吧？」重元的聲音顫抖：「喂喂喂，他們準備得太講究了吧。」

我下意識地撿起路邊石頭，朝著人群奮力一丟。石頭砸到集團中的某個人，但對方沒有發出慘叫或抗議，依然繼續走近。

「不會吧！」

「你看到了吧，快逃啊！」

我們拚命跑在回紫湛莊的路上。最後一組還留在廣場上的立浪和名張見到剛出發的我們死命跑回來，訝異瞪大雙眼。

「怎麼了？受傷了嗎？」

啊，該怎麼說明好呢？我們異口同聲地大喊大叫，形容著那些可怕的人影，但立浪他們更加困惑。

「不能出去啦！快回別墅鎖好門窗！」「不、應該逃走吧！」「可是其他人還沒回來。」「但那些傢伙可能會過來，我們需要武器。」「總之先告訴管野先生，請他找些能當武器的東西。」

我們爬上廣場樓梯。這裡路寬較窄，他們沒辦法同時爬上來。

「到底是怎麼回事？」

名張跑去叫管野，只有立浪還一臉莫名其妙嘟囔著。這時，突然有個人撥開紫湛莊後方草叢現身。所有人屏息僵住不動，一看原來是喘著粗氣的七宮。

「七宮學長，你從哪裡回來的？」

「從神社穿過草叢回來的吧？那裡又沒有路，你還真是亂來耶。」

立浪告訴我們這條路有多難走。他說得沒錯，七宮衣服各處都沾滿樹枝，還有些刮破的地方。能把有潔癖的他逼到這個地步，理由只有一個。

「回來途中被一群奇怪的人攻擊了。」

這時我發現七宮的隊友不在。

「下松呢？」

聽到這個問題，他蒼白的臉轉了過來。

「沒救了。她被那些傢伙抓住，已經不行了。」

高木很激動。

「你就這樣丟著她見死不救自己回來？」

「你看過那些傢伙了嗎？我怎麼可能救得了！他們會吃人耶！他們一抓住下松就同

時撲上去，難道要我被他們吃掉嗎！」

「是殭屍。」目睹那群人的重元喃喃唸道：「原來眞的有殭屍。可是爲什麼？」

這時候管野跟名張一起從玄關走出來，拿著一把長槍，應該是展示在二樓交誼廳的東西。

「怎麼了？有可疑人物嗎？」

「來了！」

我們把手電筒朝向逐漸侵入下面廣場的人群。一見到那醜惡的樣子，名張立刻發出淒厲的慘叫。

在燈光照亮下的那些東西，雖然有著人的形體，可是身體各處都有被啃咬的缺口，簡直像塊破爛至極的抹布。那些是全身沾滿鮮血，張開大口，不斷大聲發出失去理性咆哮的怪物。重元說得沒錯，這是經常在電影和遊戲裡看到的殭屍。

可是剛剛走來的管野愚蠢地大叫：「糟糕！得快送醫院才行！」他下了樓，走近最前方那個人。那個瞬間，有著年輕人形體的那東西全身往前一倒、撲向管野。

「快閃！」

救管野一命的是追在身後，企圖阻止他的立浪。他發揮長腿優勢反射性地往那東西胸前一踢，踢倒對方。但接二連三又有手伸向兩人。

「快逃！」

兩人好不容易爬上樓梯。

「得殺了他們才行！」重元大叫：「被殭屍咬到就沒救了，那些傢伙不是人，只能殺了他們，不然我們都會沒命的！」

可怕的殭屍群正從廣場爬上樓梯。可是他們爬樓梯的動作相當遲鈍，途中有殭屍腳一打滑、失去平衡往下跌，前進速度很緩慢。只要解決隊伍最前面的一個，就能爭取不少時間。

但管野沒有動作，大概對於攻擊仍是人形的他們有所猶豫。

「你在幹麼！給我！」

立浪從他手中搶過長槍，伴著嘶聲大喊，將長槍刺向從樓梯探出頭的殭屍。儘管刀刃已經磨鈍，但一個大男人使盡全身力量的攻擊還是俐落地貫穿對方胸膛。可是血並沒有噴出來，而且胸口刺著長槍的殭屍還在動。

「可惡、可惡！」

他又刺了兩三次，還是沒用。重元再次大叫。

「刺穿心臟沒用，破壞大腦才行！」

「誰知道怎麼破壞大腦啦！」

人類的頭蓋骨很堅硬。刀刃磨鈍的長槍不可能簡單刺穿。

「從眼睛！」比留子叫道：「眼睛可以連到腦部。」

立浪依照她的建議，瞄準方向用槍往眼窩刺幾回，那傢伙終於不再動，從樓梯跌下，撞倒跟在後面的殭屍群而連帶滾落。

「喔，噁啊啊啊。」

立浪見到黏在槍尖的肉片嘔吐起來。但那些傢伙一個接一個爬上。比留子大叫。

「這樣不是辦法，快躲進紫湛莊。」

「我看還是從後面逃走。」

聽到立浪的建議，七宮臉色大變。

「不行！我在山裡也被他們追。這些傢伙就是翻過山來的。」

明智學長怎麼了？現在該不會正被殭屍攻擊吧？得幫他才行。

我腦中除了這個念頭，漸漸浮現另一個極冷靜的想法。來不及了，要突破重圍從這群殭屍中去救人根本等於自殺。就在這時候。

「哇啊啊啊啊！」

進藤從紫湛莊後面一邊尖叫一邊跑出。他應該跟七宮一樣，穿過草叢逃回。但身邊不見跟他同一組的星川。進藤環視我們一圈，悲痛地問。

「麗花在哪裡？她應該回來了吧？」

「你跟星川走散了嗎？」立浪抹抹嘴角。

「我讓她趁我分散那些怪物注意力時先跑了，她還沒回來嗎？」

但所有人都搖搖頭表示沒看到。這裡是玄關正面，有人回來我們一定會發現。他從我們的表情察覺到困惑，大叫「不會吧！」陷入半瘋狂地衝進紫湛莊。

「麗花妳在吧？麗花！」

這時他腦中比起周圍漸漸逼近的殭屍群，更擔心女友的安危。

「我們也進去，只能躲在別墅裡了。」立浪指示。

「可是美冬他們還沒回來。」高木堅持。

「他們可能躲在某個安全的地方，再這樣下去連我們也很危險。」

那些殭屍來到玄關前只是時間問題。高木不甘地緊皺著臉，不過並沒有開口說要獨自救夥伴。我們所有人都進了建築裡，在管野的指示下正要關上玻璃門外的鐵窗。這時，重元指向外面大叫著。

「喂，你們看！」

快要爬到廣場樓梯上方的殭屍被往後拖下。出現在我們眼前的是穿夏威夷衫、戴著眼鏡的熟悉男人。

「明智學長！」

「美冬！」

明智學長拉起他護在身後的女性靜原，將她往這裡推，再踹走從下方進逼的追兵。恐懼和喘息讓靜原滿臉鐵青，她跌進玄關。

「啊，嗚啊……」她一進來就全身癱軟，發出不成話聲的嗚咽，幸好看來沒受傷。

「明智學長快點上來！」我扯著喉嚨大叫。

聽到我的聲音，他轉過頭來正要往前跑，一隻下方伸出的手卻抓住他的腳踝。

危險！我還來不及出聲。纖瘦的女殭屍無情地咬住他的小腿肚。

「啊啊——」

瘦長的身子晃了兩下，往後倒。我們那個瞬間四目相對，明智學長的嘴巴動了。

——好像沒那麼簡單。

那看似怔愣，又哭又笑般難以言喻的表情烙印在我腦中，之後，明智學長跌下樓梯，落入距離短短幾公尺遠的地獄，消失在我們面前。

「啊啊——」不知是誰，發出了絕望的嘆息。

對，絕望。

我深吸一口氣，將慘叫聲硬吞下。來不及了。

「拉下鐵門。」我說：「他們要爬上來了。」

就這樣，我轉眼失去了我的福爾摩斯。

八

雖然封住玄關，但別墅的防守實在不可靠。一樓正面牆壁是玻璃外牆，脆弱得可以，他們遲早侵入屋裡。

「這裡不行。」

「上二樓，然後封住所有樓梯。」

眾人從東側樓梯爬上二樓避難時，樓下已經傳來玻璃碎裂聲響。他們進來了！

我們急忙分工搬運二樓交誼廳的櫥櫃、沙發等大型家具，開始在一、二樓中間和二樓樓梯的樓梯轉角平台築起兩階段路障。觀察那些殭屍的動作，他們光上一般樓梯都不容易。很可能可以在這裡擋下他們。這時，進藤聽到搬運東西的聲響，從三樓走下來。

他好像還在整棟屋裡遍尋星川，真可憐。

「不在……到處都沒看見麗花，麗花到底去那裡了？」

進藤囈語般低聲碎唸，接著竟然想移開我們在中間轉角平台堆好的家具。

「喂！你幹麼！」立浪急忙抓著他的肩膀。

「放開我！我要找麗花。」

「你認清現實吧，我看她已經沒命了。」

「不可能！」進藤大叫：「她一定還活著，我要找她，讓我去！」

「你這混蛋！」進藤還來不及開口就被立浪揍了一拳，他趴在地上發出嗚咽。明智學長的死讓我麻木，我冷冷望著他。

我們當然想相信星川還活著，但首要之務是防止殭屍入侵，暫且管不了其他。沒想到是重元主導路障堆疊。

「除了設置障礙防堵，還要讓他們不容易上樓，弄成像坡道一樣。這樣應該能讓他們打滑上不來。」

我們依照他的指示，管野跟重元用萬能鑰匙進入空房二〇八號，拆下床板，取得兩片條狀拼成的大板子，讓板子滑下樓梯。又從布巾室拿來所有床單散放。在上樓梯後的位置，我們六個人輪流左右前進，合力把放在交誼廳的自動販賣機搬過來，跟櫥櫃組合成一道牆。終於完成路障。

七宮指出：「我記得另一邊有緊急逃生梯吧？那邊不用堵住嗎？」

「從緊急逃生梯進入館內的門是鐵製的，基於安全理由只能從內側打開。而且門朝外開，硬撞也不容易開。」管野解釋道。

「糟了！」比留子一愣：「有電梯！」

沒錯，萬一他們上電梯，一不小心就簡單入侵樓上。我們慌張回到交誼廳，發現電梯顯示還停在一樓。

「怎麼辦？說不定已經有幾個搭進電梯了。」

「如果是這樣，再等下去也不知道他們什麼時候會上來。假如只有兩、三個，宰掉對方就得了。」

剛剛已經殺一個人的立浪持長槍瞪著梯門。我們拿起掛在牆上的武器模仿他的動作。管野按下按鈕，電梯門上方的燈號從一移動到二。大家屏息靜待，門開了。

裡面沒有人。所有人都放下心。

「管野先生，能不能關掉電梯電源？」比留子問。

「電源開關在一樓櫃檯。現在那裡應該已經塞滿怪物了。」

「等一下，萬一那些傢伙不小心按下按鍵，電梯不就會被叫下樓？」開什麼玩笑！高木緊張地逼問。

「那暫時這樣擋著。」

比留子拿來附近一把椅子卡住電梯門。

「這樣應該不會亂動了。」

原來如此。避免發生意外，門無法關上的電梯不會上下樓。

在樓梯口監視路障的名張叫道。

「殭屍上來了！」

我們緊握武器，前往樓梯。

從路障縫隙往下看，侵入別墅的殭屍人數不斷增加，樓下無數顆頭像漲潮一樣，漸漸填滿狹窄的樓梯。可是這些殭屍運動能力很差，上樓的速度比在平地走路的速度更慢，腳步不穩。好不容易爬上一半，也會被路障阻擋、或者被床單絆倒失去平衡，牽連後面幾個一起跌落樓梯，不斷重複這個過程。到目前爲止，重元的路障發揮極大功能。

「可是不知道他們什麼時候突破路障。我們要一直這樣監視嗎？」

七宮說著，一邊觀察我們的反應。

「我有個好東西。」

高木和靜原從口袋裡取出防身蜂鳴器，一拉掉插銷就會發出大聲警報音。立浪吹了聲口哨，相較之下，七宮不悅地抿起嘴。

「爲什麼帶這種東西來？」

在少數特定人選參加的合宿隨身攜帶防身蜂鳴器，很明顯是警戒男性參加者。但高木一點都不覺得不好意思，靜原這麼做應該也是高木傳授。

「以防萬一啊，有什麼好驚訝。總之利用這個設下機關，萬一路障被突破，我們馬上就可以發現。」

管野依照高木的提議，從倉庫拿來釣魚線，在路障後方設下機關。一旦有人突破路障，就會拉動釣魚線拔下插銷，引起警報蜂鳴器發出聲響。這樣暫時算完成準備。

「另一個蜂鳴器呢？」

七宮從問話的靜原手中搶過蜂鳴器。

「喂！」高木出聲抗議。

「這個就裝在三樓緊急逃生門上，萬一三樓也淪陷就完了。」

七宮說得沒錯，假如三樓被殭屍占領，我們就無處可逃了。可是說這話的七宮房間最靠近三樓緊急逃生門。

之後，我們聚集在二樓交誼廳。

時間是晚上十點半。距離試膽開始不過短短一個半小時，世界卻已經天翻地覆。

倖存的——不、現在人在這裡的有在校生我、比留子、進藤、高木、靜原、名張、重元，OB七宮和立浪，還有管理員管野，總共十個人。多達四個人犧牲。管野替所有人準備了咖啡，不過我沒拿。

打開電視開關，手機依然訊號不通，我們完全不知道周遭到底發生什麼事。

「出目呢？」聽到立浪的問話，七宮搖搖頭。

「我到神社時他已經被咬了，下松也落入他們手中。」

下松——打從一開始就大方不怕生地找我說話、勸我多吃肉，那天真的笑臉掠過腦中。她的開朗讓我多少放鬆了心情，卻連聲感謝都沒機會說。

「你們看這個。」高木停下操作遙控器的手。

畫面上播放著新聞節目，綠意盎然的景色上斗大疊映著「疑似恐怖攻擊」幾個悚然文字。管野轉大音量。

「今天下午四點左右，警方和消防單位接受通報表示，在S縣裟可安自然公園舉辦的野外演唱會薩貝爾搖滾音樂節會場有多位觀眾身體不適。同樣症狀的人急遽增加，警方懷疑有運用化學兵器的恐怖攻擊，現已封鎖附近一帶，目前持續展開救援並清查原因。」

這條新聞就連我這個外行人也覺得匪夷所思。明明是疑似恐怖攻擊的大事件，卻完全沒有當地影像或採訪畫面。畫面中使用自然公園的宣傳影片片段。僅管電視攝影機無法進入現場，這個時代理應可以透過推特或影片網站來即時掌握當地狀況。

比留子問管野。

「手機不通的話，市內電話呢？」

管野拿起交誼廳的電話操作好幾次，最後還是搖搖頭，放下話筒。

「不行，到底怎麼回事？」

「消息可能受到嚴密管控也說不定。」

比留子低聲沉吟，顯然接受這個說法。

「那這些殭屍呢？」

「就是新聞裡說到**身體狀況出問題的觀眾**吧。他們的服裝很像參加音樂節的打扮，而且是從會場方向來的。我剛剛就覺得奇怪，這附近沒有多少民宅，卻有這麼多殭屍。

雖然不知道是化學兵器還是什麼生物武器或者生化危機，總之應該是**會場發生某種狀況將觀衆變成這個樣子**。」

「那就糟了。」重元慌張地說：「薩貝爾搖滾音樂節一天的參加人數約五萬，被殭屍咬到的人會變成殭屍。假如大部分人都感染了，那……」

新聞說事情發生在下午四點，不過到底是不是正確時間很難說。無論如何，今天傍晚到現在還不到半天就已經引起大騷動。不得不說，眼前事態相當嚴重。

「可是政府應該掌握現況了吧？一定會有人來救我們的。」

靜原的聲音小得像蚊子，而比留子無情否定。

「既然我們被『他們』攻擊，就表示政府沒能控制住受害狀況。我想也是避免無謂的恐慌才沒有來自現場的報導，還阻斷通訊。他們在這種狀況下，第一優先是防止受害範圍擴大。讓我們先用『感染』這兩個字，政府的首要之務是阻止感染者離開娑可安湖周邊，拯救倖存者是次要事項。因為一個不小心就可能引發二次被害。」

試膽時，我確實一輛車都沒看見。莫非道路被封鎖了？還有幾小時前目睹的直升機隊列。那到底是帶著什麼任務前往現場呢？

「總之，我們得有在這裡持續固守的心理準備。」

「固守……那要等多久才有人來救我們？」始終忍著沒出聲的名張大叫。

沒人能回答。

我在電影上看過。政府無法遏止感染擴大，只好用炸彈將還有倖存者的村落連人帶村全部炸毀。這或許太誇張，但現在這座別墅好比陸上孤島。即使全滅不過十個人，政府很可能見死不救。這時，比留子告訴大家。

「大家不要太悲觀。如果殭屍是會動的屍體，那死後過了幾天，融解和腐敗的速度就會加快，無法活動。現在是盛夏，腐敗更快。我想不會超過一星期。」

接著，重元用毫無情感的語氣小聲補充。

「這種時候最重要的就是食物、水、電，還有武器。」

「剛剛泡咖啡時還有水。」管野證實。

現在房裡還有電，問題是食物。交誼廳有礦泉水跟咖啡機，不過看不到能吃的東西。

「一樓廚房裡有幾天份的食物，可是……」管野語帶遺憾。

我們各自從行李裡把食物收集在一起，管野從三樓倉庫拿來備用的緊急糧食。這個地區偶爾出現地震，這是種徒具形式的防災準備。最令人驚訝的是重元竟然帶了一打五百毫升的可樂來。他說：「我平常只喝這個。」

「那些死掉傢伙的行李呢？」

立浪提議時有些尷尬。我馬上反對。

「不要吧，又還沒餓到攸關生命。」

大家可能也對亂翻夥伴行李有心理排斥，沒有人出言反對。

管野發給我們緊急用的口罩。

「如果得跟殭屍對戰，我想還是戴著比較好。」

很有道理。既然可能是感染病，小心點總是好的。

再來是武器。雖然有很多劍槍，可是令人懷疑到底能不能發揮實際效用。不僅不夠利，更比想像中沉重。連男人要拿起來也不容易。我跟進藤拿著劍，靜原等人選長槍。考慮到觸及範圍，長槍的確比較有利，可是一想到得在狹窄走廊上揮舞，我又覺得劍好像比較好使。

「有人有武術經驗嗎？」

名張不安地環視周圍，所有男人一致搖頭。我不是運動白痴，可是不曾投入過特定運動，室內派的進藤和重元、富家公子七宮就不用說了，管野好像只有打網球的經驗。體格最結實的立浪到高中前都沉迷游泳。這時女孩子中有隻手舉起來。

「我小時候因為家裡的教育方針，學過薙刀和合氣道。」

竟然是比留子。可是個子嬌小的她怎麼看都不夠有氣勢，名張表情微妙地點頭說：

「喔。」

立浪說，那些殭屍不管被打被殺都不為所動。應該盡量避免近身搏鬥。目前看來有效的方法，是用長槍之類的武器在隔一段距離處一口氣貫穿眼睛來破壞大腦，可是連我這個男人都沒把握能順利完成。萬一大批殭屍衝進狹小的建築物裡該怎麼辦？還是該想辦法逃出去。

還有一個大問題，要在哪裡過夜。我們的安身之處只有二樓跟三樓，另外三樓倉庫裡的樓梯好像可以通往屋頂。面積最寬廣且可以讓大家待在一起的就是這個交誼廳。但如果殭屍突破樓梯路障，第一個會入侵蹂躪的地方，一樣是這個交誼廳。

「不如大家一起上三樓，路障可以再往上堆。」

「在電影裡面遇到這種狀況時，千萬不能分頭行動，最好大家待在一起。」

高木和名張異口同聲表示，不過進藤卻有異議。

「一起？十個人被關在同一房間？饒了我吧。」

重元也繼續說。

「我、我不贊成所有人都聚集在同一處。在電影裡會單獨被殺，都是因為擅自誤闖敵方地盤，或者沒發現敵方。」

「所以呢？」高木瞪著他。

「現、現在我們很、很接近戰爭，一定要避免全軍覆沒。所有人都待在同一個地方，萬一他們衝進來時誰也逃不掉。如果分散在兩個樓層，至少一半人逃得掉。」

「啊？你是說在二樓的人就變成誘餌了嗎？」

七宮大概想穩定情緒，從口袋拿出眼藥水，邊點邊嘲諷。

「等等。」管野打斷他們：「先被襲擊的不見得是二樓啊。」

他的想法是這樣──突破路障的殭屍可能通過二樓直闖三樓，再說南區邊緣設置的緊急逃生梯在建築物外，各自可透過緊急逃生門通往二樓跟三樓，當然也可能僅經過二樓，率先突破三樓的緊急逃生門。

「但二樓還是最危險。殭屍上樓梯很慢，蜂鳴器響了之後，三樓的人有充分時間逃，但二樓就沒那麼充裕了。」

名張歇斯底里地主張。

「不，只要把東區和交誼廳間的門關上就行了。」

管野指位於各區域境界的那道門。

「你們也看到了，跟中央相接的東、南區域有道門區隔開來。不過如果沒有鑰匙就無法開關，萬一鎖上，有什麼突發狀況就沒辦法處理。換句話說，如果在晚上把交誼廳跟東區之間的門先鎖好，就算殭屍突破路障，也不會立即危害整個二樓。」

看看房間分配，使用二樓東區房間的是二〇六號房的名張和二〇七號房的出目。如果名張搬到其他房間，就可以把這扇門關上。

「再說，今後不知道要關在這裡幾天，我想最好能盡量守住生活空間。」

如果一開始就放棄二樓，能逃的只剩下屋頂。假如守住交誼廳，至少可以靠電梯往來於三樓之間。

安靜一陣子的比留子開口。

「管野先生，來往於上下兩層樓的方法只有樓梯和電梯嗎？」

「不，還有一個方法。」

說著，他從倉庫裡拿出避難用的鋁製繩梯。

「從三樓陽台垂下梯子，就可以通到二樓房間。不過這梯子只有一組。」

「已經夠了。那麼這樣吧，基本上我們還是跟之前一樣在各自房間過夜。假如緊急逃生門被衝破、聽見警報蜂鳴器音，馬上打房間分機互相通知，在房裡待命。房門是朝外開的，對方身體硬撞也不會馬上被撞壞。同時，身在安全場所的人馬上關上區域隔門，延緩殭屍進攻，然後用繩梯救出關在房裡的人。」

比留子的方法可以避免眾人遇到奇襲時犧牲，也不會對夥伴見死不救，聽起來不錯。主張集體行動的高木和名張雖然不太情願，也算接受這個提議。為了讓大家都方便使用，我們將繩梯放在三樓電梯前。

管野環視大家一圈。

「這是區域隔門的鑰匙，我放在電視架上，有需要請自行取用。還有，名張同學得換房間，但我沒時間把其他房間的卡式鑰匙帶出，請用這份管理員的萬能鑰匙。」

最後決定名張用空著的二〇五號房，封鎖二樓東區的門。這麼一來就算路障被突破，殭屍不會一口氣攻進交誼廳。

「管野先生住哪間房？」

我突然想到這件事。他平常應該住在一樓的管理員室。

「不好意思……我打算睡在星川同學的房間。我也想留在二樓觀察狀況。」

他一邊觀察進藤的臉色。本來以爲有人進女友的房間，他會不高興，沒想到進藤出乎意料地老實點頭。

「我知道了……不過麗花的行李請讓我保管。」

進藤用萬能鑰匙打開星川住的二〇三號房，迅速將行李搬到自己房間，比留子盯著他，繼續問道。

「可是管野先生，這房間該怎麼鎖門跟用電？如果把萬能鑰匙給名張，你就沒鑰匙可用了吧？」

二〇三號房的卡式鑰匙由星川帶在身上，現在也不在屋裡。

「我在房外時會用門扣鎖卡住，不至於太不方便。電的話，可以插名張同學原本二〇六號房的卡式鑰匙。」

這時，高木問。

「那個取電用的插槽，應該可以插進駕照之類的東西吧？我住商務旅館時，外出就常這樣，讓冷氣繼續開著。」

我也有經驗。既然是卡式鑰匙，如她所說可以用駕照或者名片代替，假如是插入棒狀鑰匙圈的類型則可放進牙刷代替。

「這裡的卡式鑰匙等級比較高一點，如果沒有感應到卡片背後的磁條就不會有反應。可以拿其他房間的鑰匙代用，但駕照一類就不管用了。」

接下來輪到立浪開口。

「比起這個，巡邏怎麼辦？幾個男人輪流監看嗎？」

名張用力搖頭。

「不用這樣。就算發現有人侵入又能怎麼樣？難道要用武器把他們打回去嗎？最後還不是只能回房間避難。」

「再說，晚上大家都睡在上鎖的房間裡，搞不好負責巡邏的人會面臨無處可去的危險。」比留子說道。

其他成員紛紛表達自己的不安。當我們選擇個別行動時，就等於降低監視的效果。管野環視大家後道。

「大家晚上不要隨便離開房間。我想殭屍應該不會爬牆，但最好鎖上陽台。以防萬一，請帶一件武器在身上。我每隔一小時會檢查路障和緊急逃生門。」

讓管野一個人辛苦總覺得過意不去，可是這是降低危險的最好方法。

總之，我們已經盡可能做好準備。

時間是晚上十一點多，可是沒有人打算回房。這也是當然。周圍被殭屍團團包圍，誰有心情落單呢？可是一直保持極限狀態的緊張感，現在稍微鬆弛，睏意逐漸襲來。今天一整天實在發生太多事，需要時間整理思緒。好累、好想睡。只希望一覺醒來，發現一切都是一場夢。

「葉村，你快回房間吧。」

比留子搖了搖我的肩，喚回我矇朧打盹的意識，在我正面的重元拿起三叉槍站起來。那樣子儼然是豬八戒。

「我也要回房了。」

其他人跟著一一邁開沉重腳步。

七宮、重元、進藤、靜原，還有我上三樓。因爲不能搭電梯，我走東側樓梯上樓。走過殭屍群蔓延的樓梯旁固然發毛，但想再次確認路障的狀況。我拿一把劍起身。

「比留子，我從這邊回去，可以請妳幫忙鎖門嗎？」

我們剛決定晚上要鎖上二樓東區這扇門。我經過後得有人從交誼廳那側鎖上門。

「我送你過去，門我回來會鎖好。」

說著這話的比留子手裡拿著一把槍。我們穿著夏裝，手上拿著駭人武器走路，模樣莫名滑稽。

穿過東區走廊，來到樓梯轉角。眼前可以看到利用高低差放置的家具和自動販賣機背面，另一邊傳來砰砰拍打聲及無數低沉呻吟。現在路障沒有任何異常，但一想到這些群眾一口氣湧進來的樣子，就忍不住作嘔。

上樓後可以看到我被分配到的三〇八號房房門。假如突破路障的殭屍上三樓，最先被包圍的就是我的房間。但計較這種事也沒用。比留子房間離二樓緊急逃生門最近，看起來柔弱無比的靜原房間緊鄰隔壁。光分配到三樓就該覺得慶幸了。

「如果晚上有什麼聲響也不要輕易開門，記得確認對方是誰。」

比留子的語氣就像我的監護人。

「比留子妳回去時也小心點。」

打開房門正要進去，「葉村。」她叫住我。

「那件事我是認眞的。我希望你能當我助手。雖然明智學長的事我覺得很遺憾。」

「別說了。」

我忍不住加重了語氣。

「現在不是提這的時候吧。明智學長的事我還沒整理好心情。妳到底在想什麼？」

比留子一臉驚愕，怯怯地別開頭。

「你說得沒錯。對不起，我是怎麼了，忘了吧，晚安。」

比留子小心不發出聲音地慢慢關上門。我將卡式鑰匙插進插槽取電，確認過房門有沒有鎖上。看來沒有問題。

只脫了鞋，就這樣躺上床。

剛剛那段對話讓我忍不住動怒。

我本來覺得，雖然捉摸不清她在想什麼，至少還是有常識的人。但現在竟然還提什麼助手。都什麼時候了，還一心想著解謎？無聊透頂。

我突然起身，打開窗戶走到陽台上。

厚厚雲層下，廣場周圍亮著幾盞路燈，不過光線都不強，無法清楚確認整座廣場。但可以感覺到殭屍群的低吟宛如海浪般由下往上一波波逼近，那股含著濕氣的風，送來死亡的氣息。

跟地震時的心境很類似。忘記呼吸的無力感。絕望的光景。一想到短短一天內從手中消失的東西多麼珍貴，就覺得世界彷彿在腳下反轉一圈。

可惡。什麼紫湛莊，應該叫屍人莊。

深呼吸。

——沒辦法，發生都發生了。

我試圖讓自己鎮定。這個當口，腦中浮現疑問，我會不會透過空氣被那些傢伙感染？連忙關上窗戶。總之等待清晨來臨。還好這些傢伙不像電影上的殭屍般具備可怕的戰鬥能力，就連單純路障都得苦戰半天，無法順利上樓。

至少待在房間裡是安全的。

我萬萬沒想到，那天夜裡還會出現新的犧牲者。

第四章　漩渦中的犧牲者

一

這是天意。

不管是屍人的出現、腦中突如其來靈光乍現的點子，都只能說操縱命運的存在——或許是神或許是惡魔——選擇站在我這邊。

好一陣子警察不會靠近這裡，眞是千載難逢的好機會。

這是在叫我快下手，一切條件都已備齊。

有舞台、有方法、有可恨的對象。當然，我早有覺悟。

還有什麼好猶豫？

爲了這一天，我磨利了齒牙。

走吧，那傢伙就在房間裡。

胸中藏著暗自點燃的喜悅，踏出再也不容回頭的一步。

二

醒來的同時，我下意識地伸手在床邊的床頭櫃上摸索。撲空兩三次，才想起手表丟了還沒找到，這才起身。

看看牆上的鐘，數位式顯示告訴我現在是上午六點。

幸好睡著時沒有人拍打房門，沒有接到其他房間打來的求救電話，在這種緊急狀況下還能夠熟睡，我的身心應該都相當疲憊。

但周圍實在太靜。外面不知何時下起了雨。聚集在窗下的殭屍數量好像比襲來時更多，但見到他們在雨中毫無防備、宛如懺悔般仰天張著口的樣子，忍不住覺得同情。

換作平常，我這時醒來一定會睡回籠覺，但現在沒心情貪睡。

簡單沖了澡、拿起劍。明明是仿製品卻又冰又重。爲了確保安全，我卡著門扣鎖窺視外面，無人走廊的盡頭可以看見樓梯。我確認沒有任何人在後才小心走上走廊。

第一個念頭是確認路障。沿著房間右邊的樓梯下樓，我發現交誼廳那邊好像傳來音樂聲。印象中交誼廳沒有音響，難道是用烤肉時的卡式錄放音機？

路障健在，家具的位置沒有移動，警報蜂鳴器的釣魚線依然緊繃。這一晚各自順利發揮了功能。隔著家具還是能夠見到殭屍們持續笨拙地以身衝撞，失去平衡跌落樓梯的身影，就像是商品的耐久性測試。我衷心期望這些家具都日本製。

回到交誼廳附近，我想起通往中央區的門上了鎖。鑰匙放在交誼廳的電視架上，從這邊打不開門。假如已經有人在交誼廳，敲敲門應該有人替我開門，不過我不想讓對方誤會殭屍來了，決定回到三樓改搭電梯。

電梯停在三樓，門的縫隙間卡著面紙盒。看來維持著昨天三樓的人上樓後的狀態。但我頓時僵住。我可以搭電梯下樓嗎？

這時，住在我隔壁房間的靜原走來。

「早安。」

「早。妳起得好早啊，該不會是被我吵醒的吧？」

「沒有，我剛醒。」

說來奇怪，這是我第一次跟靜原說話。

她的表情雖然有些陰沉，但臉色並不差。

靜原見到我呆站在電梯前，偏頭不解。

「怎麼了嗎？」

「我們搭電梯下二樓後，爲了不讓電梯下到一樓，應該會拿東西卡住門吧。可是這樣一來三樓的人就不能用電梯了。」

「啊……」靜原也點點頭：「如果三樓的人想用電梯，就得多一道工夫，打內線電話給二樓的人，請人移掉東西呢。」

既然得多費事，還不如我們走樓梯下去。我從房間打電話到交誼廳，已經起床的管野接了電話，他一聽到我的聲音馬上說。

「啊，你打得剛好。我剛發現奇怪的東西，你能立刻下來嗎？」

我急忙下樓到交誼廳，除了管野之外，立浪和重元也起來了。那熱鬧的音樂聲原來從面對交誼廳的立浪房間傳出。這時，比留子從南區走來。我們幾個人都是一身T恤短褲的輕便裝扮，但她穿線條輕盈的藍色襯衫搭配白色裙子，服裝依然很講究。

「怎麼了嗎？」

一問之下，管野將手上的紙遞過來。

「重元說進藤的房門上夾著這個。」

那張紙上只有一句話：「多謝招待」，筆跡很紊亂。

「只是惡作劇吧。」

聽著立浪的聲音，我發現當事人進藤不在場。我想起之前電影研究社辦公室裡出現的恐嚇信。

「我敲了門，但是進藤沒回應。」重元的雙眼慌張地游移。

管野打電話到進藤房裡，不過他一言不發、表情狐疑地放回話筒。

「沒人接。」

不祥的預感急速膨脹，比留子建議。

「進藤社長的房間是三樓的三〇五號房吧？不如把二樓的人都叫醒，一起看看狀況？」

我們馬上叫醒高木和名張，大家一起從樓梯上三樓。除了我，其他人都沒拿著武器，長槍太大太礙事。

我們敲了進藤的房門，還是沒有回音。

「進藤社長，你起來了嗎？」

「進藤，快回話啊？在洗澡嗎？」

沒辦法，管野朝名張伸出手。

「請借我昨天給妳的萬能鑰匙。」

臉色蒼白的名張點點頭。

立浪走向南區，說是要叫醒不在場的七宮，管野把萬能鑰匙插上。嗶地一聲，門鎖打開。房門慢慢打開。

這個瞬間，一股惱人臭氣撲鼻。

「哇啊……」

往房裡看的管野驚叫。隔著他的背影，裡頭是一片沒有人料想得到的光景。

鮮血遍布地面，甚至飛濺到天花板，到處是四散的肉塊。

房間窗戶敞開，進藤的屍體以企圖攀上陽台的姿勢倒下，就像一塊破抹布般掛著，被啃食得亂七八糟辨不出原形。

「這是怎麼回事！」管野正要進去。

「小心！」比留子登時叫住他：「說不定殭屍還在房裡！」

管野連忙後退，我舉起劍。高木叫著：「我去拿武器！」跟靜原一起往樓梯跑。

我掏掏口袋，戴上昨天管野給的口罩。其他手邊有口罩的人也紛紛戴上，或拿手帕、毛巾摀住口。

我從入口探出頭，觀察室內。房間的卡式鑰匙還插在插槽上。血四散各處，不過房內沒被弄得太亂。一進門左手邊的牆邊靠著進藤帶回來的長劍。進藤大概想逃，陽台窗戶朝外敞開，雖然看不清明確的足跡，但確實有一道走過的血跡往陽台外延續，扶手沾滿了血。

「到底怎麼了……哇！」

跟七宮一起回來的立浪一見到室內慘狀就驚聲大叫。

唯一帶著劍的我慢慢進房。似乎沒有人在。我小心警戒地打開一體成型衛浴的門，裡面一樣沒人。

「不要緊，沒人。」

高木她們帶著武器回來了。每個人都接過劍或槍，可是跟在我身後進來的只有比留子跟管野。這也難怪。畢竟進藤的死狀太淒慘。不只身體，連**別向一邊的臉都被啃食撕扯得難以辨認**。

我小心不碰到屍體、沿著血跡來到陽台往下望。沒有繩索，沒有梯子，只有發出低吟的殭屍群依然遍布在地。比留子清查房門，確認沒有被動手腳。

「怎麼會這樣……眞是太可憐了。」

「不行！」站在門外的重元出聲阻止正要在屍體邊蹲下的管野：「最好別接近。」

「爲什麼？」

「我們不知道他被咬死經過多久，他說不定馬上就變成會動的殭屍。」

我們聽他這麼說地一驚，紛紛遠離進藤的屍體。這時七宮悄聲說。

「喂，他剛剛是不是動了一下？」

「什麼？」

「指尖好像動了一下。沒錯，那傢伙還有呼吸！」

怎麼可能，受了這麼重的傷竟然沒死？

「怎麼可能還活著！」重元再次大叫：「你看看那傷口的血色！」

進藤全身看似咬痕的傷口流出的血已經泛黑凝固，還有些地方變成微妙的綠色。

「都到血已經凝固的狀況，怎麼可能還活著！他已經不是人、是殭屍了，要是不解決掉會反過來攻擊的！」

儘管這麼主張，重元卻嚇得直發抖。室內的管野和比留子都顯得猶豫，我也一樣。

雖然覺得不可能，但還是無法捨棄進藤還活著的一線希望。既然還有一口氣，就得盡早治療，相反地，假如已經逐漸殭屍化，現在得馬上給他致命一擊。該出手相救、還是提槍相向。房中瀰漫著令人窒息的沉默。

就在這時候。身後踏出的人影毫不猶豫地舉槍突刺，從右眼一口氣往後頭杓刺穿。進藤的身體反射性一抖，再也不動彈。

「咿！」主張該動手的重元自己發出不中用的慘叫聲。

「——喝——哈……」

「學姊……」靜原喃喃叫道。

下手的是高木。她毫不遲疑地刺殺了同一個社團的男人。

「沒辦法。」

高木攪動了槍尖兩次才拔出槍來。上面除了眼球還沾著應該是大腦的軟質物體。

「美冬，這傢伙沒救了。不殺他不行。」

在這股寧靜的壓力下，我們陷入一片寂靜。

之後，我們將進藤屍體挪到房間角落、蓋上床單。四處都是他散落的血肉。這房間已經不可能恢復原狀，我只想快點離開。

「這個季節屍體應該會很快腐爛，至少把空調開著。」管野操作著遙控器。

站在房門附近的靜原出聲：「那個……這是什麼啊？」

一看，入口旁的房間角落掉了一張折起來的紙。

打開一看是似曾相識的潦草筆跡，上面寫著：

「我開動了。」

三

在那之後，因爲擔心咬死進藤的殭屍可能藏在建築某處，比留子建議大家分頭檢查二樓和三樓的空房間及屋頂有沒有藏人的空間，不過並沒有發現除了我們之外的存在。如同那血跡所示，凶手已經從陽台跌落了。

我們再次聚集在交誼廳。大家臉上都浮出茫然的神情，還無法接受這個事實。我們心中的疑問無非是：

——咬死進藤的殭屍究竟從哪裡入侵？

大家各自說著漫無邊際的臆測和疑問，這時聽到企圖穩定場面的聲音：「各位。」是比留子。

「我們來試著整理昨天晚上發生在進藤社長身上的事。現在這個階段隨時隨地都可能有殭屍入侵。大家都說說看，昨天晚上有沒有發現什麼特別狀況？」

「幹麼？都什麼時候了還要玩偵探家家酒嗎？」又在點眼藥的七宮不屑地說。他從剛剛開始就比昨天更常槌自己的頭或點眼藥，一直無法冷靜。

「有什麼關係？大家應該都很好奇啊，交給她吧。」

立浪開口，他現在很平靜。畢竟年長者開了口，我們決定接受比留子的偵訊。

「在開始之前，這音樂不能想想辦法嗎？」

活力十足且充滿節奏感的曲子從早上起不斷播放，名張皺著眉頭抱怨，立浪聳聳肩：「我不喜歡搞得跟守靈一樣。」他回到房間關掉卡式錄放音機。

交誼廳陷入沉默，比留子一邊確認手冊的房間分配，開始問話。

「那我從進藤房間附近的人開始。重元，請告訴我你昨晚回房後的行動，以及有沒有發現異常之處？」

住在進藤隔壁三〇四號房的重元抬起陰沉的臉。

「……我昨天晚上跟進藤、靜原還有七宮學長一起搭電梯上三樓後，大家就分開了。我遲遲睡不著，就拿出帶來的ＤＶＤ，不過看到第二片中間就不知不覺睡著了。那時候大概快一點。醒來是五點五十分左右，雖然還很早，不過因爲好奇外面的狀況，就出了房間。然後就發現進藤房門上夾著一張白紙……」

「夾著？」

「對，就像這樣。」他拿起紙折成三折：「紙折成有點厚度的樣子，插在房門的隙縫裡。我想，不知道是什麼無聊惡作劇，敲了他房門，可是進藤沒有反應，我就把紙帶到交誼廳來了。」

「也就是說，那張紙是從房間外插上的？」

「對。你看看那張紙，還很乾淨。假如先放了紙再關上房門，一定會壓出很多皺褶。我抽出紙張的時候很順暢，一點阻礙都沒有。」

「隔著一片牆，你在隔壁房完全沒察覺進藤發生的事？」

聽到七宮的逼問，重元搖搖頭。管野插嘴說明。

「隔間牆用了隔音材料，幾乎聽不見隔壁房間的聲音。」

「可是。」重元緊接著說：「我昨天晚上開始就一直聽得到樓下立浪學長卡式錄放音機的聲音。因爲一直有聲音所以睡不著，看DVD時也很干擾。」

不會吧，那音樂從昨天晚上就開始了？

「眞是不好意思啊。」立浪可沒覺得歉疚。

有一件事我覺得好奇，問了管野。

「牆壁如果是隔音材料，那路障的警報蜂鳴器響了我們不就聽不見嗎？」

「不、我想不至於。房門和天花板沒用隔音材料，聽得見走廊和交誼廳傳來的聲音。你房間的位置應該可以聽見樓梯的警報蜂鳴器聲，只有隔壁房間的聲音聽不見。」

重元講到這裡，沒値得參考之處。接著是住在進藤正下方二〇五號房名張。

「這個晚上很難熬。我平常都得吃安眠藥睡。但我擔心那些怪物不知道什麼時候會闖進來，怎麼敢吃藥，整個晚上都醒著。可是窗外除了怪物什麼都沒有，我怕自己瘋掉，中途出去喝了一次水。雖然大家交代過盡量少到房間外，但茶水間就在我房間附近，然後剛好看到管野先生出來巡邏。那是幾點啊？」

「我第二次巡邏，兩點左右。」

「對，大概那時候吧。十分鐘後回到房間，之後一直蒙著被子縮起來。我腦袋裡一直盤旋著那些東西的呻吟聲，總覺得好像永遠不會天亮。」

「其他還發現了什麼嗎？」

「對了。」名張好像想起什麼，輕聲說道：「不知道是什麼時候，我覺得樓上好像有一陣沉重的振動聲。該不會就是那時候……」

可能是進藤被殺的時候。

「那大約幾點？」比留子繼續抓緊這一點追問。

「我不太記得，是我喝水之後，可能兩點半，可能更晚。可是沒聽見叫聲。」

「原來如此。房間裡的血跡一直濺到天花板，看來進藤社長可能先被咬穿喉嚨，無法叫出聲。」

比留子點點頭。

「那接著能不能請剛剛提到的管野先生來說說？」

「好。」管野神情緊張地開始說：「昨天晚上確認大家回房間後，我又確認了緊急逃生門和路障。那時候我跟從三樓下來的劍崎打了照面對吧？等到各種整理和確認都完成、回到房間時大概快十二點。我後來決定每隔一小時出去巡邏一次。以前我做過很多不同的工作，已經習慣了不規則的睡眠，小睡之後一點起來巡視第一次，那時候在交誼廳看到了進藤，他搭的電梯也停在二樓。」

「他來做什麼？」

「也是來喝水的。他說滿腦子都是星川的事，睡不著，可是……」管野說到這裡有點遲疑：「可能現在回頭想才這麼認爲，總覺得他當時有點怪。注意到我時似乎有點慌張。他倉皇搭進電梯回了三樓。」

「慌張？」

「對，我猜他可能在這裡跟誰見了面……」

「沒有聽到說話聲吧？」

「沒有。剛剛說的純屬猜測，對不起。」管野老實地道歉：「第二次巡邏時看到了名張，之後就沒再看到誰了。」

「名張說的沉重聲響，您也發現了嗎？」

管野搖搖頭。

「巡邏的每個時段，門戶都沒異常嗎？」

「沒有，這不會有錯。緊急逃生門、路障、跟東區間的隔門還有電梯都沒異狀。」

「那進藤社長房門上夾著那張紙是？」

「那個……」

管野有些歉疚地吞吞吐吐起來。

「第三次巡邏、也就是上午三點之前，我想都還沒有，不過之後就不敢確定了。我確實經過他房門前，不過可能漸漸習慣巡邏了，我只想著緊急逃生門和路障，沒太注意客房。」

館內的燈都沒關，視野應該很清楚，不過如果沒特別注意或許眞的不會發現。我昨晚回房間時也沒特別留意其他房門。

比留子的偵訊繼續持續，但沒有人能提供關於進藤遭到襲擊的有力資訊。身在二樓的人當然不可能知道三樓進藤房裡發生什麼事，同樣在三樓的我和靜原所在的東區跟七宮所在的南區，在結構上不太容易聽到中央區發出的聲音，所以名張曾經聽到的聲音，其他人都沒有聽到。

比留子問完話後向大家道謝：「非常謝謝大家。」

「現階段可能跟犯行有關的線索有三條。第一是在上午一點時進藤社長還活著，再來是兩點半左右名張聽到的聲響，還有可能是三點以後留下來的那張訊息。可是光靠這些還無法說明到底發生什麼事。」

我發現一個矛盾。

「等一下。假如進藤社長是兩點半左右被殺，那三點巡邏時，房門上沒有夾著那張紙條不是很奇怪嗎？犯人殺人之後在做什麼？」

可是比留子好像不太在意這一點。

「名張聽到的聲音並不能保證就是行凶時的聲音，而且時間很曖昧。我想應該沒必要太執著於這一點。」

這時，高木代替大家問了所有人都很在意的問題。

「殺了進藤的——到底是人還是殭屍啊？」

「那個死狀除了殭屍還有其他可能嗎？齒痕那麼清楚，一定是被咬殺的痕跡。殭屍殺了進藤後從陽台往外跌出去了吧。」

重元滔滔不絕地說著，但立浪不認同。

「那殭屍從哪裡進來？緊急逃生門和路障都沒有異狀，這一點很確定。假如這麼容易突破的話，現在我們應該變成殭屍了。」

確實，殭屍不太可能突破我們築起的障壁。

我看著現在停在三樓的電梯門，提出一個可能。

「電梯呢？管野先生說一點左右，進藤搭了電梯下到交誼廳，會不會那時候不小心下了一樓，讓殭屍進了電梯？」

比留子馬上否定這個推論。

「這樣的話，人應該在電梯裡被殺，可是電梯裡一點血跡都沒有。我想進藤社長應該是在房裡被殺的沒錯。」

「說得也對。」

我也沒有太認眞推論，馬上贊同她的意見。可是重元依然堅持犯人就是殭屍，他又提出下一個主張。

「那有沒有可能在堆起路障之前，殭屍事先藏在某個地方？」

立浪面露難色。

「殭屍趁我們不知情上樓來？應該沒有這個機會吧？」

「不，有！」高木高聲說道：「我們從試膽會場逃回來後，管野先生拿著武器來到廣場，那時候別墅裡應該沒有人。」

「可是下到廣場的只有管野先生跟立浪學長。其他人都在玄關前，要是殭屍進來應該會發現吧？實際上七宮學長跟進藤從後方出現時，我們立刻發現了啊。」名張反駁。

「那一定是從後門進來的。」

重元依然堅持。一樓有兼作吸菸區的露台，也有通往外面的房門。不過管野否定從那裡出入的可能。

「那不可能。你們出去試膽時，我確認一樓所有門窗，露台的門那時候已經鎖上，走廊的窗戶有限制開放寬度的裝置，頭都鑽不進來。直到名張衝回來前，我都一直在櫃檯，裡面也有玄關的監視攝影機螢幕，有誰偷偷進來，我一定會發現的。」

「我本來也打算從露台的門逃進來，但發現鎖住，才繞到玄關。」

七宮也作證。

「還有，入侵的殭屍會完全不攻擊我們，乖乖躲到大家都熟睡嗎？我們堆路障時在建築物裡走來走去，沒發現任何可疑的身影。更重要的是房間找到的紙條。殭屍怎麼可能寫那種東西。」

接連遭到反駁，戰況愈來愈不妙的重元不服輸問。

「不是殭屍，那會是誰幹的？」

「活人啊。雖然不知道是誰，應該是對進藤懷恨在心的人殺的吧。」

「管野先生才說過不可能有人從外面進來啊。難道……」

「對，犯人就在我們當中。」

立浪這句話一出立刻瀰漫起緊張氣氛。可是重元依然不服氣地哼一聲。

「喔？我還是不能接受。你看進藤身上的傷。那再怎麼看都不是利器造成的傷而是咬傷。」

對於這一點，立浪提出驚人的主張。

「沒錯，但咬人是殭屍的特權嗎？」

「……啊？」

「他可能是被人咬死啊。這麼一來大家就會懷疑殭屍，犯人也不會受到懷疑。」

有道理。光靠那咬痕確實不能斷定是殭屍下的手。最後高木給了致命一擊，可是我們不能確認進藤是否眞的「感染」。假如犯人算準我們會爲了做出致命一擊而殺人，那麼把犯行推給殭屍剛好落入對方的盤算。

但比留子不同意。

「這推理非常特別，可是現在還無法積極贊同。」

「喔？」

立浪應該不知道她的來歷，但好像對她的沉著態度很感興趣。

「能說說妳的理由嗎？」

「好，其實很單純，進藤社長的傷有幾十處咬傷的痕跡，有隔著衣服被咬破的、也有深可見骨的。一個人要咬到這個程度，牙齒或牙齦一定受傷流血。但現在在場的各位，應該沒人嘴裡受傷吧？」

大家都連忙跟附近的人彼此確認口內狀況，並未發現有異狀的人。

她冷靜的觀察力給了我一點衝擊。當我們眼前只看到屍體慘狀時，她還有餘力思考到這些層面。

「還有，立浪學長說這是讓大家把懷疑對象轉移到殭屍身上，但這樣一來就無法說明爲什麼要留下那張紙條，沒有那張紙不是更好嗎？」

立浪雖然被駁倒，可是表情還是很從容。

「妳這麼說也對。不過假如眞如妳所說，那就表示犯人眞的是殭屍。那傢伙是從哪裡進來的？難道是爬牆翻窗進來的？」

「不，應該很難。從昨天開始看他們的樣子，那些殭屍連上樓梯都不容易。實在不覺得他們有辦法靈活爬牆或梯子。我還想確認一件事，有沒有人願意承認這張紙條是自己放的？跟殺害進藤社長無關，真的只是惡作劇。如果有，希望現在老實承認。」

大家的眼光都注視著桌上的紙條。

「我開動了」「多謝招待」這兩張紙條。用的紙跟筆幾乎一樣。但沒人舉手。

「沒有嗎？那麼這果然是犯人留下的紙條，也就是說，犯人是人。而且其中一張如同重元所說，是從外面塞進門縫，**換句話說，是犯人行凶後離開房間再塞進去。因此犯人還在這館內。**」

這就表示犯人就在我們當中，這個人從某處將殭屍帶進來，但這樣又會回到何時何地進來的問題。

「嗯，我搞不太懂。」

立浪叼著菸點起火，仰天吐出一口紫煙。

所有身在交誼廳的人都有同樣心情。

「你太悠哉了吧，立浪！」

七宮大叫，槌了一下桌子。

「這些紙條跟那封恐嚇信一樣，一定衝著我們來的！」

「冷靜一點，七宮。」

「如果不是殭屍也不是人，那答案只有一個！**那就是還保有自我的殭屍幹的！**那傢伙想向我們復仇——」

「夠了七宮！」

立浪一聲怒斥，七宮焦躁地摸著自己臉頰，接著忿忿吐出一句「可惡！」站了起來，拿了櫥櫃裡的緊急糧食和幾瓶瓶裝水。

「你要幹麼？」

「我要躲在房間裡，直到有人來救我們之前，誰也不准靠近我！」

說著，他快步離開交誼廳。現場沒有人留住他。

「別在意。養尊處優的少爺不習慣遇到逆境。」

立浪說著，聳了聳肩。

「眞是！吃的東西本來就不多了。」

比起七宮，高木更可惜被他帶走的糧食。

之後我們決定吃點簡單的早餐，但一大早就近距離目睹夥伴屍體，大家都沒什麼食慾。大部分人都只喝了緊急糧食裡的湯，然後我們就像住在老人院裡的人一樣，一起坐在拉高音量的電視前，但沒有獲得新消息。

雖然沒有人開口，可是夥伴在上鎖的房裡被殺，在每個人的心裡都埋下很深的不安種子。假如出一點差錯，現在全身被啃咬、被人用利器刺穿腦袋的可能是自己。

過了一會，立浪提議。

「我想了想，要不要把那些沒人住的房間房門打開？卡著門扣鎖讓門半開，就不會自動上鎖了吧。」

「可以是可以，但爲什麼這麼做？」管野皺著眉問。

「假如我們像現在這樣不在自己房間，路障被突破，就得盡快逃到最接近的房裡，但若房門上鎖，就只能逃回自己房間，這樣不太妙吧？」

「我也覺得是好主意。既然是沒人用的房間，打開沒什麼問題。」

比留子也表示贊同。現在主導權似乎掌握在比留子、立浪、管野他們身上。既然沒有其他反對意見，除了放進藤屍體的房間，我們將空房間及下松和明智學長過去使用的房間房門打開，並卡上門扣鎖。

四

終於過九點，已厭倦在交誼廳大眼瞪小眼的我們，開始分頭行動。

立浪重新打開房間的卡式錄放音機開關，想一掃這陰沉的氣氛，交誼廳裡迴響著搖滾西洋音樂的樂聲。重元慢慢回到自己房間，管野走向三樓倉庫，說是要看看有沒有其他派得上用場的東西，立浪跟比留子一起上去。名張可能昨晚沒睡好，或者是不喜歡吵鬧的搖滾樂，說要回房間躺一下。

我一度回房，但實在沒興致休息。心裡當然有生命受到威脅的恐懼，但不斷盤據腦中的卻是在離奇狀況下被殺的進藤。假如是明智學長，見到眼前的謎團一定不可能默不作聲。我決定再次到進藤房間。

所幸，進藤房間沒鎖。已經有人先我一步。

「比留子。」

早上因為屍體騷動無暇顧及，不過又想起昨晚分開的尷尬，我有點緊張地開口：

「妳也來了啊。」

為了保存屍體而開著空調的房內，冷到不像夏天。不過滿溢房裡的死屍氣息依然沒有消失。我再次戴上口罩。

「啊、喔，是葉村啊。」

一反在交誼廳的冷靜，察覺我出現的比留子一陣慌張，眼神游移不定。看似冷酷的她其實不太擅長掩飾自己真正的感覺。

「該怎麼說好了……我昨天真的很失禮。對不起，請原諒我。」

對方坦率道歉，我也不是完全沒錯，反而覺得不好意思。

「別這樣，我說話太衝了。我們都忘了這件事吧。」

比留子鬆口氣般垂下肩頭，我這才開口。

「這件事實在太詭異了。」

「嗯，我也這麼覺得。」

「被殭屍包圍的紫湛莊、自動上鎖的房間，命案現場可說是雙重密室。凶手怎麼殺害身在裡面的進藤社長呢？」

「咦？」

「啊？」

比留子突然發出怪聲，我開始擔心自己是不是說了奇怪的話。

「啊，我的意思是，到底犯人用什麼方法殺害密室裡的進藤社長。」

「啊啊，原來如此。原來你往那個方向想啊。」

比留子拍了一下掌，似乎很意外。

「那個方向？妳是指？」

「我對於殺害方法其實不太在意。」

這告白讓我相當驚訝。我本來以爲像她這種查過形形色色案件的人，對於密室或者製造不在場證明的詭計會很感興趣才對。

比留子抓起自己一撮美麗的黑髮在嘴邊玩弄，一邊說道。

「不管這裡是不是密室，實際上進藤社長確實被殺了。再怎麼驚嘆不可能、沒辦法都沒有意義。畢竟一定有人想出可行的方法。」

也是，這麼說沒錯。

「那比留子在意什麼。」

「犯人的意圖吧。」

「動機嗎？」

「跟動機又有點不同。一個人要殺人的理由誰又知道呢。警方辦案可能會從動機開始調查，但那是要從不特定多數中鎖定嫌犯，可是只要有心殺人，動機可以是一時興起的快樂主義，也可能是聽到上天的聲音不是嗎？我更想知道，犯人爲什麼選擇這個方法？爲什麼非得趁現在殺不可？」

「也就是Whydunit嗎？。」

「Whydunit？」

除了Whydunit，我順便說明Whodunit、Howdunit的意思。

這指涉究竟是何人基於什麼理由，又如何犯下這起罪行。Whodunit是指Who had done it，誰犯下罪行的意思；Howdunit指的是How had done it，如何辦到；而Whydunit指的則是Why had done it，非這麼做不可的理由。

「嗯，沒錯。」

比留子點點頭，慢慢在室內四處走著，她靈敏地避開地毯滲血的部分跟散落的肉塊，繼續說。

「我不太擅長推理，但實際的犯罪現場裡留有非常明顯的證據，告訴我們犯人想要什麼、想做什麼，而我的體質好像天生就能敏感捕捉到這些。」

我只接觸過小說或連續劇等創作裡的殺害現場，實在很難捉摸她形容的感覺。

「現實中的殺人幾乎都是怨恨、厭惡先行的衝動行爲。就是說『殺害對方』是最優先的目的，掩飾手法往往很隨便，現場有很高的機率留下透露出犯案手法的線索，往往警方一出動就能看出破綻。其他還有類似繼承遺產或者跟保險金相關，以『因被害人之死獲取利益』目的的殺人，這種情況通常會僞裝成意外或生病，現場可以看出凶手企圖排除他殺嫌疑的意圖。**因此對我來說，最不合理的就是所謂的密室殺人。塑造密室的目的，一般是希望誤導為自殺不是嗎？在一個密室裡出現明顯他殺的殺人事件，還有比這更沒意義的事嗎？」**

這時我插了話。

「比方說想嫁禍給手上有密室鑰匙的人呢，這不能成爲理由嗎？」

「不可能，有鑰匙的人不可能特地把現場變成密室。」

確實沒錯。既然自己有進入密室的特權，那麼犯案後如果不打造一個人人能進入現場的狀態，最先被懷疑的就是自己了。

「再說，想靠密室這種東西騙過現代警察，是很需要勇氣的行爲呢。小說和連續劇裡經常出現『完全犯罪』這幾個字，但是在我看來，一旦發現屍體，就等於案子已經破了一半。殺害方法、犯案時間、犯案動機……屍體就是線索的寶庫。真正的完全犯罪不是讓警察舉手投降，**而是根本不讓人發現犯罪**。不爲人知地殺人、不爲人知地處理掉屍體、不爲人知地融入日常——等等，讓我們再回到主題。也就是說，我對瑣碎的機關沒有太大興趣。我好奇犯人爲什麼要在這個時間點殺掉進藤社長？**畢竟現在我們正被殭屍包圍、陷入恐慌，所有人都面臨著生死存亡的危機，有必要特地在密室裡殺掉進藤社長嗎？**」

我漸漸了解比留子的意思。不管犯人對進藤的殺意多濃，現在要從殭屍手中倖存，每個人都可說是重要戰力。所有人都面臨到死亡危險，殺了他的好處到底在哪裡？

「比留子認爲犯案的不是殭屍，而是人類吧？」

「對。不過剛剛避免無謂的內鬨，我才說了嘴裡傷口那件事。」

我隨口道。

「犯人是不是對進藤社長懷恨極深，堅持要自己親手殺掉他？」

「這是最有可能的理由，但你看看現場。一個如此希望親自下手的犯人，卻特意讓殭屍來攻擊他，這不是很奇怪嗎？」

一點也沒錯。因爲不想讓進藤死在殭屍手裡才親自動手，但最後還是假手殭屍。這非常矛盾。

「剛剛有提過犯人想要引導大家懷疑是殭屍下的手。」

「對。可是這麼一來就無法解釋為什麼要留下那張紙條，那很明顯是想讓人知道，這是人類幹的。」

確實。假如沒有那張紙條，我們一定會很快就接受殭屍才是犯人的說法。

比留子玩弄著頭髮輕聲低喃。

「該不會就因為是這種狀況，所以才決定下手吧？」

「什麼意思？」

「假如是在這種極限狀況下，審判時，或許可以主張自己的精神狀態不正常。」

「盡量減刑的考量嗎？」

我倒沒想過這一點。在受到殭屍這些怪物威脅的局面下，確實很難保持冷靜。沒有人會想到現在犯了罪，刑度會多重，說不定還會被認定精神失常，獲判無罪。留下紙條，可能只是強調自己已經失去冷靜判斷力。可是比留子似乎對自己的推論並不滿意，她繼續碎念。

「既然這樣，我就不懂特地讓殭屍來攻擊的理由了……」

我愈聽愈迷糊。

並不是想發洩強烈恨意，也沒打算讓大家懷疑殭屍，更無意偽裝為自殺。比留子說得沒錯，犯人這個時間點在密室裡殺害進藤的意圖完全匪夷所思。

「到處都沒看到你們，果然在這裡。」

思考陷入僵局時，高木從走廊上探出頭。

「怎麼，馬上玩起偵探家家酒了嗎？竟然敢待在那種噁心的房間。」

「不好意思，實在很在意一些地方。」

「我沒生氣啦，受不了交誼廳的氣氛才過來的。啊啊，但我還是不想進去，你們出來吧。發現什麼了嗎？。」

我把剛剛說的事跟高木說明一遍後，比留子提議。

「靠我的方法也想不出什麼結果。對了，葉村你剛剛在思考密室的問題吧？我對推理的知識很薄弱，能不能講解一下密室給我聽？」

「不過都是從小說裡看來的知識。」

「沒關係。」

在她的要求下，我開始提出自己從推理小說中累積的密室知識。幸好過去跟明智學長討論過幾次密室。講起來並不太吃力。

「所謂密室，是指從內外都無法自由出入的空間。進藤社長的房間不容易從外面進去，因為房門採用所謂飯店的門鎖系統，也就是門一關就會自動鎖上，可是要出去並不難，大概可稱之為半密室吧。另外，這棟別墅裡有路障和一樓滿滿的殭屍，外部的人不可能進出，因此這棟別墅本身也是巨大的密室，可以說是雙重密室。再來，所謂密室殺人，當然如同這個稱呼，是指在密室內發生的命案，不過幾乎大部分的推理作品裡所描述的，正確來說都只是『偽裝成密室殺人的命案』。」

「意思是，並非眞正的密室？」

「對。要舉例就沒完沒了，以這次在密室裡發現屍體的類型來說。常見的手法是從房外殺害室內的人，就是利用狙擊或毒氣或道具來絞殺，犯人就算不進房間，只要有一點空隙就可能下手。」

「但觀察這次屍體上的傷痕跟出血，很明顯是在室內被咬殺的。假如是來自外部的攻擊，應該不會這個樣子。」

高木仰望飛散到天花板上的血跡提出反駁。我當然意見相同。

「接著是在外面已經瀕死的被害者跑回房間後，力氣耗盡。這麼一來犯人也不需要進到房中一步。但同樣基於高木剛剛說的理由，這次也不可能是這種狀況。進藤社長無疑是在這房中被殺的。」

我自己推翻原先的說法後繼續往下說。

「再來是偽裝成他殺、其實是被害者自殺，所謂自導自演。但這次也不可能。」

「畢竟沒人能咬到自己的臉。」高木說道。

不過比留子卻打斷了她：「等等。」

「那有沒有可能是一半自殺呢？」

「一半？」

「進藤社長故意讓殭屍進來攻擊自己。」

我身為推理愛好者，非常喜歡這種解釋，但其中還是有幾個問題。

「妳是指同意殺人吧。這或許可以說明房門鑰匙還有他的死狀，但無法說明夾在房門上的紙條，這不太可能是殭屍犯案後走出走廊夾上的。另外，這無法解釋他是怎麼讓殭屍進來、怎麼讓殭屍逃脫。靠進藤社長一個人搬動路障不太可能，難道是從緊急逃生門或者電梯帶進來嗎？」

比留子也注意到這一點。

「無論如何，都得從『外面大批殭屍』中帶回一個或者少數殭屍回房。這方法實在太冒險，也不太實際。」

搭電梯下一樓、跟殭屍一起回來？打開緊急逃生門只讓一個殭屍進來後關上門？無論哪一種情況都會當場被殭屍攻擊，再說，要是能冒這種險還不如快點逃離別墅。這個論點雖然新穎，但不得不放棄。

那如果從外面入侵的不是殭屍而是人呢？

「有沒有可能犯人來自外部？變成密室之前犯人已經侵入這裡？」

「這就是剛剛在交誼廳裡高木她們提出的看法。殭屍出現之後大家一直注意著別墅入口，不過之前說不定有人趁管野先生確認館內門窗時偷偷侵入。」

高木用力地點頭。

「如果那個人知道櫃檯卡式鑰匙放的位置，就可能躲在某個空房間裡。」

這麼一來確實可以突破「外圍密室」。可是今天早上我們找遍整棟別墅，並沒有發現其他人。

「假如犯人是來自外部的某個人，就表示他殺害進藤社長後留下紙條、然後如同一陣煙般消失在別墅裡。我雖然不想這麼說，但……」

「犯人就在我們當中這個說法，可能性是最高的。」

比留子替我把話接下。假如犯人既不是殭屍也不是外部者，而是我們當中的某個人，那麼一開始就可以忽視「外圍密室」。

我繼續回到密室話題。

「再來講到物理性的機關。沿著外牆爬進、丟出繩索掛在陽台上、把房門整個拆下來等等，乍看荒唐的方法其實都有可能。另外還有祕密通道等等。」

「嗯。不過連這個都懷疑那就眞的沒完沒了了。」

比留子回到室內仔細檢查陽台扶手上有沒有什麼吊掛的痕跡，或者房間裡哪裡有通道。不過依然沒有發現採取這類手法的痕跡。想要塑造出綾辻行人館系列裡中村青司打造的獨特建築並沒那麼容易。

「扶手油漆比想像中更容易剝落呢。要是掛上繩梯或繩索，一定會留下痕跡。」

我也想過事先把細鋼絲繞成圓圈綁在陽台扶手上來固定繩索的方法，但看來不太可行。當然屋外也沒有能沿著牆壁走的踏腳處。看到這些結果，我有點愧疚地說。

「那個……我剛剛爲了說明密室，有件事一直沒說。」

「什麼？還有什麼沒說？」高木愣愣地問。

「其實就算不用我剛剛說的方法，還是有辦法從外面打開這種飯店門鎖。」

「什麼！」

「啊，也對。」比留子也點點頭。

「妳已經知道了？」

「假如是偷竊事件，確實經常用這種手法。」

「喂，你們兩個不要顧著聊自己的啊。」被忽視的高木生氣了。

比留子指著房門下方開始說明。

「首先，準備一根長度可以從地板觸及門把的L字鐵絲，然後稍微把鐵絲前端彎一下，把鐵絲從房門下的縫隙插進去一轉，讓鐵絲朝上，把彎曲的前端掛在門把上往下拉，就算沒有鑰匙也可以打開房門。在一些動畫網站上都看得到。只要可以打開門鎖，防盜鏈或者門扣鎖也可以用線或橡皮筋從外打開。」

高木呆呆地看著我們。

「等一下，那我們之前的討論算什麼？只要有道具，這個房間根本就不是密室嘛。」

她說得沒錯。說得更極端一點，就算不使用這些麻煩手段，也可能靠著舌燦蓮花讓進藤開鎖，將這房間當作密室未免太過輕率。

最後一點，我不得不補充。

「還有一件事因爲跟推理無關，我一直沒說，但名張昨天拿了萬能鑰匙，她隨時可能侵入這間房。」

比留子點點頭，似乎覺得很理所當然：「沒錯。」另一方面高木則大張著嘴，慢慢走近打了我肚子一拳。

「愛兜圈子！」

根據上述密室討論，可以確定犯人是「可以忽視外圍密室的人」，也就是說，我們當中的某個人可能入侵進藤房間。假如名張是犯人，那可能性就更高了。

比留子滿意地點點頭。

「多虧了葉村，我思緒更清楚一些。這可以說是空前絕後的密室殺人。」

「哪裡空前絕後了？房間可以用鑰匙簡單打開啊。我聽起來剛剛那麼長的討論好像都白費了？現在只有我思路跟不上嗎？」

「高木，不需要想得太難。如果只要破解密室，那麼前面說的方法確實有可能，但是要執行殺人，還得有一個條件。」

「什麼條件？」

比留子認真地說。

「能夠用這些方法突破密室的，**只有人類**。多虧葉村，我現在可以確信殭屍不可能靠巧合或意外來突破這雙重密室。而我們之中沒有人留下咬殺進藤社長的痕跡。換句話說，我們雖然可以突破密室，卻無法殺了他。反過來說，殭屍雖然能殺他，卻無法破解密室。**這是一樁必須克服侵入方法和殺害方法這兩個條件，才能實現的密室殺人**。」

高木搔著頭。

「所以說，怎麼？妳是說現在沒有人可以犯案？沒有其他可能的犯人面貌嗎？」

「剛剛雖然推翻了，不過人類從緊急逃生門等引殭屍進來的可能性還是有。但犯人自己得承擔很大的風險。」比留子說。

「還有，就像七宮學長說的，殭屍可能具備跟人類一樣的智商。」

我自己這麼說，心裡卻覺得不太可能。可是真要說起來，殭屍本身就是超乎我們想像的存在。到底什麼可能、什麼不可能，已經無法判斷。就像跟明智學長一起猜女學生吃什麼午餐時一樣。

我們又陷入瓶頸時，比留子用力拍一下手。

「再換一次方法吧！我們對殭屍這種未知的怪物，應該多吸收些資訊。」

五

比留子前往進藤隔壁的重元房間。敲了門，重元從房門隙縫探出陰沉的臉。

「有事嗎？」

他背後的屋內沒開燈，窗簾緊閉，很陰暗。照亮牆壁的只有泛藍的電視光線。

「您在忙嗎？關於那些可怕的殭屍，想來請教一下意見。」

「為什麼問我？」重元眼鏡後方的眼睛頓時露出光采。

「你昨天第一次看到，就已經知道得破壞腦才能阻止他們，今天早上比任何人都快指出進藤社長可能變成殭屍復活的危險性。我想你應該對這種怪物很熟。」

比留子笑著對他說。不知她是經過盤算還是本性如此，被這種美女稱讚，哪個男人不開心呢。當然重元也不例外。

「我沒有很熟啦。」從他的口氣裡可以聽出已經卸下警戒：「總之先進來，不過我只有可樂可以招待。」

室內冷氣開得很強，穿短袖甚至有點冷。側耳靜聽，確實隔著地板可以聽到立浪房間的音樂聲。

重元這個人大概個性很隨便，床單亂到無法想像僅過一天，床頭櫃上放著喝一半的可樂。垃圾桶旁有五個空瓶。這個可樂中毒者又從冰箱拿出新可樂，放在桌上。

「不介意的話請用。」

電視前連接著一台小型DVD播放器，現在影片是暫停狀態。畫面上的外國女演員我覺得似曾相識。一頭短短金髮，蒙上沙塵的美麗臉孔表情凝重、雙手持槍。

「這是《惡靈古堡》吧？」

「對啊。」重元點點頭。

不用說也知道，那是將殭屍遊戲改編成電影的作品。其實他要看DVD或玩遊戲都無所謂，但在這種狀況下竟然還有興致欣賞殭屍電影，實在令人無言。高木板起臉說：

「到底在想什麼……」

重元直接坐在地毯上，我們圍在他身邊，我和比留子坐在床上，高木將椅子轉向後方跨坐。

「你平時就常看這些嗎？」

比留子問，重元回答：

「對啊，只要是殭屍電影大概都看過了。不過雖然都稱爲殭屍，每個作品的設定都不太一樣。現在還出版了實際遭到殭屍襲擊時該怎麼辦的求生指南。我都讀熟了，可是在這個沒有槍的國家，能做的事很有限。」

他很快說完這些，從包包裡陸續拿出DVD和相關書籍攤在地上。

「你精通的程度遠超過我想像。」

比留子彷彿想抑制重元的氣勢一樣，委婉地提出。

「我們正在思考進藤社長被殺的狀況，但關於那些怪物，不懂的部份實在太多。例如身體能力如何、有沒有具備欺騙人的智慧等等。才想來請問你的意見。重元，你覺得他們的眞面目是什麼？」

這時重元收回剛剛略顯亢奮的情緒，走近書桌，拿起幾張活頁紙。紙上寫滿滿一面凌亂的文字，正中央「什麼是殭屍」這個問題還用黑色圓圈圈起數次強調。這個殭屍通已經自己分析整晚。

「殭屍——姑且叫他們殭屍，首先該確認他們成爲殭屍的原因。我發現到幾點。

「第一，攻擊這裡的殭屍從狀況和裝扮來說，可以確定是參加薩貝爾搖滾音樂節的觀眾，新聞報導的『身體不適』事件產生了殭屍。新聞裡也透露出有生物兵器、化學兵器恐攻的可能性。

「第二，目視觀察他們身體某處有受傷，他們也咬了我們的夥伴。從新聞消息看來，他們成爲殭屍的原因很可能出自這些傷口上。我想可以斷定，他們就跟電影裡常見的狀況一樣，是某種細菌或病毒的感染者。

「第三，雖然還不清楚詳細的感染路徑，可是被咬導致的接觸感染應該是主要原因。現在我們還平安無事，可見得不會透過空氣感染，但有沒有可能經過飛沫感染還很難說。無論如何最好盡量避免直接接觸血液或體液。再來就是病媒感染。」

「病媒？」

「以動物或蟲爲媒介的感染。現在的季節就是蚊子了。」

確實沒錯。除了人類以外的動物，蚊子是出了名最容易殺人的動物。如果被吸了殭屍血的蚊子咬到……

「不過可能蚊子一吸到殭屍血就死了。不管怎樣，盡量穿長袖還是安全一點。」

但說這話的重元自己還穿著短袖。

「既然是感染病，你覺得有可能治療嗎？」

他聽到這個問題搖了搖頭，翻開從包包裡取出的書遞給我們。

「根據《打鬼戰士1：世界末日求生指南》，殭屍病毒經由血流送到大腦，一邊增殖一邊破壞額葉，停止心臟功能讓感染者『死亡』，同時會從細胞層級改變體內器官，重生爲超越界限的怪物。我不知道其中眞實性有多少，但是有幾項應該很符合這些現實中的殭屍。」

說著，他又從包包裡拿出昨天拍攝用的攝影機，熟練地連接電視及播放動畫。畫面上出現的不是在廢墟拍攝的靈異影片，而是已經霸佔別墅周圍的殭屍。他是什麼時候拍下這些的？

畫面朝殭屍放大到極限，詳細地映照出那些已不成人形的感染者風貌。看到這讓人不忍卒睹的光景，高木不耐地說。

「別管這些噁心的影像了，你知道什麼就快說吧。」

「我接下來要說的都只是想像，我也想聽聽其他人的意見。你們看了就會發現，不管受傷多嚴重的殭屍，都已經停止出血了。當然可能隨著時間慢慢凝固，不過也有些是變色成綠色、固化的部分。我想除了大量出血，應該也表示血液本身變質、失去流動性。實際上昨天晚上立浪學長殺掉的殭屍，再怎麼用長槍刺，也沒有噴血出來。」

「那又怎麼樣？」

「很明顯啊。這就表示殭屍體內的血液沒有在循環。也就是他們並不需要氧氣，心臟被破壞了還是能動，就像是會動的屍體。」

重元巧妙地變換不同說法，對高木和我們解釋。

「可是因爲肌肉組織已經僵硬，所以敏捷性和步行速度跟活著的時候相比大幅衰退。對身體的指令應該是大腦下的，但因爲沒有氧氣循環、手腳連動又差，可能無法進行複雜思考。換句話說，只能聽從佔據大腦的病毒給的單純指令而動。」

「什麼單純指令？」我問他。

「生存跟繁殖。殭屍想的只有這件事。他攻擊我們並不是因爲想殺我們，只是利用我們當作繁殖的道具。」

我不知道怎麼回應他的說法，不過比留子很有共鳴，輕聲道：「是這樣啊。」

「我一直覺得很不可思議。爲什麼殭屍不會攻擊殭屍呢。假如肚子餓了，那與其追趕少數人類，還不如吃掉夥伴。不過如果目的是繁殖就說得通了。」

「沒錯！就是這樣！」

大概是獲得贊同而開心，重元將身子往前一探，繼續熱切暢論。

「這樣想來，我們把他們的行動用『吃』來形容是不對的。你想想看，如果他們是填飽肚子才攻擊人，那屍體應該像吃剩的炸雞一樣剩下骨頭才對。但每個殭屍都沒有被啃到骨頭的感覺，咬人只是感染病毒的方法罷了。我不清楚這其中的機制，但他們可以辨別沒有感染病毒的人，然後攻擊對方。」

我想起在網路上讀過的一篇報導。記得好像是巴西還是哪裡的螞蟻，巨山蟻因爲被新種的菌寄生控制大腦而殭屍化，會移動到最適合散布菌株的地方。爲了繁殖而佔據動物大腦，是眞實存在的手段。這樣想來，殭屍不會吃掉彼此也很合理。

我們聊的內容愈來愈多，我跟重元要了幾張活頁紙，將跟殭屍有關且應該不會錯的特徵記下。

「……既然血液沒有循環，當然消化器官不會發揮作用，進藤社長的肉塊四散各處也是出於這個原因，因爲殭屍並不吃肉……只要等上幾天，肉體腐敗，我們就得救了嗎？」

比留子這個問題讓原本略顯亢奮的重元口氣一轉，變得沉重。

「不……可能更棘手。這也是從書裡看來，通常屍體腐敗跟微生物有關。假如殭屍病毒具有讓微生物立刻死亡、無法靠近的性質，那麼他們的肉體或許可以超乎我們想像，保存相當長的時間。我在大家面前不方便說，但說不定得等上幾星期才會腐敗……」

「微生物嗎。這確實是個盲點……」

比留子覺得很合理，但一旁的高木卻憤怒地說。

「那你告訴我，爲什麼那些殭屍要跑到這裡來？這裡跟搖滾音樂節會場中間可是相隔一座山呢！爲什麼特地……」

「妳不要把氣出在我身上啊。參加搖滾音樂節的人一天將近五萬人。假如發生恐攻、有一成的感染，也會產生五千個殭屍。現在從窗戶看出去，包圍這棟建築的大概還不到五百人，這只是一小部分。不過確實，他們離開明亮吵鬧的搖滾音樂節會場來到紫湛莊，表示運用了五感以外的感知能力找出活人，要不然不可能一直包圍我們。」

「你覺得只有人類會感染嗎？」

「……這很難說。不同電影有不同解釋，但有很多細菌或病毒只會給特定動物帶來害處。假如殭屍病毒只具備攻擊人類的特性，沒什麼稀奇。」

那殭屍可以活動到什麼程度呢？我更具體地問。

「既然大腦無法正常運作，是不是不可能使用道具開房門的鎖，或者是用話術騙進藤社長開門？」

「不可能。」重元馬上回答：「否則就不會被那種簡單路障阻攔了。你看到他們的動作了嗎？他們從正面往櫥櫃撞，接著因爲衝撞而失去平衡跌下樓梯，重複這過程好多次。這表示他們連幼兒程度的學習能力都沒有。可能因爲大腦只發出單純指令，所以手腳連動很差，也不會跑，唯一的優點就是體力沒有界限吧。電影裡的殭屍還要更靈活難纏一些。」

「被咬了之後過多久會變成殭屍呢？」比留子問。

「這很難判斷。可能要看被咬的部位、程度，還有被害者的體格而定吧。我猜現在政府應該在努力詳細調查，但不知道我們能不能活到讀到相關報導。」

重元悲觀地說，扭開寶特瓶蓋，聽到空氣竄出的聲音。

「什麼嘛，到頭來還是回到殭屍不可能躲進進藤房間啊。」

高木嘆口氣，似乎覺得做了一場無謂的討論。

六

離開重元房間，我們就像走出鬼屋，安心地深深吐出一口氣。

我整理的筆記如下：

一、殭屍化的原因可能是細菌或病毒。被咬後會感染、變成殭屍。殭屍化的時間和詳細感染路徑不明。

二、他們不需要氧氣，不破壞腦就會一直持續活動。因此擁有無限的體力。但學習能力、運動能力很低。

三、咬人不是爲了吃東西，而是爲了繁殖。只要對方感染就會停止。

四、對活人的氣息很敏感。

這樣看來是很難纏的怪物，但既然智能和運動能力低，應該有辦法對付。

這時候剛好看到立浪從南區走廊扛著長槍走來。

「喔，偵探團，有什麼新發現嗎？」

聽他口氣不像在挖苦，只是單純好奇。我搖搖頭。

「沒有，反而愈來愈摸不清狀況。」

「最麻煩的是當中有人類介入。之所以弄成像殭屍下手，都是要嚇我們。」

「沒有錯……這是目前最有可能的答案。」

比留子同意立浪的意見。犯人留下線索，但目的既非單純的憎恨也非想脫罪。最後在我們心中引發的只有困惑和恐懼。假如這就是犯人的意圖，那麼執行犯罪的是人類沒有錯。

我想起立浪走來的南區，正是七宮三〇一號房所在的區域。

「你去找七宮學長嗎？」

「對啊，怕他一個人無聊，但那個無情的傢伙根本不肯開門。就說膽小鬼討人厭嘛。我看他現在應該在房間裡不停發抖。」說著，他做出敲敲太陽穴的姿勢。對，我一直很好奇他這個動作。

「對了，七宮學長經常這樣槌頭，那是爲什麼？」

「他說上個月開始就有嚴重頭痛症狀，很常吃止痛藥。」

這時一旁的高木沒好氣地說。

「應該是隱形眼鏡的關係。」

「隱形眼鏡？」

「他不是常常點眼藥嗎？我看過美冬也點同樣的眼藥，那是隱形眼鏡專用的眼藥。美冬跟我說過，那叫過矯正，如果一直戴著度數太深的隱形眼鏡，眼睛就會血液不循環、容易痠痛，這種壓力好像會導致體內荷爾蒙紊亂，引發頭痛或嘔吐感。」

「靜原也戴隱形眼鏡啊。」我說道。

聽高木這麼說，立浪好像想起什麼。

「對了對了，他說過隱形眼鏡都是在網路上隨便買的。」

我們四個人一起搭電梯來到二樓。電梯很窄，光是四個人就侷促到幾乎肩碰肩。

「如果重元也來，那三個人就超重了吧。」

我一直很擔心愛開玩笑的立浪會不會不小心按到一樓的按鈕。按錯就等於直達殭屍地獄。幸好他的手沒亂來，電梯平安將我們送到二樓。我們不忘把椅子夾在電梯門中。

交誼廳裡剩靜原還在。立浪房間依然傳出熱鬧的搖滾樂。仔細看看，面對交誼廳的其他房間房門都卡著門扣鎖而半開，但他本人顯得若無其事。他在這種狀況下好像也沒什麼防犯意圖。

時間已經過了正午。

薩貝爾搖滾音樂節發生意外已經過整整一天，電視報導開始出現些微變化。儘管還是沒有觸及犧牲者人數或者被害擴大狀況，但開始逐漸增加提醒，暗示這是一起生化危機、人爲引起的生物災害。

「目前雖未發現娑可安湖的水質有任何異狀，但現在已經暫停娑可安湖的供水。爲了安全，娑可安湖周邊居民請千萬不要飲用湖水。萬一湖水進入眼睛或口內、或者以手接觸過，請立刻用清水沖洗。此外，昨天參加過薩貝爾搖滾音樂節的人請立刻撥打下列號碼跟警方連絡。」

「什麼！要停水嗎？」高木緊張地叫道。

這時管野走來，一問之下他表示屋頂有儲水槽，不至於立刻面臨斷水危機。

「就算全部住滿，大概夠支撐半天左右的用量，飲用水另外有瓶裝水，撐兩、三天沒問題。但考慮到之後可能沒水可用，還是得省著點。」

「簡直像被丟在孤島上一樣。」

聽到高木這番感嘆，其他人紛紛說出自己的不安。

「那暫時不能沖澡囉？」

比留子意外地對我這句話有了敏感的反應。她跟平時一樣抓起一束頭髮，小狗一樣聞著味道。

「不需要那麼在意吧？」

「是嗎？如果覺得不舒服請不要客氣，務必告訴我喔葉村。我好歹也是女生。」

「你很受信賴呢。」立浪咧著嘴笑，走了過來。

我不知怎麼回答。

一直保持沉默的靜原突然開口：「那個……」

「我們可能到停車場嗎？只要上了車，就不用擔心被殭屍抓到了吧。」

「停車場，這……」高木困惑地環視周圍一圈。

建築物的周圍被殭屍團團包圍。但靜原還是不氣餒，繼續說道。

「殭屍他們的注意力都集中在二、三樓。反而不太注意樓下的廣場和停車場附近。假如突破現在外面的包圍……」

「妳是說要開車撞飛那些殭屍然後逃走嗎？可是管野先生，車鑰匙在你手邊嗎？」

立浪轉而問管野。

「在櫃檯。對不起……」

「那只能開其他兩台了。這樣沒什麼不好啊。我倒是很期待看看心愛的GTR染上殭屍血跡後，七宮有什麼表情。」

「車子本來就是紅的，不是剛剛好嗎。」

沒想到靜原講話還滿辛辣的。

「但要怎麼出去呢？從窗戶跳出去也不可能飛過那群殭屍啊。」

「用火呢？我以前在電影裡看過有人用火把趕走殭屍，最糟的狀況就是放火燒了這棟建築……」

喔喔喔，激烈的程度愈來愈過火了。可是——

「那是行不通的。」

突來的闖入者打斷靜原激昂的陳述。那就是從三樓下來的殭屍通重元。

「我也很想知道他們的弱點，把預計今天晚上玩的煙火丟到他們正中間。結果失敗了。他們對聲音有反應，可是看到火或者熱並不會害怕而逃跑。」

報告完這些後，他抓了一根緊急糧食雜糧棒，又快速回房間了。

「……聽到沒？博士都這麼說了，妳就打消放火燒這裡的念頭吧。」

立浪聳聳肩，靜原遺憾地再次安靜下來。

吃了緊急糧食當午餐，大家繼續窩在交誼廳，途中幾次進進出出。一直關在房裡的名張露了臉，卻輪到靜原說要回房，走向東邊樓梯，高木送她回去。過了一會，比留子說想休息一下也回房間，手邊閒得發慌的我開始玩起交誼廳裡的木頭拼圖，就是那種得依照範本組合部件的遊戲。一會兒，高木回來，開始在我旁邊出意見。

這時立浪站起來，沒有回自己房間，而是搭電梯上了三樓。

「他要去哪啊？」

管野聽到我的疑問答道。

「應該是到屋頂抽菸。我剛剛沒有鎖倉庫門，裡面的樓梯可以自由上屋頂。一直關在屋內，他也覺得悶了吧。」

「抽菸啊。」

高木唸叨著拿起一個部件放在邊緣，很明顯位置不對，她又拿起來，換其他部件，再取來一些毫無關係的部件。這個人根本無心好好完成作品，只想鬧我。

「高木妳也抽菸嗎。」

「正在禁煙，美冬要我戒的。」她苦著一張臉。

「妳們兩個感情真的很好呢。」

「剛入社還是我教她怎麼化妝呢。她很文靜，很講究健康。她是念護理的。」

「醫學院卻特地來參加電研社嗎？」

神紅大學裡一般學科教育大樓所在的本校區，跟醫學院所在的醫學校區之間並沒有直達公車，搭自行車要三十分鐘左右，距離相當遠，醫學院的學生特地參加本校區的社團可說十分辛苦。

「一年級還有很多通識等在本校區上的課。但學年升上去後怎麼樣就不知道了。」

我們繼續聊著學科話題，才知道高木跟我一樣都是經濟學院。沒想到兩人之間竟然有這種緣分。

名張拿著電視遙控器好一會，喃喃道：「再這樣下去會瘋掉的。」站了起來。本來以爲她受不了眼前狀況，但見她惡狠狠地瞪著微開的房門，看來她討厭立浪房間傳出的音樂聲。這時管野也離開了交誼廳，剩我跟高木兩個人。

「高木，關於那封恐嚇信跟今天早上的紙條。」

我趁機問她。

「七宮學長好像格外害怕。恐嚇信裡說的活祭品，會不會說的不是去年拍的影像帶來的報應或詛咒，而是在合宿時發生的事呢？」

「……果然是這樣。」高木懊悔地垂下眼。

「我去年也參加了合宿，但你也知道我這種個性，幸好沒被他們三個人看中，過得挺輕鬆。可是，是第二天吧。早上一出來氣氛就已經很奇怪，我問前輩們發生了什麼事，幾乎沒人願意說。可是聽說出目那傢伙趁夜偷偷進了一個女社員的房裡。」

荒唐透頂。那傢伙去年已經有過那種醜態，昨天還想動名張的歪腦筋？

「可是這還算好，因為他失敗了。」

「……但其他兩人成功了？」也就是七宮跟立浪。

「該不該說成功，總之他們在合宿後各自跟那兩個女社員交往，不過都在過完暑假就分手了。說是分手啦，其實應該是用相當過分的方式拋棄了女生。跟立浪交往過的後來輟學回老家，再也沒有聯絡。一定有了很糟糕的回憶。」

「那七宮交往的對象呢？」

「自殺了。」高木用手指彈開多出來的拼圖部件：「在公寓吞了大量安眠藥。她叫小惠，之前很照顧我，聽說還留了遺書。」

……原來這就是傳說中的自殺者。

「連電影研究社的社員也不太清楚詳情嗎？」

「七宮他家的律師辦事很俐落，先和解再封口。」

這麼一來進藤被殺的理由也不難想像。

「……進藤社長應該知道這些事，但還是辦了今年的合宿？」

「七宮會不斷對每屆社長施壓、要他們聽話，這件事在高年級之間很有名了。進藤表面上認眞老實，其實他明明知道這是獻祭，還拚命找女生來參加。雖然說死人壞話可能會遭報應——但我眞的認為那個男人被殺一點也不冤枉。」

七

我把玩到一半的拼圖推給高木，上了三樓。本來想回房，但倉庫門開著，不禁起了點興趣，首次踏進其中。

裡面是沒有塗裝的混凝土牆面，比我們的房間再大一些。每隔一公尺間隔就放著一座兩格層架，塞滿備用的鐵椅、桌子、業務用吸塵器和塗裝道具等等，後面有一道通往屋頂的樓梯。旁邊放著應該是屋主或七宮的釣竿跟雪板等道具。

爬上樓梯推開鐵門，只見濃重的雲層。雨勢稍緩，只剩殘渣般的雨滴乘著風飄來。立浪就站在風雨中抽著菸。不抽菸的我只覺得不可思議，這火竟然不會滅。

「這裡很舒服喔，過來吧。」立浪發現了我，叫道。

屋頂風有點強，很舒服。只要不看正下方的殭屍，隔著森林，遠方是氤氳的娑可安湖，我這才想起現在其實是暑假。

「抽嗎？」

立浪請我抽菸，但我慎重拒絕。

小雨不斷飄落的天空裡冉冉升起一絲紫煙，就像線香。

過世的祖父告訴過我，線香的煙有著連接現世與另一個世界的意義。

真殘忍。與我們相隔十幾公尺下，有幾百個人正徬徨失措無法離開這個世界，但我卻連根線香都無法替他們點上。而阻止我這麼做的不是別人，正是他們自己。

從屋頂南邊能夠俯瞰連接各樓緊急逃生門的緊急逃生梯。企圖上樓的殭屍們在鐵製扶手內側互相推擠，想打破通往各樓層緊急逃生門的拍打聲響徹屋頂。

樓梯中間有幾個殭屍發現了我，紛紛抬頭望來，我們視線相接。我被那混濁的眼瞳一驚，一個位於集團外圍的中年男殭屍正瞪著我，從扶手探出身。

啊！我連出聲都來不及，那個中年男殭屍已經失去平衡從空中掉落，墜落在塡滿地面的殭屍群。更讓我驚訝的還在後面，緊急逃生梯上發現我的殭屍陸續跨過扶手，然後一一撲空摔落。

這光景讓我看了直想吐。

「簡直像百戰小旅鼠一樣。」

立浪不知什麼時候來到我身邊。

「百戰小旅鼠？」

「遊戲啊。沒玩過嗎？對陸續下到舞台上的旅鼠做出指示，誘導他們到終點。舞台上有懸崖跟窪地，玩家如果沒有做出指示，旅鼠就會一個接一個跌死或者陷入窪地。就像這些傢伙一樣。」

我連忙往後退到不會被殭屍們看到的位置。儘管是殭屍，一想到好幾個人因爲我而跌落，心臟就因為另一種完全不同的恐懼而狂跳不已。

「不用太在意，那些傢伙根本連基本智能都沒有了。」

他又吐出一口憑弔似的紫煙。

沉默停駐在兩個男人之間。

剛剛開始就讓年長的立浪一直主動找話題讓我很不好意思。仗著自己推理迷的頭銜，個性陰沉的我，找不到合適話題，實在很傷腦筋。幾番思考，我決定丟個不痛不癢的問題。

「立浪學長喜歡搖滾樂嗎？」

我指卡式錄放音機流洩出來的音樂。

「我愛吵、喜歡熱鬧，這樣可以不用想太多。現在這首是我很喜歡的樂手。」

「什麼名字？」

「布魯斯．史普林斯汀。」

——糟了，完全沒聽過。

「他是七〇年代出道的創作型歌手。美國代表性搖滾樂歌手，將近七十歲，現在還在從事音樂活動——以前碰巧在店裡聽到，很喜歡歌詞。不過這都無所謂啦。我問你。」

立浪將變短的香菸拋進風中，屍人們一樣張口看著菸蒂。

「你覺得我們能活著離開這裡嗎？」

他又點起一根菸，這麼問我。

「——該怎麼說呢，機率一半一半吧。」

「這時候不是應該回答，我們同心協力一起加油嗎？」

倒也是。認眞分析機率又能怎麼樣？「對不起。」聽到我道歉，他苦笑。

「不，我喜歡你的答案。比起光說客套話或者樂觀逃避好多了。話說得再好聽，面對殭屍也沒用。不過你挺鎭定。在你看來七宮慌成那樣，一定很蠢吧？都這麼大年紀了還大呼小叫躲在房裡不出來。」

「不——也沒有。」掩飾自己語塞，我繼續說：「我有過類似的經驗。」

我說完才覺得不妙。這種說話方式好像故意賣關子吊對方胃口。

但立浪似乎沒有不高興，他單純好奇故事後續：「願意說的話可以告訴我嗎？」

「國中遇到地震。那時曾像現在這樣，站在建築物上方俯瞰一點現實感都沒有的景色。心裡一邊想，一切都完了。現在跟當時的感覺很像。怎麼說，我覺得恐懼。我不想死，該救大家。可是面對龐大無邊的力量，再怎麼慌張或者吵鬧都沒有意義。」

假如腳下密密麻麻的殭屍同時湧入，區區十人左右能如何抵抗？在那之後，冷靜和灰心就同時埋在心裡。

立浪輕輕說了聲，這樣啊，然後安靜一會，接著突然問我。

「葉村啊，你跟劍崎在交往嗎？」

我聽了一驚。

一方面是因為跟比留子這樣的美女相提並論，另一方面驚訝於他主動提起女性的話題。但聽到我回答：「沒有啊，我們沒有在交往。」他的反應讓我有些意外。

「她喜歡你喔。」

他說起來稀鬆平常，就像聊起天氣。

「比留子嗎？」怎麼可能。

「你交過女朋友嗎？」

我老實搖搖頭，他輕聲笑了。

「這樣啊，兩個人都是第一次。這是最開心的時間呢。」

「對方可不見得是第一次。」

「這是我的直覺——可是應該不會錯。如果她經驗豐富，就不會那麼毫無防備。」

我好像有點懂。但無法坦白承認。

「比留子可能只是比較快跟人拉近距離。」

「確實。一開始看到她的時候認真想過追她，她腦筋動得快，很少有這種好女人呢——不過還是打消了念頭。她看起來很容易上鉤，但本性單純。應付這種女孩很累的。她們總是不懂結束就是結束了，很麻煩的。」

我沒想到聽到他對女性問題示弱。

「恕我冒昧……我一直以爲立浪學長對女孩子應該不太挑。」

「從過去經驗看來人數確實不少。但多半是讓人不想留下的回憶。剛認識的時候很開心，但愈認識對方，愈不知道到底是不是眞的彼此喜歡，開始無法信任對方。等到結束，就會覺得一切不過是場騙局。」

「如果連立浪學長都這樣想，那我應該一輩子都不會懂了。」

菸蒂落在黑色潮濕混凝土上，一隻大腳踩了上去。

「我覺得這就像病一樣。」

火已經熄了，但立浪還是捻個不停。

「你是說你的戀愛觀嗎？」

「人的愛情就跟殭屍一樣。你看看那些傢伙。他們根本沒發現自己生了病。戀愛情感也一樣。全世界的人都感染了這種病，開心跳著舞。只有我無法變成殭屍。我維持著本來面貌想模仿他們，模仿他們的表情、行動，發出一樣的聲音。表現得我跟大家都一樣，貪婪吃肉，最後無法承受，打倒身邊的殭屍逃走。」

包圍這棟建築的殭屍，在他眼中就像盲目追求愛的人類。

我沒有證據證實現在的立浪說眞心話，他可能陶醉於自己這番故弄玄虛的話語中。假如高木說得沒錯，他去年已經有前科。儘管如此我還是認爲，眼前這末日般的景況，引出他這番告白。

但遺憾，我不能爲他的煩惱提出建議。

我能做的只有不解風情的試探。

「立浪學長覺得進藤社長爲什麼被殺呢？」

立浪沒有一絲動搖。

「誰知道呢。七宮看起來很害怕，可是每個人都多多少少有被憎恨的理由吧。有人以神之名主張不殺生，有人高舉神的意志而殺人。誰知道一個人會被什麼力量驅動呢？重要的是能不能活下去。」

說著，立浪捲起襯衫下緣給我看。他的腰際夾著一把刀，並不是交誼廳裡的那些裝飾，應該是他的私人物品。

他平時就自覺到招人怨恨了嗎？

「你盡量陪在劍崎身邊吧。」

立浪又點一根菸，這時理應回到房間的名張來到屋頂上。

我們四目相對，她說：「我想來呼吸一下外面的空氣。」但一見到立浪的背影就忍不住皺起眉頭，走向與我們相反的方向。

我對立浪說：「那我回去了。」離開屋頂。

八

回到房間，看看時鐘，時間是四點半。

吹乾被雨沾濕的頭髮後，我倒在床上睡了一會。

約睡了一個半小時，睜開眼睛。手機還是不通。

我決定到比留子房間看看。一方面是跟立浪聊的話題讓我開始有點在意；另外，我不覺得她像今天早上一樣，還依然對謎題束手無策。

她房間在二〇一號房。二樓南區最後方，緊鄰緊急逃生門。我沒忘記隨身帶著劍。

自從我們受到殭屍襲擊，我還是第一次到這個地方，眼前光景讓我啞然失語。緊急逃生門本身確實是厚重的鐵製大門，比我們臨時堆起的路障更令人安心。但隔著這扇門，不斷傳來衝撞聲，彷彿殭屍們隨時都可能破壞這道門。

鏮！鏮！鏮！鏮！

每一回撞擊，金屬的門框就有些微扭曲。承受半天多的傷害，累積不少損傷。

聽起來不像用身體撞。聲響聽起來比肉更硬，可是不像金屬，就像用木製球棒全力揮棒。

——該不會是，頭？

想像著不知如何拿捏力道的殭屍血肉四散以頭撞門的樣子，我就渾身發抖。

可能是我自己的誤解。我們在防守的關鍵位置布下急就章的路障，並且一心以爲這扇金屬的緊急逃生門堅如磐石，但實際上殭屍們反而在這裡更能發揮實力。

原因應該是能站穩腳步。原本路障前是一道不容易立足的狹窄樓梯，但門的對面是具備一定空間的平台，因此殭屍得以用穩定的姿勢發動攻擊。不過……這些撞擊聲當然也傳入比留子房內，這表示她根本沒有片刻能安心休息，一定也累積很多壓力。

我敲了門，房門裡傳來「哪位？」的回音。

「我是葉村，現在方便嗎？」

「哇！等、等一下喔。」

我聽到倉皇慌亂的聲音，過了三、四分鐘後房門才打開。

「對不起，讓你久等了。」

「怎麼了嗎。」

比留子漲紅臉頰，說是在換衣服。可是我看她穿的跟今天早上沒兩樣。

「不是啦，我剛剛睡午覺時換了輕鬆的衣服。」

她好像很在意睡翹的頭髮，不斷伸手去摸。我從昨天就想，她果然是出身好人家的小姐，比其他人都更重視穿著打扮。

「妳是沒穿衣服還是穿著內衣睡嗎？」

「胡說什麼！我是穿輕便的襯衫跟短褲。」

「穿那樣出來有什麼關係。」
「你、你沒關係我有關係啦。」
她臉又更紅了。我突然想起立浪說的話，再也無法直視她。
「我想跟妳說說話。」
「那剛好，我正想找人聊聊。」
她邀我進房中，我坐在椅子上。
「好，那誰先說？」
稍微想了想，決定我先說。
「我要說的還是一樣跟Howdunit手法有關。假如先聽比留子說，可能會顯得破綻百出，再也沒機會說。」
她點點頭，我開始講。
「延續今天早上的密室話題。我說過，密室分成幾種類型，其實從很久以前，大家就說推理小說裡幾乎挖盡密室機關的礦脈了。」
「那不是很糟糕嗎，以後書就賣不出去了。」
「是啊。可是實際上還是有人繼續寫推理，還有很多以密室爲賣點的作品。最近作品的其中一個特徵，就是組合多種類型，讓問題複雜化。」
假如機關只有五種，只要挑選其中兩種來組合，就能變出十多種材料。就算個別的機關本身很簡單，參雜多種因素後就可能成爲相當難解的謎題。

「所以進藤社長的狀況也可能組合了好幾種機關。」

「那眞是令人期待。」

我很後悔先這樣提高門檻，但太遲了。我繼續往下說。

「首先關於屍體身上的咬痕，假如那不是殭屍而是人類造成的。」

「你是說人類把他咬死？」

「對。但如同比留子所說，下手的人不在我們當中。也就是有第三者侵入進藤社長的房間。」

「這麼一來就會面臨路障和自動門鎖這雙重密室的問題。」

「沒錯。可是假如內部密室不存在，也就是犯人是進藤社長自己邀請進房裡的。」

「是指『同意殺人』嗎？那第三者怎麼進入別墅這個外圍密室？」

「假設這個人是X，X在殭屍來之前就在館內。例如管野先生昨天到車站來接我們時，X就可以趁機溜進來。雖然不知道X的目的，但進藤社長可能打算瞞著我們偷偷把X帶進紫湛莊。」

「但是X應該無法從櫃檯拿走卡式鑰匙啊？」

不愧是比留子。她還記得分配卡式鑰匙時看到櫃檯上了鎖。

「沒錯。所以X並不是躲在客房裡，而是一樓某處。躲著躲著，晚上這裡就被殭屍包圍了。」

「『一開始就在』的類型。那麼X一直躲在一樓是嗎？然後呢？」

「等到晚上大家都睡了，X逃到二樓。應該是進藤社長誘導他的吧。」

「誘導？可是手機不通啊？」

「有分機啊。假如X一開始就跟進藤社長暗通聲息，那當然知道他住哪個房間。X從一樓某處打分機連絡上進藤，約好路線和時間。」

管野說過昨天晚上一點左右跟進藤見了面。假如當時他正在幫忙X避難，那很有可能讓電梯下到一樓。

「電梯未免太危險了。萬一殭屍跟進去，不僅事跡敗露，所有人都會陷入危險。」

「那有沒有可能走通風管呢？電影裡面經常看到這種模式。」

「來了，接著是『祕密路徑』這招嗎。不過考慮到犯案後X消失在二樓，這個方法倒是比電梯更實際。」

「進了進藤房間的X咬死他，留下紙條回到一樓。」

聽完我的推理，比留子拿著髮束像化妝刷一樣輕撫臉頰。

當然，並不是因爲我的推理太完美，她無法反駁，我想反而是太多漏洞讓她不知從何說起。但不直接出言貶低，算是她一份體貼。

「那麼，假設這個X是人類，他爲什麼非堅持要那樣咬死進藤社長呢？大可正常殺了他啊？」

「確實沒錯。那這樣呢？被殺的是X，犯人是進藤社長。爲了掩飾這個事實必須把臉破壞到無法辨別是X，才用咬殺僞裝成殭屍的傑作。所謂『替身』的招式。」

「但我就不懂爲什麼要留下紙條了，而且這表示進藤社長現在人躲在一樓……」

比留子抱著頭。眞抱歉，單純堆疊推理知識就會變成這個樣子。

「那個……請不用太認眞。就算臉被咬壞，從髮型等等還是可以判斷那具屍體確實是進藤社長沒有錯。我只是覺得如果完全忽視Whydunit，也會有這種可能。好了，再來輪到妳說了。」

在我催促下，她終於將手拿離頭髮。

「我的嚴格說來不算推理，只是在發牢騷。我們想過那麼多可能性，但讓這些可能一一碰壁的，我覺得就是那兩張紙條了。因爲有『我開動了』、『多謝招待』這兩張紙條，我們推理的方向才會不斷扭轉。換句話說，我們無法忽視『殺害進藤社長的是人類』和『這個犯人現在還在別墅裡』這兩件事。」

「對，我也有同感。」

沒錯。進藤被殺的現場再怎麼看都像是殭屍下手，但因爲那張紙條，我們不得不否定這個可能。

「說不定混淆推理就是那張紙條的目的。再說，留下兩張紙條很奇怪。假如想要強調涉案的是人類，那只要在室內留下『我開動了』的訊息就夠了；如果想強調犯人就在我們當中，那只要夾在房門上的『多謝招待』就可以。刻意在兩個地方都留下紙條的理由，或許是這個謎團的本質。」

說到這個，當靜原發現「我開動了」那張紙時，有一點讓我有點好奇。

「『多謝招待』很仔細地夾在房門上，但放置『我開動了』的位置好像太隨便了。為什麼不放在更接近屍體的地方呢？這時候我想到，一開始我們都沒發現房間角落有那張紙吧？」

比留子馬上知道我的意思。

「也就是說，那可能是我們進房之後才放的？」

「對，每個人都有機會。」

「這麼說，兩張紙條都是本來不在房內的東西。留下紙條的人物想利用『我開動了』、『多謝招待』這些具有連帶感的紙條，讓我們以為進入房間的是人，不是殭屍。」

「但其實人並沒有進到房間裡。」

我們倆一人一句，不斷接著說。

「沒有錯，這很有可能。那麼，留下紙條的人跟進藤社長之死並沒有關係嗎？」

謎團依然無法解開。

之後我們問了管野，發現這棟建築物的通風管很窄，而且處處有風檔封住，不可能讓人通過。於是，我的推理機關百匯就這樣無情被推翻。

九

傍晚七點半。昨天的此時，大家還在開心烤肉，如今成了遙遠的回憶。

晚餐時只有七宮沒出現，管野說之後再送去給他。

餐點依然以緊急糧食爲主，不過罐裝的丹麥吐司像法國麵包一樣斜切，擺盤精緻講究，讓我忍不住莞爾一笑。原來是靜原下的工夫，想讓餐桌別那麼死氣沉沉。除此之外還有常溫可食的燉煮食品跟米飯等，現在的緊急糧食種類眞豐富。一想到這些餐點都經過人手用心準備，就覺得心情輕鬆了些，眞是奇妙。

用餐時比留子跟我還有立浪聊了許多，不然總覺得餐桌上的氣氛就會黯淡下來。名張的臉色比白天更糟，那張端整秀麗的長型臉蛋上，帶著宛如幽魂的陰鬱。大概原本就很敏感，遇到這種極限狀況身心一定都磨耗不少。至於靜原，身邊的高木問話時會回一兩句，除此之外都只是默默撕著麵包。重元把心愛的可樂放在身邊，不跟任何人視線相交，只顧看電視。不過大家漸漸沉默的原因，當然還是因爲夜晚的來臨。

「是誰？」

有一瞬間我無法辨別那是誰的聲音。原來是靜原罕見地主動開口。

「是誰創造出那種怪物的？」

這是一個最根本、但至今都沒人提過的問題。根據新聞報導，感染是從那些在薩貝爾搖滾音樂節上身體不適的觀眾蔓延出去。儘管沒明說，但恐怖攻擊的可能性非常濃厚。但倒沒有人提起過誰是主謀。

「班目啊。」

唐突回答這個問題的是重元。陌生的單字讓在場所有人都轉頭面向他。

「你說誰？」

「我也不知道，但這應該是個人名、或者說組織、團體的名字吧。」

「新聞上提過這個名字嗎？」

白天在交誼廳度過相當長時間的高木滿臉狐疑。她特別注意娑可安湖周邊的新聞，每當聽到這個地名就會緊盯著螢幕等待新線索。在網路訊號還沒恢復的狀況下，只有重元一個人握有跟大家不同的資訊實在不可思議。

「昨天撿到的筆記本上寫的。」

「筆記本？你說在廢棄飯店撿到的那個？」

重元果然看了別人的筆記本。我皺了皺眉，但重元一點都不在意地點點頭。

「裡面應該是刻意夾雜一些外文。我很好奇，勉強用智慧型手機裡的字典翻譯，但與其說是文章，更像筆記，看不出名堂，而且很多專業術語，看半天也沒進展。」

「那你說的班目又是什麼？」高木問。

「外文裡唯一出現疑似日文的字，就是MADARAME，班目。有些地方寫著MADARAMe org, organ，正確來說應該稱作班目機關吧，但沒有詳細說明。不過那些筆記好像是關於病毒的研究。裡面很多關於不老、死者的單字。要是能連上網路就可以一口氣讀懂了。」

「但那跟這個事件有什麼關聯呢？」

「不只這樣，筆記本最後寫著昨天的日期。跟Pandemic這個單字一起。」

一片寂靜當中，比留子低聲道。

「廢墟裡可以察覺到有人生活的痕跡，地上還有針筒。該不會他們執行恐攻前都潛伏在那裡。」

「太過分了！」名張忿忿地說：「腦子有問題吧，竟然創造出殭屍這種東西。」

但重元提出異議。

「這倒不見得。製作病毒的或許是他們，但是希望殭屍誕生的卻是全世界。」

「我可沒有，誰希望殭屍出現啊。」

這時重元以前所未有的熱切口吻開始陳述。

「大家理所當然地把那些怪物叫做殭屍，但這其實是錯的。殭屍本來是巫毒教的神官製作出的奴隸。在海地曾經使用神經毒，埋葬一度陷入假死的人。對於以前的白人來說，巫毒教具有很強的神祕性，大家混雜各種臆測和想像，把殭屍形塑成怪物。一九三二年上映的《白殭屍》是最早以殭屍爲題材的電影，但在片中只把殭屍當作巫毒教，並不攻擊人或者吃人。反而被描繪成被法術操控的可憐犧牲者。塑造殭屍會攻擊人、不破壞腦部就會持續活動、被咬也會變成殭屍等等現在我們認知的形象，是在一九六八年喬治・安德魯・羅梅羅導演的《活死人之夜》裡。」

「我好像看過。」立浪點點頭，彷彿屈服在重元的氣勢之下。

「那部電影的印象太強烈，之後大家就認爲殭屍是會攻擊人、數量不斷增加的怪物，成爲恐怖片代表類型之一。但殭屍之所以被賦予這些特徵，確實有其背景。」

「背景？」立浪偏頭不解。

「不死者。從墓地裡復活、攻擊人。被咬的人也變成怪物。因爲具備這些特徵的怪物本來就已經非常受歡迎。」

「……吸血鬼嗎？」

重元點點頭，繼續發表他的論點。

「在殭屍被描繪爲巫毒教奴隸的時代，吸血鬼和科學怪人等怪物擁有壓倒性的支持度。採納這些熱門怪物特徵的就是羅梅羅型殭屍，也就是所謂的現代殭屍。最好的證據就是在那之後現代殭屍電影數量激增，而吸血鬼電影的製作則相對式微。」

身邊的比留子附在我耳邊輕聲問道：「所以我們現在在討論什麼？」我只能輕輕搖

頭。現在最好讓他盡情說個夠。

「之後直到九〇年代第一次殭屍熱潮平息爲止，製作出各式各樣的殭屍電影。活屍電影之父羅梅羅的續編《生人勿近》、血腥暴力片熱潮時的《屍變》、喜劇風格的《芝加哥打鬼》，光是舉出知名作品就已經不勝枚舉。後來恐怖片的寶座暫時被變態殺人類型取代，可是進入二〇〇〇年代後因爲《惡靈古堡》的賣座，殭屍電影再次復甦。《28天毀滅倒數》、翻拍《生人勿近》的《活人生吃》，帝王羅梅羅也陸續發表了《活屍禁區》和《死亡日記》等新作。其他像是殭屍喜劇的傑作《活人甡吃》還有POV類型的西班牙電影《錄到鬼》等，表現手法也很多采多姿。

「但我特別注意的是，殭屍電影並不是一般的恐怖片，它同時也是每個時代的社會諷刺，明顯反映了人們內在的變化。在《生人勿近》裡固守購物中心的主角們，身處被殭屍包圍的絕望狀況，這是一種隱喻人類生活在商品氾濫的富足生活中，對物質文化的諷刺；《死亡日記》的一大主題則是資訊化社會和大眾媒體的功過。《惡靈古堡》在美國九一一事件隔年上映，之後殭屍的成因是新種病毒蔓延，這種概念開始成爲主流。以前大家不太在意原因，總是以從墓地裡莫名復活、或者照射到特殊放射線等來交代。但漸漸地，殭屍不再象徵單純的恐怖或噁心，反而成爲表現人罪孽之深重、貧富差距，以及弱者強者的存在、友情與親情、盟友瞬間成爲敵人的悲劇性等各種元素的隱喻。人們把自己的自我和心象，都投影在殭屍身上。」

太精采的論述！我今後決定不叫他殭屍通，尊稱為殭屍大師。

我問了這位殭屍大師。

「那創造出這些殭屍的自我，是什麼樣的東西？」

「你看看現在的醫學或生物學就知道了。人工生殖、基因工程、複製動物……人不斷在挑戰倫理界線，在這過程中就算出現類似殭屍的副產物也沒什麼好驚訝的。學者想必會說，技術本身無罪，只要正確使用都不會有問題，但是再也沒有比人類這種生物更不適合受託管理了吧。我覺得，一切都是人類自大的代價。」

重元嘆了一口氣。

根據他的論點，殭屍的發生有其必然性。就算不在這裡，總有一天會在世界上某處，由一小部分有著扭曲念頭的人引發相同事件。

而我只是運氣不好，剛好身在其中。就跟地震那時一樣。

十

電視畫面左上方顯示晚上十點。

結果關於進藤命案，我們對犯人和手法都毫無頭緒。沒有一個人可以保證今晚自己逃得過犯人之手。

立浪聽到高木意有所指地要靜原關緊門窗而說。

「什麼關緊門窗、鎖好門，在我看來連人不在房間時都鎖門，根本是本末倒置。」

「你這話是什麼意思？」高木的回話很不客氣。

但立浪仔細說明起他的意圖，幾乎顯得有些故意。

「在這種無法逃到建築物外面的狀況下，用一般的防犯意識來思考沒有意義，重要的是殭屍來的時候如何迅速躲藏。被殭屍追趕時還得花時間開門，這不是多了一道致命工夫嗎？既然如此還不如像空房間一樣，人不在房間時卡住門扣鎖讓房門半開比較好，只要人在房裡時再上鎖就行了。」

立浪白天確實一直開著門，我覺得他的想法很有道理。

但女性不太接受他的意見。

「才不要。」高木馬上回答。

「都是你開著門，我整天都被不斷播放的下流音樂洗腦了。」名張發著牢騷。

「我贊成作爲緊急時的因應，但一想到自己邋遢的生活狀況被別人看到，我就覺得不舒服。」比留子也表現出堅決反對的態度。

這種時候女孩子倒是挺團結的。

「哎呀，大家防備這麼謹慎，看來今晚的犯人可辛苦了。」

高木警告這個苦笑的帥哥。

「但名偵探說過，房間的鑰匙可以從門外簡單打開。」

「喔，真的嗎？」

話題丟到我身上，我向大家介紹今天早上跟高木說過用鐵絲開房門的方法。

「原來如此，自動門鎖不是萬無一失呢。」

我有點後悔，不知道該不該說這些讓大家更不安，不過立浪本人卻幫了我一把。

「可是根據今天早上的推論，咬死進藤的犯人應該不在我們當中。」

「——對，沒有錯。」

把進藤咬成那樣，嘴裡不可能一點傷都沒有。

「那我們就把注意力放在來自外部的入侵者吧。殺了進藤的犯人現在全身應該滿是飛濺的鮮血，可是走廊上一點血漬都沒有。所以如同犯人留下的血跡所示，應該是從陽台往外逃了。」

對，剛剛跟比留子討論的結果也一樣，而留下紙條的可能是另一個人。

重元問道。

「你是想說，重要的不是房門而是窗戶吧？」

「沒有錯。雖然根據常識來想不太可能，不過假如犯人是消防人員，只要搭上雲梯車就能從陽台侵入了吧。」

「規模也太大了吧。」我忍不住吐了槽。

「你如果喜歡這個點子可以寫進小說裡沒關係。總之，大家記得把窗戶鎖好。」

管野為了安撫大家說道。

「我會盡量巡迴，大家安心睡。」

「但管野先生昨天沒怎麼睡吧？請不要太勉強了。」靜原感謝他的辛勞，不知為什麼，名張急忙跟著幫腔。

「就是啊，不需要因為你是管理員就把責任都背在身上。」

「謝謝，不過我還是想盡到該盡的責任。」

話題轉移到管野來紫湛莊工作前做些什麼工作。他以前在東京的某企業上班，後來公司倒閉，賦閒一段時間，透過朋友介紹給七宮的父親，拿到管理員這份工作。高木問他老家在哪。

「我是無依無靠的人。父母親很早就過世，最近我妹妹也意外過世。」他含混帶過。

接著管野跟昨晚一樣替我們泡咖啡。喝完咖啡後我們又天南地北聊一會，大約晚上十一點左右，立浪說他睏了，最先站起來。

「那我先睡了，希望明天還可以見到每個人。」

說著，他打開半開的房門。重元急忙叫住他的背影。

「今天睡覺前請關掉音樂喔！」

他關上房門前舉起一隻手表示答應，很快地，卡式錄放音機的聲音消失。奇怪的是，一安靜下來又難以忍受這種沉默，大家不約而同地決定散會。

「葉村，我送你回去吧。」

比留子跟昨天一樣打算跟著我來，但我發現她好像很睏。

「今天我送妳吧。」

「啊？為什麼。」

「因爲妳房間比我這裡可怕啊。妳要是願意我可以跟妳換房間。」

「——喔，你是說緊急逃生門嗎？其實待在房間裡因爲空調聲音什麼的，聽不太清楚呢。但既然你特地要送我，就當作短暫的約會吧。」

簡單的話語就讓我動搖，果然很單純。

忍著呵欠的比留子嘟囔著。

「最後還是沒想出什麼好方向。」

她在說進藤的命案吧。

「這沒辦法。線索太少了。沒有可疑的人，所有人都沒有不在場證明，也不清楚犯案時間、不知道確切手法，這樣怎麼找出犯人。」

「嗯，我說的不是……算了算了。」

比留子留下半句引人好奇的話，又打了個大呵欠，她回到房間後插入卡式鑰匙。

「晚安葉村。你也記得關好門，還有窗子，武器記得放在手邊。」

她一直到關上房門之前都不斷揮著手。

走回交誼廳途中，遇到正要回房間的高木。她大概累了，半睜著眼拜託我：

「啊……葉村啊。美冬正在幫忙管野先生收拾，等等你可不可以送她回房？」

我有點意外。以往我看過高木送靜原回房很多次，一直以爲不太可能把這件事交給其他男人。她大概看透我的想法。

「美冬好像有話想跟你說，你就聽聽吧。」

說著，她正要插進卡式鑰匙，卻一直插不進去。

「妳插反了。」

她大概已經半夢半醒了。我替她把卡片轉正，才終於開了門。

「抱歉抱歉。」說著，她也回了房。

回到交誼廳，那裡剩管野和靜原兩人。

「這裡不要緊了，晚安。」

我跟靜原在管野目送下回房。看看電梯，燈號顯示三樓。大概是重元搭上去的吧。這樣一來就叫不回二樓，揉著惺忪睡眼的管野送我們走向東側樓梯。

走路的時候靜原一直低著頭，走到我房間門前，她終於開口。

「其實我應該更早跟你道歉的。」

那聲音聽起來就像老舊錄音一樣小聲。

「道歉？」

「我現在還能活著，都多虧明智學長。」

原來她想說這個啊。失去明智學長不過是昨天的事，但我覺得已經好久沒聽到他的名字，淚腺差點潰堤。

「試膽的時候當我們被殭屍包圍，他拚命牽著我的手，之前我們明明素昧平生。」

「對。」我點點頭：「他就是這種人。」

「要是沒有他，我一定早就放棄了。但最後爬上樓梯看到紫湛莊時，我一高興，就暫時忘了他，害他被殭屍吃掉。我沒有幫他就逃了，逃向大家。」

我腦裡又浮現那瞬間的光景。緩緩往樓梯那倒下的明智學長。他呆然的表情。探往空中的修長手臂。

我深呼吸一口氣，揮掉那些畫面。

「對不起，都是我害你學長死掉。我不覺得道歉就可以獲得原諒，但如果有什麼我能贖罪的，請告訴我。不管用錢或者用身體都行。」

她到底知不知道自己在說什麼？靜原低下了頭。

我心裡稍微覺得寬慰，這裡還有人記得明智學長那魯莽的勇氣。

啊，對了。那個夏洛克．福爾摩斯也曾經在與宿敵的殊死戰中跌落瀑布死亡。在故事裡不只華生，全世界的粉絲都爲他的死哀悼服喪。但他卻奇蹟式地復活了不是嗎？

我還沒有親眼確認明智學長的屍體。他說不定會像平時闖入現場一樣厚臉皮回來。身為他的華生，看到我這樣子，他到時候會幻滅的。

我請靜原抬起頭。

「不用跟我道歉，明智學長一定也不恨妳。妳只要依照自己的想法好好堅強活下去，這樣就行了。」

靜原緊咬著唇，又對我深深低一次頭。

她看我進了房間，我打開窗簾往下看。

在別墅燈光照耀下，殭屍們的姿態隱然浮現黑暗。我凝神望去，沒能從中找到熟悉的面孔。一方面覺得安心，同時不禁想像，消失的夥伴現在可能在某處等待幫助。

這時我突然發現，斜右前方的房間窗戶露出微光。

那是進藤的房間，好像是桌上的檯燈之類沒關上。

對了，開關的位置。天花板的燈和床頭燈可以從並排在床旁的床頭櫃上開關統一操作，只有桌上檯燈得從化妝鏡下方的開關控制。應該是忘了關那盞燈吧。

算了，不是重要大事。睡吧。

我那個時候還不知道。

犯人的魔手，已經伸向了第二個目標。

第五章　進攻

一

這世界上就是有無可救藥的人渣。

就是有那些爲了自己的慾望，輕易泯滅人性的惡徒。

那傢伙也是其中一個，跟那些可恨的男人一樣。

所以我下了手，只有現在。

好不容易達成了目的。

但是——對她非常抱歉。

明明知道她那麼認眞想破案，我還若無其事地說謊。

二

天還沒完全破曉。

睜開眼，我伸手到床邊包包裡翻找，抬起頭側耳靜聽。

突然聽到房門外遠處傳來叫聲。

本來以爲是慘叫，我反射性地屏息壓低聲音，但好像不是。沒過幾秒，那聲音的後續又從比剛剛更近的距離傳來。

男人的聲音。對，好像是管野的聲音。

看看時鐘，指針快指向凌晨四點半。

「糟了！殭屍！他們快衝破二樓緊急逃生門了。」

聲音愈來愈遠。

二樓緊急逃生門——

我腦中掠過比留子的臉。

我正要伸手抓房間門把，但又轉念，卡上門扣鎖，觀察外面有沒有殭屍再慎重打開。走廊的照明很刺眼。

同時，隔壁的房門開了，靜原從些微縫隙間害怕地探出頭。

我跟怯懦的她無言地注視著彼此。

可以確定，發生了不太妙的事。

管野跑向三樓南區，那是七宮房間的方向。

「快開門！兼光少爺！下面的房間有危險了！」

我跟靜原隨後趕到，見到管野失去平時的冷靜，連續拍打著七宮的房門。發現他手上握著繩梯，我這才了解發生什麼事。

殭屍突破二樓緊急逃生門湧進走廊，南區的比留子和高木被關在房間。房門朝外開，但結構比緊急逃生門脆弱許多，無法承受殭屍攻勢太久。得快點救出她們才行。

重元也過來，幾乎在同一時間跟七宮打開房門。

「怎麼了？可惡，樓下失守了？」

他大概習慣只穿內衣睡，只見七宮穿一條短褲戴著口罩，樣子很是古怪。

我們跟著管野進房，他走上陽台將梯子掛在扶手上。探出身往下望，可以看見有人正從陽台仰望這裡。

「比留子！」

聽到我的聲音，她揮手表示沒事，然後踏上垂下的梯子。重量讓扶手發出嘰嘎聲。

「喂，這扶手有怪聲耶！」

「承受得住人的重量嗎？」

「我也不知道！以前從來沒用過！」

我跟管野還有七宮來到狹窄的陽台幫忙扶著扶手，重元和靜原乾嚥著口水在一旁看著。比留子的重量讓扶手稍微彎曲，但勉強維持住強度。比留子每往上爬一段，梯子就大大地前後搖晃，我死命按著梯子大叫。

「妳慢慢來！小心不要掉下去。」

她的上半身終於來到我們可以碰觸的地方，我跟管野兩個人把比留子拉上來。

「——哈，平常從沒用過這種東西，眞是費事。」

比留子趴在我身上，安心吐出一口氣。我也不知不覺地緊抱了她一下。

「接著是高木。」

管野拿著回收的梯子跑出房間。高木正上方的房間是過去下松用的三〇二號房，現在應該是空房。成功完成一齣搶救戲碼，我終於有餘力觀察其他。

七宮雖然從昨天開始一直躲在自己房間，但屋裡還挺整齊的。對了，聽說他這個人有潔癖。桌上放著個別包裝的口罩、緊急糧食，還有全新的寶特瓶裝水，爲了頭痛而買的市售止痛藥和隱形眼鏡用眼藥等都整理得井然有序。

「高木還好嗎？」

「嗯，我們在陽台上打過照面。」

比留子一邊在意著手上沾到的扶手白色塗料一邊點頭。

我們衝到三〇二號房時，高木正迅速爬上放下的繩梯。太好了，她也沒事。

「其他人呢？」

「我把二樓南區的門關上，在那裡堵住殭屍。現在他們還沒侵入交誼廳，但是……」

這時，管野欲言又止地停下。我有種不好的預感。

「對了，立浪學長跟名張呢？」

重元說出不在現場的人名。

「我還沒來得敲名張房門。因爲——立浪已經死在交誼廳裡了。」
一聽到這句話，七宮立刻癱軟在地。

三

立浪的屍體跟進藤那時一樣、不，比那時更淒慘。
他上半身從停駐二樓的電梯機箱往交誼廳地板倒下。大概是在機箱內被殺，電梯裡頭一片血海，血滴從電梯跟交誼廳地板縫隙間往黑暗地底滴落。電梯地面留著屍體被拖拉的痕跡，牆壁滿是飛濺的血。最讓人移不開目光的，就是立浪身體上的傷。
他跟進藤那時一樣，全身有大量咬痕，但這次不只是咬傷。
大概沒有比這種狀況更符合「不成人形」的形容了，立浪的頭部被敲壞，頭髮頭骨碎片一起嵌進腦中，生前端整的容貌消失無蹤。屍體旁邊放著應該是凶器的錘矛，上面沾著肉片滾落在地。錘矛是一種在長度七、八十公分左右的柄上裝有金屬製頭部的敲擊武器。如果使盡全力揮出，破壞力應該遠勝金屬球棒。
立浪已經化爲一具讓人膽戰心驚的屍體，不太可能化爲殭屍再次活動。而他碎裂的頭蓋上插著一張紙。內容寫著：
「還有一個人，我一定會吃掉你。」

管野沒有叫名張是正確的判斷。她昨天晚上就很憔悴，假如目睹自己房間咫尺之遙發生這種慘狀，說不定當場昏倒。但管野犯下一個錯。不、不只是他，包含我在內的現場所有人，都不知不覺地過度相信一名女性。

「喂！劍崎！」

背後傳來高木的聲音。轉過頭去，只見比留子跌進高木懷中。

她目睹立浪的屍體而昏厥了。

咚！咚！

那不斷拍打交誼廳的聲響，同樣擊潰了我們的心。

我們讓比留子在交誼廳附近管野住的二〇三號房躺下，她約十五分鐘後恢復意識，但臉色慘白。發現我在旁邊看著她，她強撐著露出笑容，用讓我不忍的輕快語氣說。

「眞糟糕。沒做好心理準備就看到屍體，頭有點暈。不要緊了。馬上確認狀況吧。」

「不行啦。妳還得再休息一下。」

我幾乎哀求地請她躺下，但比留子舉起冰冷的手拒絕了。

「現在殭屍隨時可能佔據整個二樓，得完成現場採證才行。」

管野他們已經將生活據點從交誼廳搬到三樓，也把狀況跟名張說明，開始搬動食材跟飲水。殭屍現在被我們擋在二樓南區，可是跟緊急逃生門相比，隔開各區域的門構造沒那麼強韌，無法撐太久。

但我很猶豫該不該再次讓比留子站在那慘狀前。過去解決多起案件的她，或許對於解謎或者逮捕殺人犯有比別人更高的使命感，可是現在這裡沒有刑警也沒有鑑識人員，就算抓到犯人也沒有手銬或拘留所，靠她一個人的力量到底能做什麼？這不是推理，是現實。不能再讓她繼續勉強自己。

「比留子妳聽我說。」

我握著她冰冷的手，直直望著她的眼睛。

「這確實是一樁殘忍的事件，可是我們現在只需要專注在如何活下去，妳沒有義務解決事件。到底是什麼在驅動妳？無法原諒罪犯嗎？不容許有妳解不開的謎嗎？現在請先照顧自己的身體，妳也是女孩子。假如有人因此抱怨，我一定會揍他們的。」

比留子有好一陣子驚訝地眨著她的大眼睛，然後輕輕呼出一口氣。

「啊。我一直覺得好像有什麼誤會，原來如此，你一直覺得我以前都是靠著義務或正義感來解決事件嗎？」

「──什麼意思？」

「拜託，我沒那麼帥氣，呵呵。」

比留子絲毫不理會我的困惑，笑了一陣子後嘆口氣。

「原來你是這樣看我的，這樣很難爲情。我不是你想像的那種名偵探。」

「但我聽說妳解決了好幾樁案子。」

「確實有好幾次是因爲我的建議而找到解決的線索，現在也認識了幾位警察朋友。但我一點都不喜歡這個角色。其實我非常討厭事件，討厭得不得了。」

「那爲什麼牽扯到各種案子裡呢？還拿了警務協助章、有了名偵探這個綽號？」

「不是的。我目前爲止從來沒有受人請託，主動調查案件。葉村，這都是體質。我會一直被危險又奇怪的案件吸引，這種體質就像一種詛咒。我跟你嚮往的偵探不太一樣。我不是受到委託、不是出於好奇心的刺激，也不是出於對犯罪者的憤怒，或者自命法律的守護者，更不是一心想知道眞相。我只是被捲入事件當中，爲了能活下來而拚命解決而已。」

我不知如何回話。她不是自己主動涉入案件，只是倉皇地想從無情降落在她身上的火星奔逃。

「家裡第一次告訴我有這種體質，是在十二歲的時候。」

比留子說，她出生時家裡和親戚之間就事件頻傳。因爲太常驚動警察，有一陣子還被公安盯上。後來開始謠傳只要有比留子在就會發生不幸，一開始父母親並沒有認眞看待，可是上國中左右，開始讓她遠離家裡。大概也是擔心繼承家業的兩位哥哥安危。幸好她家境富裕，一個人在外生活沒有太多不便。

「第一次被捲入殺人事件是我十四歲。國中畢業旅行中有兩個人被殺，凶手是我們級任導師。後來一年有兩、三次，牽扯進事件的頻率愈來愈高，現在大概每三個月就會看到一次屍體。隨著頻率增加，案件的凶惡性同時增加。一個案件裡可能會死好幾個人，我也不只一兩次差點陪葬。我很害怕。我不像你喜歡的推理故事那樣，有張偵探的特等席穩坐。一個不小心，我這個事件的目擊者就會成爲對犯人不利的障礙或手到擒來的獵物，同樣成爲不幸故事的一角。我只能在被殺之前揭穿犯人的眞面目。」

比留子接連不斷地發洩後，突然溫柔起來：「可是……」

「有一天我偶然在學校裡聽說了關於神紅的福爾摩斯，也就是明智學長的事。一開始我心想，怎麼有這種怪人，竟然主動去找案子，我實在無法理解。可是關於他的故事還有後續。聽說，那個叫明智的男人有個助手。這對我來說簡直是晴天霹靂。爲什麼我沒發現這麼簡單的道理呢？我心想，其實根本不需要一個人面對啊，只要有人在身邊支持我，說不定我可以活得更久。很奇怪吧？——這就是我想要你的理由。對你來說可能是件麻煩至極的事，可是我一直期待喜歡推理的你可以接受我這種體質，結果卻變成這樣。眞的很對不起。」

這自嘲的告白比錘矛給我的打擊更重。

我一直誤以爲比留子就跟活在推理世界裡那些超人般的偵探一樣。這個人理所當然地擁有我跟明智學長夢寐以求的資質，在我們眼中如此眩目、心裡也暗自嫉妒，我甚至覺得她想挖角我當助手簡直神經粗到極點。

但在這兩天時間，我應該充分地了解她不是這種人。

她有時像孩子般的純眞讓人心動，不擅長掩飾眞心，又會在意想不到的地方害羞，明明有那麼多符合她年齡的女孩特質。

或許在她眼中看來，我們更是滑稽。說什麼推理、什麼偵探、密室機關。愚蠢至極。實在太草率了。比留子在各種案件中面對的，可是自己的生命啊。

而現在，她繼續挑戰謎團，只是爲了在這種狀況存活。

「讓我去吧，葉村。我們沒有多少時間了。」

可是就算這樣，我也不想看著她勉強自己。

煩惱一陣子後，我提出一個妥協方案。

「那不如我們聽聽所有人的證詞，整理一遍昨晚發生什麼。先去看現場也只是徒增心慌。避免繞遠路，還是先掌握狀況。」

「……嗯。」比留子沉默一會後點點頭：「不愧是神紅的華生。你說得沒錯，聽聽大家怎麼說。」

說服了她，我總算安心，同時有股浮躁。

我明明算不上什麼華生。

四

我們在三樓的梯廳。此處到昨天晚上爲止什麼都沒有，如今擺上簡易桌子，也依人數排了摺疊椅，大家聚集在這裡。

二樓被殭屍佔據已經是時間問題，我們所剩的空間只有三樓跟屋頂。假如殭屍突破東邊樓梯的路障或者從三樓緊急逃生門入侵，那我們就只能從倉庫逃往屋頂，所以挑選離倉庫不遠的這裡作爲新據點。

立浪死了之後，負責主導話題的果然還是比留子。她穿著睡衣就逃出房間，現在跟靜原借一件外衣披著。

「在聽大家說之前，有件事我想確認一下。我昨天回房前就感到強烈睡意，一回房就倒在床上熟睡，睡到連殭屍打壞緊急逃生門闖進走廊都沒發現。而且醒來時發現手虛弱無力、走起路來搖搖晃晃。現在想想覺得不太正常，我想大家可能都一樣？」

大家異口同聲附議。

「對，我的手也沒什麼力氣，好怕從梯子上掉下去。」

高木這麼說完後，管野也同意：

「對。昨天晚上本來打算每隔一小時巡迴一次，但小睡後完全沒聽到手機鬧鐘聲……就這樣一直熟睡。」

就連靜原和失眠的名張都有同樣的狀況。

「這該不會是……」

「沒有錯，我們被下了安眠藥。」

眾人神情緊張。這明顯表示，犯人就在大家當中。

「這下終於眞相大白了吧，只有關在房間的我沒事。所以你們昨天一起吃的東西裡混了藥，你們當中的某個人就是殺人魔。」

七宮那對因恐懼和憤怒而血紅的眼瞪著大家，名張馬上反擊。

「你不要亂說話。」

「方便聽我說一句嗎？」重元呑呑吐吐地開口：「其實我也沒事。」

高木皺著眉。

「什麼意思？有些盤子裡沒放？」

重元搖搖頭。

「不。我唯一沒碰的東西只有一個，那就是餐後咖啡。我平常只喝可樂，沒喝昨天端出來的咖啡。」

我也附和他。

「其實我也沒喝咖啡，晚上並沒有感到奇怪的睡意。」

這時，七宮對我們投以懷疑的眼神。

「同時有兩個人吃了東西卻沒喝咖啡？」

「我對咖啡過敏。」

「咖啡過敏？那是什麼毛病？」

「我聽過。」出手相救的是念護理科的靜原：「一種遲發性過敏，喝完幾小時後、長的話幾天後，身體狀況會變糟。跟咖啡因中毒症狀很像，聽說不容易判別。」

「我喝綠茶或紅茶都沒事。我可以實證給大家看，但會給你們添麻煩的。」

「不，這倒不需要。」比留子說：「我記得在第一次跟你見面的咖啡廳，明智學長點了咖啡，但你喝冰淇淋汽水。」

厲害，竟然記得這麼清楚。

「看來安眠藥加在咖啡裡。我記得前天管野先生也泡了咖啡給大家。」

「對，沒有錯。」

「也就是說，已經預見到昨天一樣會有咖啡。假如沒有，只要裝出想喝的樣子，管野先生應該會幫忙泡。那台咖啡機是用專用膠囊混入壺內熱水泡的，所以只需要把藥加在壺內水裡就行了。晚上每個人都有機會接近咖啡機。如果混入其他東西，例如飲水機，不能保證大家都會喝到。選擇咖啡是聰明的方法。」

沒想到晚餐時已經預作準備。等等，更重要的是這表示犯人確實在我們當中。

「總之，雖然有幾個例外，但犯人讓我們喝下安眠藥，限制了我們夜間行動。我們整理一下每個人回房到起床這段時間的經過。先由我來說。」

比留子的聲音有著不容分說的迫力。七宮頻頻抖著腳，又敲著他的太陽穴；管野數次點頭，似乎在整理思緒；名張抱著頭，不想面對現實。

「昨天晚上葉村送我回房間，我感到強烈的睡意，上床時間大概是十一點半。之後一次也沒醒來，不斷地睡，突然發現電話聲響才睜開眼睛。」

「電話？」我反問。

「房裡的分機。我不知道哪間房打來的，電話上沒有顯示畫面。總之，我想電話應該響了很久，我搖搖沉重的腦袋拿起話筒。結果話筒裡傳來了奇怪的聲音。」

這跟昨天完全不同的展開讓大家臉上都寫滿困惑。

「就好像那些殭屍發出的呻吟聲。分不出是男是女，只是不斷『嗚～』或者『啊～』的聲音，持續十秒左右後電話斷了。我本來以爲是惡作劇，但這時候我才發現有人在敲房間門。說是敲門，更像是醉漢用身體撞門的不規則聲音。我把耳朵貼在房門上，感覺到大批人在走廊上來回的聲息。這時終於發現殭屍撞破緊急逃生門了，我馬上打電話給二〇三號房的管野先生。那時候我第一次抬頭看時鐘，我還記得是四點二十五分。但管野先生大概也因爲藥效睡熟了，很久才接電話。」

這時出現在話題中的管野很抱歉地點點頭。

「對，我真的睡得很熟。完全沒發現。」

「過了三十秒後，管野先生終於接電話，我告訴他殭屍已經入侵南區，請他確認館內的狀況。假如殭屍已經來到交誼廳，管野先生無法外出。假如有可能，就請樓上的人把梯子放下來，我說完就掛了電話。通話時間大概兩分鐘左右。」

目前聽起來，除了犯人外，最早醒來的好像是比留子。

「接著我打電話給隔壁房間的高木。我擔心她不小心走出走廊。她應該不到十秒就接了電話。」

「我也睡得很熟，完全沒發現走廊上的異狀。」

「我跟高木說明完狀況後過了一會，管野先生他們就從樓上七宮學長的房間放下梯子，讓我逃離房間。這大概就是我的狀況。」

接著開口的是管野。

「昨晚我是最後一個離開交誼廳。看著葉村跟靜原走向東側樓梯後，我跟平時一樣巡視二樓跟三樓一遍，鎖上東區隔門的鑰匙，那時候電梯停在三樓。之後我回到房間，跟前一天晚上一樣設定好手機鬧鐘後躺下休息。但就像剛剛劍崎所說，在她打電話來之前一直熟睡。終於發現有電話鈴聲時，我也嚇了一跳，驚訝自己竟然睡得這麼熟，那時候我記得是四點二十五分，講電話時二十六分了。我聽說殭屍入侵，掛斷電話後小心翼翼地離開房間，在交誼廳沒看到殭屍，卻看到立浪以那恐怖的狀態倒在地上。我腦中一片混亂，還是確認了他已經死亡，還有周圍情況。這時我發現昨晚理應上鎖的東區門打開，應該開啓的南區門卻關著。」

確實，我們約定好要關上的只有靠近路障的二樓東區門。

「那關上南區隔門止住殭屍腳步的並不是管野先生囉？」

「我醒來的時候已經關上了。可是南區的門並沒有上鎖，門只是關上而已，一扭門把就可以打開。」

「鑰匙在哪裡？」

「跟平常一樣放在電視架上。看了之後我急忙鎖上南區的門，幸好殭屍不懂得把門拉開，要是走錯一步，連交誼廳都會被他們佔據，我們也都得關在房間裡了。」

這發展實在很奇妙，我繼續聽著大家的說明。

「這時候我判斷，立浪的屍體只能放著不管了，應該先救被留在南區的劍崎和高木。可是屍體的狀況實在太悽慘，我想這對名張來說打擊太大，所以直接走向三樓。我也沒時間把大家一一叫起來，只好一邊大聲叫、一邊撿起梯廳的繩梯，直接跑到兼光少爺的房間。」

原來這就是我在房間時聽到的叫聲。

「之後我就跟大家一起行動了。打電話到我房間的只有劍崎一個人，沒有其他可疑電話。當然也可能因為睡著了沒發現，不能說完全沒有可能。」

接著開口的高木等於佐證前面兩人的說詞，只有一點不一樣。

「我昨天晚上在交誼廳跟管野先生和美冬分開後，在走廊見到葉村，聊一下後就進房。那時候也很想睡，連卡式鑰匙都插不好……睡著的時候應該過了十一點。中間沒有醒來，直到被劍崎的電話叫醒為止。可是……在劍崎打來電話之前，我覺得電話好像響了很久，不只十秒二十秒，大概響一分多鐘。那時候我腦袋昏昏沉沉，沒辦法接電話。電話斷了之後又響起。這時候我終於清醒一點，接了電話發現是劍崎。劍崎，妳打了很多次嗎？」

「沒有，我只打了一次。」

「這樣啊……總之，劍崎打來的電話叫醒我，我看了時鐘，剛好四點二十八分。她電話裡再三提醒不要到走廊上，其實外面不斷有人敲我房門，我根本不敢接近。之後就被大家救上去了。其他沒有什麼特別在意的地方。」

最重要的三人說完，比留子看了大家一圈，我決定接著說。

「就像剛剛其他人說的，昨天晚上送比留子回房後，我也看著高木回房間。之後我跟還在交誼廳的靜原一起上了三樓，稍微聊一下後在房間前道別。看來我並沒有喝到安眠藥，昨天晚上很晚才睡。也沒做什麼特別的事，只是躺在床上翻來覆去，不太記得什麼時候睡著了，大概一點還是一點半。早上醒來，聽到走廊上管野先生的叫聲。他好像說二樓緊急逃生門被撞破了，那應該是快四點半的時候。」

我看看管野，他點頭附和我。
「總之我很驚訝，卡上門扣鎖看著走廊的狀況。剛好跟從隔壁房間一樣探出頭來的靜原四目相對，接著我們兩人跟在管野先生身後。我房間沒有接到任何電話。」
「這麼說來，犯人只打電話給我跟高木。」
比留子思考的時候習慣把髮尖放在唇邊，接著她請靜原繼續說。
靜原的證詞大致跟我一樣。她因爲安眠藥的影響睡到幾乎沒有意識，但聽到管野叫聲後醒來。她說時間記不太清楚了。
名張、重元、七宮的證詞裡也沒有新發現。所有騷動結束前，名張好像一直在自己房間睡覺沒醒，重元和七宮跟我和靜原一樣，聽到管野聲音前都沒發現二樓的異狀，而且沒接到電話。
聽完大家的證詞，比留子提議再次到命案現場。
「二樓可能隨時都無法再進去。」
「我也去，萬一殭屍衝破門就糟了。」
說著，管野緊握著劍。
「我也去。」「……那我也去。」「——嗯。」
出乎意料地除了靜原和高木，眾人都一起來。可能大家都希望盡快查出犯人是誰。

五

來到交誼廳，管野鎮守在南區隔門前以防殭屍入侵。門的那一端依然傳來不斷用身體衝撞的聲音。戴著口罩的比留子最先走向卡在電梯門中間的立浪屍體。損傷嚴重的頭部蓋著布，我怕她再次昏倒，盡量走在身邊。

「眞慘，頭完全被敲爛了。但也奇怪，進藤社長那時並沒有破壞得這麼徹底。」

這麼說也是。爲什麼這次做到徹底破壞腦部這種地步？該不會咬死進藤的其實不是殭屍，凶手沒必要確定他不會變怪物？

「你看這裡。」

比留子指向立浪的手腕，那裡留有一道瘀血的帶狀痕跡。

「一定是被繩子之類的綁住了。嘴角也有，可能也被封住了嘴。」

昨天在屋頂上跟我談論愛情觀的立浪、要我多陪在比留子身邊的立浪、希望大家一起迎接清晨的他，短短幾個小時後變成這個樣子。

他或許在異性關係上很有問題，但無法討厭這個人。

「應該是趁他睡著時下手的。」

「嗯，這樣的話……」

接下來我們開始調查立浪房間的房門。房門已經用萬能鑰匙打開且卡著門扣鎖。他吃了安眠藥應該陷入熟睡，所以犯人是靠自己的力量進房。到底怎麼開鎖的？

蹲在地上的她狐疑地輕嘆一聲「咦？」室內的房門門把下黏著一個面紙盒。

「一定是聽了昨天葉村講的鐵絲開鎖技法想出的對策吧。」

「對，很聰明呢。這樣一來鐵絲會被面紙盒擋住、勾不上門把。」

因此昨天晚上犯人不可能使用鐵絲技法。

「可以幫我拿張椅子來嗎？」

接著比留子開始調查房門上方。

「灰塵有被不自然揮掉的痕跡。葉村，你也來看看。」

她說得沒錯。理應很少打掃到的房門上緣，原有的薄薄塵埃從邊緣開始大概有幾十公分被擦得乾乾淨淨。

「這你怎麼看？」

「應該是繩子拉開門扣鎖的痕跡。犯人用某種方法開了門鎖，從稍微打開的房門縫隙間把繩子掛在門扣鎖上、掛在房門上，然後關上房門，接著在房門關閉的狀態下把繩子往旁邊拉，就可以打開門扣鎖了。」

「這麼說犯人是從房門入侵的。」

我們一起檢查房門和周邊地板各處，但沒發現其他值得注意的痕跡。房間裡我們也看過了，可能因爲立浪學長處於昏睡狀態，身體無法自由動彈，看來沒有爭執跡象。他愛用的卡式錄放音機放在進房後左後方，藏在床後面，還連著插頭。

這時一直在房外望著我們的名張訝異地說。

「假如犯人侵入這個房間，綁住沉睡中的立浪學長好了，要把他拉到電梯那邊只有男人辦得到吧？立浪學長在我們當中個子最高，身材瘦，但體重應該有七十公斤。」

這是很實際的問題。推理小說中經常忽視，不過要靠一個人的力氣搬運屍體相當費力，加上交誼廳的地毯還有止滑效果，拖著屍體走並不輕鬆。

「啊，這個沒問題。」沒想到比留子很快回答：「葉村，你應該有六十五公斤以上吧？你把腳伸直坐在這裡。」她指向地板。

我擺出她說的姿勢後，她走到我身後。

「搬動人是有訣竅的。」

說著，她把手伸到我兩邊腋下拉起，就這樣直接朝上往前拉，當然個子嬌小的她力氣根本不夠。

「一般人會像這樣，想從腋下拉高、或者抱起，不過這種姿勢很難抬高。因爲自己跟對方的重心相距太遠，只能硬靠腰力來抬。其實應該像這樣——」

我還來不及反應，比留子的胸部就壓上了我的背。

比留子！沒想到妳個子小竟然有如此險惡的胸器！

「盡量貼緊、拉近重心。」

她的氣息近在耳邊。我的純情之心宛如直下型地震般劇烈晃動，但她一點都沒發現，把雙手繼續往前伸。跟剛剛不同的是她伸直手臂、將掌心往前抵，然後右手肘水平彎曲，抓住自己的左手。就像體操中組成人體轎子時負責下層的人。我的兩邊腋下掛在她的上臂上，接著她用雙腿夾著我、緊貼身體。

「要開始囉。」

比留子一站起，我就隨著她流暢的動作一起起身，就好像被吊車拉起來。

「看，可以吧。訣竅在於別使用腰力，要靠雙腿的力量筆直往上站起。這是古武術和照護裡經常用到的技法。個子最小的靜原跟我體型差不多，假如用這種拉法，我想每個人都辦得到。」

嗯，眞厲害。雖然厲害，但這只不過證明所有人都可能犯案。

比留子當然沒有惡意，不過這場示範似乎也沒什麼值得單純讚嘆之處。

這時，在一旁看著的七宮突然像決堤般滔滔不絕說了起來。

「其實仔細想想誰是犯人早就有答案了吧！不管是進藤還是這次都一樣，一定是手上有萬能鑰匙的人啊，這個人可以不受阻礙自由進出任何房間，不是嗎，名張？」

名張用她那宛如幽魂般凹陷的雙眼仰望七宮。

「你懷疑我是犯人？」

「沒錯，再說妳昨天早上說過平常有吃安眠藥的習慣，混進咖啡的也是妳的藥吧！」

這兩件案子的被害者全身都被咬得體無完膚，並不是只要進得了房間就好的單純犯行，不過七宮已經沒有多餘力氣深思到這一層。

名張俯視著自己的膝頭，抖動肩膀。我以爲那是出於屈辱或憤怒的顫抖，但猜錯了。她甩亂頭髮地突然抬起頭，發出劃破空氣的尖銳笑聲。

「啊哈哈哈哈！啊哈哈！哈哈！」

就像飾演發狂的角色，她笑得鬼氣逼人。七宮頓時一愣，屏息看著她。

名張笑了一陣子後轉向管野，轉而用平穩的口吻說。

「看吧，管野先生，跟我擔心的一模一樣。眞的有蠢蛋因爲鑰匙想歸罪於我。」

可憐的管理員滿懷歉疚地向我們坦白。

「對不起，我剛剛也瞞著大家眞的很不好意思。」

「到底怎麼回事？」

「其實昨天晚上大家都回去後，名張來到交誼廳，把她手上的萬能鑰匙跟我的卡式鑰匙交換了。」

不只七宮，我們都很驚訝。

管野手上的鑰匙應該是本來屬於名張、現在是空房的二〇六號房。名張從口袋裡拿出的，正是印有二〇六幾個字的卡片。

「他沒有錯，是我要他別跟大家說的。」

回擊剛剛被追究，名張加強了語氣。

「進藤社長被殺的時候我就知道，之後如果發生一樣的事，手上有萬能鑰匙的人一定最先被懷疑。深夜裡不可能有不在場證明，要是被懷疑就等同於無法洗清嫌疑！所以我才瞞著大家把萬能鑰匙還給管野先生。」

原來如此，這樣一來昨天晚上名張就無法進入立浪的房間了。

比留子在此打斷。

「可以讓我們看看妳平常吃的藥嗎？」

「好啊，當然可以。」

管野用萬能鑰匙打開二〇五號房，名張馬上把藥拿出來。看著她遞出來的藥，比留子點點頭。

「昨天晚上犯案並不是用這種藥。」

「妳怎麼知道！」七宮馬上反駁。

「我以前參與過一件跟助眠劑相關的案子。」

比留子面不改色地回答。

「安眠藥跟助眠劑幾乎是一樣的東西，不過特別對入睡有效、生效時間較短的可稱之為助眠劑。根據藥種不同，生效及持續時間都不一樣，名張用的這種藥就是快速生效型，通常開給睡眠障礙較輕的人。服藥之後到生效為止的時間較短，同時持續時間也短，只是幫助人比較容易入睡而已。這種不會有我們起床時感覺到的搖晃不穩或肌肉鬆弛作用。」

「那、那犯人應該是管野吧！這傢伙手上有萬能鑰匙啊！」

七宮胡亂主張，這次輪到名張推翻。

「把鑰匙還給他是我的意思。他可能預先猜到嗎？再說，我就是因為不想被懷疑才把鑰匙還回去的，管野先生會那麼蠢地用鑰匙行凶嗎？你從剛剛開始就不斷表現自己的膚淺推理，但這裡是你爸的房子耶？難道你手上沒有備份鑰匙嗎？少爺？聽說你去年不是也鬧得雞飛狗跳？」

原來她也聽說了那些謠言。七宮被辯得無話可說，臉色一陣紅一陣青。他發出「哇啊啊啊啊啊」宛如怪鳥的叫聲。

「可惡！我才不要跟你們這些殺人犯在一起！」

他撲向掛在交誼廳牆上的十字弓，大家一陣緊張。

「你要幹什麼！」

「誰也不准接近我房間！要是來了我格殺勿論！我可是先警告你們了！」

說完這句話，他便拿著十字弓猛然衝回三樓。

六

管野輕聲說著：「……對不起。」同時現場瀰漫著一陣尷尬的沉默，比留子則不帶情感地回應：「我們繼續調查吧，沒時間了。」重元也聳聳肩嘲笑離開的七宮。

「反正箭只有一根，不用管他啦，外行人才會選那種射擊道具。」名張的臉色比剛剛好很多。

「那個人會不會找高木她們麻煩？我還是去看看好了。」說著，她往三樓走。

比留子回到交誼廳，在桌子周圍走著想找出些線索，但是並沒有特別發現，她回頭看著管野。

「管野先生，這裡看起來跟平時有沒有什麼不同？」

「這個嘛……好像沒什麼特別不一樣的地方——對了。」

管野接近鎮坐電視旁的九座銅像。那是仿製亞瑟王和大衛等九聖賢、高度及腰的全身像。

「雖然只有一點點……不過這些銅像的方向好像不太一樣。」

「方向？」

「排列順序跟平時一樣，可是臉的方向有一點不同。平常視線都筆直朝著桌子排列，但現在最右邊這兩座好像別過臉。」

我們一點也想不起不同之處，但管野平時保養銅像的機會很多。

「但說不定是我看過之後有人動了銅像，不見得是犯人移動的。」

我走近其中一座銅像，確認重量。

……相當重。大概只有一公尺左右高度，卻有約莫四、五十公斤重。或許可以勉強拿起，但就算是大男人也很難用這個來當武器。

聽了我這麼說，比留子點點頭表示了解，繼續走向立浪屍體。

「還有一點奇怪，就是這些咬痕。跟進藤社長那時候一樣，衣服的纖維都被撕扯，有些地方連骨頭都被咬碎了。」

「那犯人果然是殭屍囉？」重元亢奮地問。

「你的意思是殭屍讓我們喝下安眠藥？」我狐疑地問。

「不見得所有殭屍都沒有智能啊。在《活屍禁區》裡有個殭屍學會用槍、指揮其他殭屍跟人類作戰。再說，既然殭屍化的原因是細菌或病毒，就不能否認有人有抗體、或者沒受感染。」

殭屍大師的主張讓管野聽了皺起臉來。

「殭屍具備等同人類的知性？你是認真的嗎？」

「管野先生，你不要忘記！他們原本都是人類！一定是跟其他殭屍一起從緊急逃生門進來，殺了立浪學長後從南區隔門離開，所以那道隔門才沒有上鎖。」

「那打給劍崎和高木的電話呢？」

「就是那個殭屍打的！」

殭屍大師現在狀況絕佳。他的推理雖然大幅跨出常識界線，但假如真的有這種人，確實可能完成這次的犯行。

比留子承認了這一點，接著繼續反駁。

「對，不過這樣一來立浪學長之死就產生了矛盾。假設如你所說，犯人是破壞緊急逃生門進來的殭屍，那他就無法讓我們喝下安眠藥。」

殭屍大師沉默了下來。

沒錯，昨天早上別墅內除了我們以外沒有其他人，假如這時已經混入安眠藥，在那之後只要有人用過咖啡機就會想睡。但事實上昨晚前並沒有人出現不正常的睏意。

也就是說，下藥的時間就在晚餐之前，並且是我們當中某個人下手。

可惡，又陷入跟進藤那時一樣的模式了。只有人類才辦得到的事，跟殭屍造成的殺害痕跡同時存在。難道真如重元所說，理智殭屍和我們當中某個人聯手？

——假如是這樣，的確可以解釋很多事。

犯人讓大家喝下安眠藥，到了晚上把立浪帶到房間外，從緊急逃生門引入理智殭屍，理智殭屍咬死立浪，然後乖乖從交誼廳離開。

進藤那時也一樣。犯人跟從緊急逃生門引入的理智殭屍一起進入進藤房間，靠巧言勸說讓進藤打開門，途中闖入房間的理智殭屍將他咬死，犯人留下紙條，完成犯案。

——怎麼可能！

我腦中現實與幻想的界線已經完全瓦解。

這時，剛剛上三樓的名張回來了。

「他眞的躲在房間裡，其他兩人沒什麼事。」

聽了她的報告後，比留子拍了一下手，看看四個人，重新整理心情。

「我們就別再拘泥於犯案手法了，只看客觀留下的事實。首先，立浪學長從應該是密室的房間被帶出來，在電梯裡被殭屍咬死。過程大約就是這樣。假如先忽略犯人留下的紙條和走廊上的殭屍，這時會發現一個奇怪的現象。」

比留子大刀闊斧斬落讓我們混亂的因素，讓問題單純化。

「奇怪的現象？」我問道。

「**為什麼要選擇電梯作為殺害地點**？不管犯人是殭屍還是人類，爲什麼不能跟進藤社長時一樣在室內殺了他呢？」

其他三個人的表情寫著完全投降。

總之我試著說出現在想到的可能。

「……犯人好像很堅持要讓殭屍咬死目標，帶到房間外比較容易達成目的？」

「沒有錯。」她指著我：「應該是讓殭屍咬他才帶到房外。但如果想讓殭屍咬死立浪學長，還有更簡單的方法。比方說綁住立浪學長後將他放在南區走廊，然後打開緊急逃生門，同時自己衝進交誼廳避難，鎖上南區隔門的鑰匙。這麼一來只有走廊上的立浪學長會被殭屍咬死。大功告成。怎麼樣？這是不是更簡單。我就會這麼做。」

確實沒錯。我還是老樣子，只注意到Howdunit——手法，卻沒注意到爲什麼非這麼做不可的Whydunit。話說回來，她的殺害方法眞精采，姑且稱之「比留子法」吧。

比留子繼續說。

「但犯人特地將在三樓的電梯叫下來、把立浪學長推進去，可見這當中應該存在犯人極大的意圖。」

極大的意圖。比留子想出的殺害方法無法達到的某種目的。

這時候，望著化成一片血海的電梯，比留子好像發現什麼。

「——眞是的，看來我還沒睡醒呢。」

說著，她走向屍體。可是來到接近屍體的地方，她猶豫地停下腳步。

「葉村。」她突然拉高了聲音。

「啊？什麼？」

「我們來場交易吧。」

好久沒聽到這句話了。就是因爲這句話，我才會來到這裡。

「要我做什麼？」

「請搬動立浪學長的屍體，完成之後我親你一下。」

「啊啊！」我沒用地叫出聲來。

搬動屍體？這種支離破碎的狀態？這樣說或許對立浪很失禮，但這麼多不該露出的東西都露出的屍體，實在不是人該碰的東西。新聞上不說過最好不要碰到血嗎。

「不用搬太遠，至少搬到機箱外。拜託你啦。」

等等，我確實很想幫比留子忙，她提出的獎賞也是極具吸引力的條件，可是這比叫我碰科莫多巨蜥或者塔蘭託大毒蛛的門檻更高。

見到我卻步的樣子，充滿責任感的管理員怯怯地打斷。

「那個，要不然我來吧？」

名張很敏感地反應。

「管野先生！什麼親嘴，也太不要臉了吧！」

「不、不、不是啦，我只是覺得自己年紀比較大，想幫點忙。」

結果我們決定把屍體放在立浪房間拿來的棉被上，三個男人一起搬動屍體。交易當然不算數。不過，名張從什麼時候開始在意管野的呢？

「——所以呢？妳發現什麼了？」

比留子沒有走向我們搬動的屍體，而是接近沾滿鮮血的電梯。

「葉村，我再跟你來場交易。」

「不用了啦，妳就直說吧，要我做什麼？」

我放棄掙扎地問，又從她口中聽到另一項艱鉅任務。

「我希望你走進電梯，關上電梯門。」

電梯裡可是一片血海、根本沒有立足之地啊。

我把另一張床單丟進去，不情不願地站上去。爲了避免門全關，放了門擋再按下「關」的按鈕。這時門慢慢關上，卡到門擋又再次開啓。

這時，我才完全了解比留子的意圖。

「怎麼樣？」

「……幾乎沒有，牆壁上明明這麼多血跡。這表示……」

「殺害立浪學長的，確實是一樓的殭屍。」

聽到比留子這樣沉吟，管野等人一臉呆愣。

「你到底發現了什麼？」

「沒看到血跡。你看看電梯前的地毯。」

比留子指向電梯前方的地毯，除了立浪倒下的部分，幾乎沒有飛濺的血跡。

「沒怎麼弄髒吧？所以立浪學長被殺的時候電梯門應該是關著的。可是剛剛葉村確認過，電梯門內側並沒有血跡。因此，**他被殺害時門是開著的**。」

重元困惑地說。

「可是這樣血應該會濺到地毯上吧……啊，這！」

他好像也發現了。

「對。二樓和三樓都沒有血飛濺的痕跡。也就是說，**立浪學長是在一樓被殺的**。」

管野等人大驚失色，紛紛反駁。

「怎麼可能辦得到？難道犯人跟他一起搭電梯下去了嗎？」

「不可能啦，這樣一來犯人也會被殭屍攻擊的。」

但我漸漸了解她的意思。

「如果只讓電梯來去，那犯人自己就沒有必要搭進去。讓立浪學長進去後按下一樓的按鈕，犯人在這裡看著電梯下去，之後再按上或下把電梯叫回來就行了。」

這樣犯人就可以不搭電梯，只把立浪奉送給一樓的殭屍。不過這麼做有個問題。名張指出這一點。

「這想法很有趣，但太危險了。萬一在殭屍們包圍立浪學長時關上門，那不是連殭屍也一起叫上來了嗎？」

沒有錯。殭屍可不會像面紙盒一樣會一直卡著門。要是他們完全進入機箱，門就可以關上，直到上樓前都不會打開。這麼一來在這裡等待的犯人也一樣危險，既然如此何必用這種麻煩的方法，大可用「比留子法」殺掉立浪就行了。

「再說，假如眞的用這種方法，從緊急逃生門引殭屍進來又有什麼意義？想殺掉比留子和高木嗎？」

「我想不是。我們就是因爲犯人特地打電話來才得救的。想得單純一點，應該是緊急逃生門剛好被撞破，或者走廊上有犯人不想讓我們看到的東西……不過這一點只能暫且保留了。」

她說「保留」，表示並沒有要放棄。

我的心就像吞進一顆石頭一樣，覺得沉重無比。

七

接著，比留子徵求管野同意後進了他的二〇三號房。

我在一旁看著，不知道她想做什麼，只見她拿起房裡的電話話筒。

「管野先生，這電話有重撥功能嗎？」

「按下右下方的小按鈕就可以撥打到最近一次通話的房間。」

她聽了管野的答案點點頭，然後轉向我。

「葉村，請你到三樓高木房間正上方、之前下松用過的三〇二號房。」

「啊，你要確認高木房間的電話有沒有響是嗎？」

「答得好。我一分鐘之後撥，麻煩了。」

高木的二〇二號房已經被殭屍包圍進不去，只能從正上方三〇二號房觀察狀況。上了三樓，見到高木和靜原正在梯廳閒得發慌，她們看到我後也跟著過來。

「這次又要做什麼？」

「要試試重撥機能。」

我們進去七宮房間隔壁、救高木上樓的三〇二號房，走上陽台。雨已經停了，天空終於漸漸亮起。對，現在不過早上六點多。

我向她們兩人說明接下來要進行的實驗。

「今天早上只有比留子和高木接到可能是犯人打來的可疑電話。假如犯人除了你們兩人以外沒有打電話給其他人，那犯人用過的電話應該還留有高木或者比留子號碼的重撥紀錄。比留子想利用這一點調查犯人從哪個房間打電話。」

過了一分鐘。我從陽台探出身去聽樓下的聲音。但等了很久都沒聽到鈴聲。也就是說，管野房中的電話並未使用過。

我順便試了這間三〇二號房的電話，但沒聽到樓下有聲音，也沒人接電話。應該是打到了一樓櫃檯吧。

「可是。」我們一邊離開房間，高木一邊說：「電話也可能留下很久以前的紀錄吧？假如電話打到我房間，也不能證明就是剛剛打的啊？」

她說的沒錯。可是在手機這麼普及的這個時代，大家有事要找其他房間的朋友也很少會用房內分機，分機頂多用來打給櫃檯。假如查過所有房間後，符合的電話只有一台，那犯人用過那台電話的可能性就相當高。

對，一個不小心——不對、順利的話，這次調查就可能查出犯人線索。我背後不知不覺滲滿了汗水。回到二樓，告訴比留子剛剛一無所獲，她換了房間，繼續重複同樣的實驗。我在聽到聲音爲止，一直待在三〇二號房，過了十分鐘左右——

我聽到樓下高木房間傳出微弱鈴聲，急忙奔下二樓，比留子她們在二〇六號房，一開始名張使用的東區空房間。

「通了！」

聽了我報告後名張臉色大變。

「這是我原本分配到的房間啊。奇怪了，我第一天到了之後就用這台分機打到櫃檯，說牆上的時鐘沒電了。對吧，管野先生？」

「對。我確實接到電話，也換了電池。」

照理來說重撥應該會打到櫃檯才對。意料之外的巧合，讓這次重撥撥出第一天後才撥打的號碼，也就是說，很可能是幾個小時前犯人剛用過的電話。

「最後如果再撥到櫃檯或者其他地方一次，就可以消除這個紀錄了。難道犯人忽略重撥功能嗎？」

聽到我的疑問，比留子表情凝重。

「這很難說。可能覺得反正不是自己房間，被發現也無所謂，也可能沒餘力。」

「餘力？」

「殭屍突破緊急逃生門，對犯人來說可能是意料之外。犯人想避免我跟高木喝下安眠藥而犧牲，才從附近的空房二〇六號房打電話想喚起我注意。可是如果我發現異常，一定會開始聯絡許多人、展開行動。犯人得避開大家耳目從二〇六號房回到自己房間才行，或許眞的沒辦法顧及重撥功能這件事。」

確實有這個可能。

「那個……劍崎。」

名張難以啓齒地開口。

「我讓管野先生拿著萬能鑰匙，是不是讓他立場變得爲難？因爲他可以自由進出立浪學長的房間？」

她說著，窺探著我們的臉色。她爲了免除自己的嫌疑將萬能鑰匙還給管野，但現在開始擔心，是不是因爲這樣反而讓他背上不必要的嫌疑。

「關於這一點，目前我認爲管野先生是犯人的可能性很低。」

「是嗎？」

管野自己驚訝地說，他已經有被懷疑的心理準備了。

「根據我的概算，依照時間順序來整理，可以發現他有不在場證明。高木剛剛說過，她接聽我打去的電話前，房裡電話響了一分多鐘。假如那是犯人打來的電話，我們稍加整理時間會是這樣：

「一、犯人打電話給我。

「二、我打電話給管野先生。說明狀況請求幫助，我們至少說了兩分鐘吧。

「三、之後我打電話給高木。她十秒之內就接了。

「四、但是高木說在這之前犯人打了電話給她，響了一分鐘以上。」

確實。犯人從二〇六號房打給高木響了一分多鐘，這時候管野應該正在跟比留子通話。管野房間的話筒不可能拉到二〇六號房，萬一高木接了犯人打來的電話，他就得同時跟兩個人通話。儘管只有短短幾十秒，但管野確實有電話上的不在場證明。

「如果管野先生的嫌疑不重那我就放心了。」

名張露出安心的表情。

「附帶說明，這就表示正在跟管野先生通話的我同樣有不在場證明。由我自己來說眞不好意思。」

這時我發現還有一個人也有不在場證明。

「那高木也可以排除嫌疑吧？因爲二〇六號房的電話使用時，南區走廊已經被殭屍占領了，她如果在二〇六號房就回不去自己房間了。」

「話雖然沒錯。」

比留子爲難地搖搖頭。

「但也可能她房間根本沒有那通一分多鐘的電話，這重撥紀錄其實是個陷阱。比方說殺害立浪學長後，高木從二〇六號房打電話到自己房間留下重撥紀錄。然後打開緊急逃生門讓殭屍進來，接著迅速跑回房間避難，之後再用房間電話打給我。」

我忍不住反駁高木說謊的這個假設。

「假如高木的證詞是假的，那管野先生的不在場證明一樣無法成立了不是嗎？」

「這時管野先生不可能留下重撥紀錄，因爲他不可能料想到高木會說這種謊啊。」

我無話可說。這個不在場證明就是因爲比留子**一時起意**打給高木和管野才成立。正因爲無法刻意操作，因此很穩固。

高木搔著頭，搞不太清楚狀況。

「好複雜喔。總之我現在還有嫌疑？」

「對。南區隔門的鑰匙還在電視架上，**如果南區隔門上了鎖**，表示犯人是從交誼廳這邊鎖上門的，那高木就可以大聲主張無罪。」

原來如此。光是門沒鎖上這件事就讓她脫不了嫌疑。說不定犯人也深知這一點，特意不鎖門？

「可是。」比留子繼續說：「我認爲高木是犯人的可能性很低。因爲管野先生跟我的不在場證明之所以成立，是因爲高木證明『在劍崎的電話之前，接到一通長達一分多鐘的可疑電話』。我覺得她沒必要刻意說這種對我們兩人有利、卻對自己一點好處都沒有的謊。」

確實，剛剛在梯廳聽每個人今天早上的行動時，高木說話的順序晚於比留子和管野。如果她是犯人，大可在兩人之後說出有利自己的說詞。

總之，目前假設犯人用了二〇六號房裡的電話，我們開始檢查有沒有線索。

「你們看。」站在陽台上的重元說道：「那不是紫湛莊的浴衣嗎？」

他指陽台正下方。殭屍群聚的地上，掉著一塊淺色布料。被殭屍們交互踐踏看不太清楚，看來好像不只一件。

「怎麼會掉在那裡？」

「是犯人幹的吧。把立浪學長的屍體從電梯裡拖出來、毆打頭部時，爲了不讓血濺到自己身上，可能事先換穿浴衣。如果經過ＤＮＡ鑑定，或許能知道是誰穿過，但現在不可能回收了。」比留子這麼推測。

我們沒能找到更多線索，只好結束現場採證。

大家回到交誼廳，南區隔門儘管持續承受另一端的拍打，還能撐一陣子。以防萬一，我們把東區隔門鎖上，離開交誼廳。

八

回到三樓，比留子說想再看一次進藤的三〇五號房。

跟管野借萬能鑰匙進入，裡面一樣開著很強的空調，冷得像冬天。多虧如此，多少延緩屍體腐敗，但嗆鼻的血腥味無從解決。

「咦？」

我馬上知道比留子狐疑的原因。桌上的燈沒有關。

「昨天忘了關嗎？」

「大概。昨天晚上從我房間也看到燈亮著。只有這個燈不能從床頭櫃的開關關掉，大概忘了吧。」

我走到桌邊，關掉鏡子下方的開關。

「你房間看得見三〇五號房嗎？」

「從這邊望過去左斜方最後面那間是我房間，前面是靜原的房間。」

我避開沾在地毯上的血跡和肉片走到窗邊，指著可以斜向看見的靜原房間。

「嗯……」

比留子把自己頭髮在手指上捲了幾捲，又開始調查室內。我默默負責檢查陽台，注意扶手有沒有留下痕跡，或者有沒有通往屋頂或其他房間的立腳處，但一無所獲。

跟在立浪房間時一樣，比留子確認房門上緣堆積的塵埃，不過沒有發現使用工具的跡象。

「對了，當時陽台的窗戶打開，進藤社長朝外倒，這是不是表示他想往外逃？」

「對。也就是說殭屍是由房門那邊的走廊進來，可是沒有看到任何痕跡呢……」

「另外，他帶來的劍還立在房門旁的牆邊，表示進藤社長對犯人沒有一點警戒。」

「那突破這個密室的果然是我們當中某個人……」

比留子將她的長髮捲在手指上一邊沉吟，然後對我招招手。

「葉村，頭。」

「啊？」

「只捲我的不夠，我要弄亂你的頭髮。」

「啊？不要啦，丟臉死了。」

「我們來場交易吧。上床去，我讓你躺在我膝蓋上。」

「不要不要，那邊也有血耶！」

並不是說如果沒有血我就願意躺。

提出膝蓋當枕頭，交易還無法成立，比留子嘟起嘴不太高興，忿忿將沾滿血斑的棉被從床上扯下。昨天已經確認過棉被裡什麼都沒有。

「——咦？」

她發出困惑的聲音。

比留子視線前方是棉被內側，始終蓋在床上的那一邊。

「上面有血呢。」

她說得沒錯，棉被上染著血色。而且不是像外側那種飛濺的血跡，而像摩擦傷口形成的擦痕。

比留子馬上翻開棉被看看正面，正面當然沾著血。

「奇怪了，爲什麼棉被正反兩面都沾著血？」

比較兩邊的血跡，附著的位置表裡並不一致，並不是外面的血滲到內層。該不會是進藤把棉被丟向殭屍，或當盾牌使用？不，棉被一開始就好好放在床上，並沒有極端紊亂的樣子。

「這到底——」

我轉向旁邊正要尋求她的意見，只見比留子睜大眼，靜止不動。

她眼睛的焦點不在手邊的棉被，投向更遠處。

「比留子？」

「原來是這樣！這樣一來覺得異樣的地方就說得通了。當然會覺得不對勁啊！」

比留子有些亢奮地說起來。

「我也沒資格說別人。感覺不對勁時果然更該仔細推敲，要讓視野更開闊才對！」

「妳想通了什麼是嗎？」

「現在只知道進藤命案的謎底，再來剩立浪了——但在那之前。」她轉頭看著我：

「你身上有手機嗎？我的沒電了。」

「有是有，但現在還沒有訊號。」

我遞出智慧型手機，比留子搖搖頭。

「不是啦，我只是想拍照。」

原來如此，我朝著棉被上沾到的血痕按下快門。

「還有一個地方要拍。」

「好啊，哪裡？」

「——包包裡。」

九

外面又淅淅瀝瀝下起小雨，我們待在三樓有限空間裡。大家都很小心省水，儲水槽裡還有水，問題是食物。能從交誼廳拿來的全拿來了，但照這樣算來一天吃三餐、只能再撐兩天。第一天比留子判斷殭屍肉體會在一星期內腐敗，而現在一星期還沒經過一半。照重元的說法，腐爛的時間可能更久，看來等待殭屍自滅的可能性微乎其微。

還有生活空間的問題。現在可用房間已經少於人數，除了七宮跟進藤的房間，都維持經常卡著門扣鎖可自由出入的狀態。儘管如此，一樓、二樓逐日被佔據，不久就要被逼到沒有遮蔽的屋頂上，這依然帶給我們很大的壓力。

而且在有限的空間裡，還有一個奪走兩條人命的殺人犯。

不過剩下的成員意外沉著。姑且不管躲在房間的七宮，沒有人自暴自棄或表露出對周圍的懷疑。一定是因爲身邊還有殭屍這個絕對的敵人存在。大家都很清楚，假如被集團孤立，就無法逃過可怕的屍人之手。

食物危機、殭屍、殺人犯，多層波濤互相激盪、抵消，我們身在這不可思議的平穩當中。而我腦中當然明白，這只是片刻的平靜。

漫長的早晨過去，終於快到正午。

「喂，新聞正在報導！」

重元從房間探出頭來叫著，七宮以外的七個人都圍到重元房間的電視前。

畫面上除了這幾天來日本最知名的地名娑可安，也跳出幾個過去未曾使用的鮮明文字，例如「殺人病毒恐攻」、「有爆發性感染危險」，直接又具震撼力。特寫畫面是在長桌前排成一横列的男人，沐浴在宛如砲火般閃爍不停的攝影閃光燈下。站在中間的是官房長官。需要由他親自說明事件經過，這條新聞的重要性可見一斑。

「一到中午就切到這個畫面。」重元連珠砲似地說：「所有電視台都一樣。」

禿頭的官房長官手持原稿，用政治家特有的迂迴言詞冗長說明著事件概要和現況。對於現在身處事件漩渦中心的我們來說，這場記者會簡直令人急到腦袋滾滾沸騰，新獲得的資訊如下：

犯人是最近公安指定的監視對象，某大學副教授及其數名夥件。他們潛入薩貝爾搖滾音樂節會場，散布還未確認的病毒。這種病毒具有極高感染力，一旦感染幾乎毫無例外、必死無疑，還會讓感染者陷入錯亂（官方終究避開殭屍這種說法）。目前娑可安湖周邊已確認超過千人感染。

光是紫湛莊周邊就聚集五百多個殭屍，那個搖滾音樂節每年數萬人參加，看來這個數字並不可信。

總之，這是政府首次正式承認這場生化危機式的恐攻事件。

官房長官竟然還板著臉正色表示，現在為了防止娑可安湖周邊的情報混亂，實施通訊管制，同時目前已經控制住感染者，狀況都在掌握中。

說什麼蠢話，那為什麼不快點把這裡的殭屍趕走！

聽說感染病研究所和理化學研究所等機構正在分析該殺人病毒。

「還留在封鎖地區內的民眾，自衛隊將依序展開救援。身在封鎖地區的民眾請到安全的建築物內避難，冷靜等待救援。請注意千萬不要讓感染者的血液、體液進入口中眼中。萬一附著請馬上清洗，通知警察或消防。」

高木連生氣都氣不起來，只能無奈地說。

「叫我們等？我看殭屍的動作都比救援隊快。」

「殭屍跟政府不一樣，行事還挺積極。」連靜原也忍不住口吐辛辣言詞。

接著攝影機朝向研究機關裡的大人物，請他們說明目前對病毒的見解。

其中出現許多困難的專業術語，不過特別讓我注意到的是這句話：

「病毒藉由皮膚或粘膜感染時，大腦功能三到五個小時會被破壞，進入錯亂狀態。」

「大腦功能被破壞，看來重元的推論是對的呢。」

被比留子一誇，殭屍大師似乎不置可否，彎起嘴角。

「沒有啦，直覺而已。」

記者會一小時左右結束。唯一派得上用場的資訊，就是關於病媒感染的好消息，萬一棲息在這個地區的蚊子等昆蟲吸了感染者的血，也會因其毒性而死亡，不會有病媒感染的危險。

當畫面切換到各電視台的主播和現場記者時，管野站了起來。

「至少可以知道會有救援。我們到屋頂上畫個ＳＯＳ，方便他們早點發現。哪位能來幫忙？」

「我來吧，油漆呢？」

「倉庫裡應該還剩下一點油漆。」

重元好像打算繼續確認新聞內容。

我跟管野兩個人來到不斷吐出濛濛雨滴的深灰色天空下。

＋

「這樣終於結束了。」

管野彎腰在盡量擦掉濕氣的混凝土地上塗著油漆，嘆了口氣。

「我負責管理這個地方，卻讓將近一半的人死在這裡。至少得讓現在留下的這些人全都平安獲救。」

「這不是管野先生的錯，現在這種狀況連政府也沒能力好好處理啊。」

我畫下扭曲的S字，一邊安慰管理員。這時突然想到，他對這一連串殺人似乎太過冷靜。我們參加合宿的成員或多或少都知道進藤或立浪被殺的理由。七宮更不用說了。但這個老好人去年秋天才到這裡工作，理應沒聽說過那些事。身邊的人莫名其妙被慘殺，一般人會這麼冷靜嗎？

我腦裡正在想這些，管野手沒停下，黯然說道。

「——其實我眞不希望看到立浪過世。」

「你們感情很好嗎？」

「不，這是我第一次見到他。我開始在這邊工作後兼光少爺來玩過好幾次，不過好像只有夏天才會跟出目和立浪一起來，但他們會被殺似乎跟去年的合宿有關吧。」

原來他知道？察覺我轉向他的視線，他試圖解釋。

「兼光少爺來的時候一定會帶女孩子。我想其他兩個人應該差不多吧。」

「之前的管理員會辭職，該不會跟去年的合宿有關吧？」

管野搖搖頭。

「好像單純是兼光少爺荒唐的要求太多。他會突然要求取消其他客人的預約來空出房間給他，或者要求送披薩的人馬上送來這種偏僻地方。聽說這些大小事累積太多，受不了才辭職。去年的事，我只聽說發生了些跟女性有關的糾紛。」

管野站起來，確認剛寫好的O形狀，繼續說：「可是呢……」

「不知什麼時候，我無意中聽到兼光少爺趁著醉意告訴他帶來的女孩子，立浪頻繁找女人又不長久，都是因爲他對母親的心結。」

「心結？」

「立浪小學時父母親離婚了，原因是母親的外遇。離婚後他跟著父親生活，不過他母親已經外遇許多次。」

所以他才對女性有那麼複雜的情感啊。但故事還有後續。

「幾年後，他父親死於奇妙的意外，他由母親扶養，但不久母親也被逮捕了。」

「——爲什麼？」

「他父親死於意外，是母親跟外遇對象聯手設計。父親死了後保險金和遺產就會到兒子立浪手中，扶養他就等於拿到這一切。當時他母親身上背著龐大的債務。」

實在很難受——這種故事眞讓人心痛。

我想起昨天立浪在這裡說過的那句話。

「剛認識的時候很開心，但愈認識對方，愈不知道到底是不是眞的彼此喜歡，開始無法信任對方。等到結束，就會覺得一切不過是場騙局。」

立浪或許詛咒著自己身上那一半來自母親的血吧。

否定母親，他接受追求愛的女性，但又在這些女人身上見到母親的影子而拒絕她們——簡直像沒有表裡之分的莫比斯環一樣。

SOS。

說不定他那張端整的面容下，不斷渴求有人幫他一把。

「他的行爲確實引發不少糾紛……但我還是希望他能活下去。」

對。我也無法討厭他。

自從小學放學後跟同班男生一起莫名起鬨在校園塗鴉、被老師揍了一頓以來，好像不曾像這樣在地上寫著這麼大的字。我想以後也不會再有。

儘管是夏天，雨水沾濕身體還是很容易受涼，眞想沖個澡暖暖身體，但剩下的水得好好珍惜使用，我帶著這些念頭下樓。走出倉庫，梯廳的女孩們紛紛出言慰勞，不過沒見到比留子。無法回房的她跟高木應該一直待在這裡，難道又回現場？我打開卡著門扣鎖的房門，發現她在我房間。

「辛苦了，都淋濕了吧。」她把毛巾遞給我。

我接了過來，咦？毛巾是溫的，她用吹風機替我吹熱了嗎？

T恤也換掉吧。本來預計住兩天三夜，又想到很多戶外活動，換穿衣物還有好幾件。

「要我出去嗎？」

「沒關係。」

比留子還是一樣謹愼，我沒讓她有機會拒絕，瞬間換掉了濕襯衫。

她讓我坐在桌前的椅子上，我一坐下，比留子就從身後拿著吹風機替我吹頭髮。眞是無微不至。這就是勞動過後的喜悅。

轟轟聲響和手指溫柔的觸感舒服地撥弄我的頭，頭髮很快就乾了。可是關掉開關的比留子還把手指插在我的頭髮裡，低聲說道。

「沒時間了呢。」

是指三樓會被殭屍侵入的事嗎？

不、不對。你這傢伙多學著點。比留子是個能確保自己活下來，也不會讓大家送命的解謎者。立浪屍體上那張紙是怎麼寫的？

「還有一個人，我一定會吃掉你。」

剛剛的新聞讓救援可能性更顯實際。犯人應該想在外部進來前設法殺害最後的目標。比留子擔心這個。

「我們都已經被殭屍逼到絕境，但犯人還堅持要實行計畫？」

「……很難說。可是被視爲目標的七宮學長現在完全關在房間裡，又有我們在旁邊，現況不容易下手。可能晚上前就有救援出現。不過被捲入這種非常狀況還能冷靜執行計畫的犯人，我不認爲會輕易放棄。」

比留子的指尖從梳理頭髮改成享受頭髮觸感的妖豔動作，她的手指滑順地在我頭皮上來回，彷彿隨時要鑽進頭蓋裡。我強忍著背脊那股雞皮疙瘩感。

「不過眞是矛盾，一方面可以感受到犯人對目標的強烈憎恨，同時又打電話警告我們危機，透露出溫暖人情。我的存在對犯人來說原本應該是個障礙。對方動搖了嗎？不，犯人心中還留有理性，他分得很清楚，誰是該殺的人，誰是就算爲了達到目的也不該殺的人。可是面對目標又能極盡殘忍，簡直就像……」

這時她終於發現我的頭髮成了一頭鳥窩。「哇！」驚嘆一聲後整理起頭髮。

「抱歉抱歉，好像玩別人的頭髮比較容易集中精神。」

「沒關係。對了，關於犯案的動機。」

我把從高木那裡聽來關於去年合宿發生的事告訴她。三個ＯＢ都跟電影研究社的女社員各自發生些問題。出目夜闖閨房失敗，其他兩人雖然正式交往但終告破局。一個輟學、一個自己了斷生命。

「進藤社長明明知道所有糾紛，今年卻還企劃同樣活動，確實有被懷恨的理由。」

「對。『活祭品』和『吃』這些表現，可能是針對男人對女人下手表達的憤怒。這麼說，剩下的那一個人當然是七宮學長了。」

等一下比留子，妳怎麼手指又開始有奇怪的動作？

「但這樣推想又會出現其他疑問。七宮學長對其他人很提防，一開始就躲在房間不肯出來。犯人明明知道這一點，還擺明說『還有一個人』來威脅他，這只是讓他更不願意出來啊？這種時候推理小說會怎麼發展？」

「七宮學長會留下自己就是犯人的告白遺書，然後自殺吧。當然其實都是眞犯人下的手。」

「嗯，有意思。但這次不太可能。他昨天白天後再也沒出現在交誼廳，沒機會下安眠藥，也不可能是犯人。不過不管這個。我很猶豫，不知道該拿七宮學長怎麼辦。讓他一個人待著好像太危險，但現在我們可以一直監視所有成員，說不定他關在房裡反而安全。」

我知道這種時候還想到這些有失莊重，但這在推理小說裡是罕見的發展。

一般在封閉空間裡的命案，因爲不知道誰會是下個犧牲者，所有登場人物都會疑神疑鬼，而這次雖然還不算確定，但我們大家都有共識，下個被殺的會是七宮，他自己好像也有自覺。但正因爲有自覺，所以武裝躲在房中；而犯人也得在救援來前殺害他，現在雙方應該都很緊張忐忑。

我突然想起比留子的特異體質。

「如果不想被犯人敵視，最好就保持這樣，別管七宮學長比較好吧？」

可是比留子斷然否定：「這不行。」

怎麼？看來她是個正直的人嘛。我心裡正充滿了感動。

「現在我們最大的威脅就是殭屍。要在眼前愈來愈嚴峻的狀況下求生，他也是重要的戰力之一，放他死了怎麼行。」

她又追加了些冷靜務實的解釋。原來這就是比留子風格。

「不過這間三〇八號房，如果有什麼萬一會最先被攻擊吧。」

這時她終於將手移開我的頭，坐在床上說。

「距離樓梯最近，但距離屋頂最遠。眞不希望又得爬繩梯，那種東西應該設計得更好用一點。一點也不穩，容易踩偏，又會用到平常不用的肌肉，真是累死人了。」

「屋頂上沒有任何扶手，大概無法掛梯子吧。」

「那萬一被關在這裡怎麼辦？」

「對啊，怎麼辦呢，又沒繩子可用，不然就請他們綁床單垂下來吧。」

「那比繩梯更難吧。沒關係啦，你背我吧。」

「會超重啦。」

我開了個小玩笑，但是比留子沒回話。

我背後冒出一陣冷汗。糟了，怎麼能跟女孩子聊體重的話題。

可是比留子突然大聲說道：「對！就是這個！」然後站了起來。

「等等，妳去哪裡？」

「交誼廳！你果然棒透了！」

十一

我們跟管野借了區域隔門的鑰匙，進入二樓交誼廳。血的味道比早上更濃，我忍不住摀住嘴。口罩呢、口罩！

「比留子，妳看門那裡。」

我指擋住殭屍的南區隔門。從今天早上開始便承受著殭屍的撞擊，現在開始嘎嘎作響，隨時壞掉都不奇怪。

「沒時間了，快！」

比留子打開燈，本來以爲她要調查電梯，沒想到她走近電視兩側那些高約一公尺的九聖賢銅像，認眞打量。殭屍隨時可能湧入，我拿著劍好守在門跟她之間。

不知道是不是我多心，總覺得門的吱嘎聲響愈來愈大。環視交誼廳，幾乎沒有能用來防堵的家具。這樣下去太危險了，得盡早離開，可是不能干擾比留子的專注。她來到交誼廳一定有她的目的，只要能爭取時間到她達到目的就行了。

過了彷彿永遠的幾分鐘，我聽到她叫我。

「能不能把這個拍下來。」

「銅像嗎？」

「腳邊的部分。」

仔細看看，跟地板相接的部分上方些微附著著一點紅黑色東西。我怕錯過什麼，換方向按下好幾次快門。

「——那是血嗎？爲什麼沾在這種地方？」

「這就是殺害立浪學長機關的關鍵。」

這太過突然且毫不猶豫的說法，讓我差點跟不上她的邏輯。

「——妳、妳已經知道了嗎？殺害立浪學長的方法？」

「嗯。依照我的猜想可以達到同等效果。但還是不懂，為何要選擇這個方法。」

看來比留子還執著於Whydunit。

就在這時候。

啪！

木頭應聲碎裂，擋住殭屍的那扇門朝這裡傾倒。縫隙間見到那些渾身沾滿血水跟泥水的殭屍。糟了！我們的位置從門那邊看是交誼廳最後方。這樣下去會來不及逃的。

我還來不及判斷便朝殭屍群揮劍。

「比留子！快逃！」

我打碎了從破掉的門中探出半個身體的殭屍頭部，但沒擊中太深。他的頭蓋骨凹陷，但指甲剝落的雙手繼續朝這裡伸來。

「可惡！這傢伙！」

下一次揮劍終於打倒了最前面這具殭屍，可是第二具、第三具殭屍已經侵入交誼廳。跟他們交手過後終於了解到「集團」這種原始卻極致的暴力。打死一具的時間遠不及另一具往前逼近的時間。

「葉村！」

比留子往後退，我也甩開殭屍、跑出交誼廳。

但在東區隔門關上前，一個殭屍的手指夾在隙縫間。門對面傳來猛烈壓力，幾乎把嬌小的比留子給彈走。我連忙擋住門，好不容易把門壓回，但門被殭屍的手指卡住關不上。我們兩個人好不容易撐住。

「來人啊！快來幫忙！」

聽到聲音後，高木和靜原從三樓帶著武器下來，名張也跟著跑下來。

「怎麼會這樣！」

目睹這場隔著門的殊死鬥，名張斷聲尖叫。

敵方的力量瞬間佔上風，門的縫隙擴大到兩個拳頭大。一具殭屍將頭擠了進來。

高木大叫。

「出、出目——」

我彷彿全身毛細孔大開，看向那張臉。

那是在試膽活動中下落不明的出目。他左臉已經被咬掉大半，可是宛如魚類的長相和髮型，應該是他不會有錯。眼神失焦的出目嘴角吐著白沫望著這裡。

「呀啊啊啊啊——」

在僵住的我們身後，靜原大喝一聲持槍往前衝。漂亮命中出目右眼，把他推回交誼廳。回神後的高木她們一起使力，好不容易關上隔門，鎖上鑰匙。

「謝、謝謝。多虧了妳救我們一命。」

靜原看著沾了血的槍當場癱坐在地，我和比留子靠著牆調整呼吸。

「那個人、果然變成殭屍了，根本不認得我們……」

名張的聲音顫抖。她對出目應該沒好印象，可是親眼見到已經不是人的姿態，還是忍不住動搖。明智學長該不會已經變成這樣了？他會不會已經喪失自我，認不得我的臉，現在還在別墅周圍徘徊呢？

假如他真的出現在我眼前，我，殺得了他嗎？

十二

好不容易逃過又一批殭屍攻擊，我們精神上更加緊繃。象徵休息的交誼廳終於淪陷，第一次看到熟人完全變成殭屍。兩件事都足以在我們心中烙下絕望的痕跡。

管野他們正在重元房間看電視，好像沒發現二樓的狀況。不過知道消息後，兩人忍不住深深嘆出一口氣。

望著大家疲憊的臉，我腦中突然跑出一個疑問。出目雖然全身是傷，但臉還是足以判斷出是本人。其他殭屍也一樣，負傷程度各自不同，但都不至於辨識不出長相。

為什麼只有進藤的臉部被咬爛得那麼悽慘呢？該不會攻擊他的不是殭屍，而是有某種明確目的的人類？

下午兩點。我們七個人集合在梯廳，默默將已經吃膩的緊急糧食塞進嘴裡。對話一點也提不起勁。

「七宮學長還是不肯出來嗎？」

比留子突然想起這件事，看了大家一圈。管野點點頭。

「上午我跟重元找過他，但是他根本不理我們。」

「何止不理我們，他還威脅說如果開門就要射殺我們。我猜他一定在屋裡一直架著十字弓吧。大概也把電話線拔掉，一直打不通，可能眞的打算在裡面待到救援出現。」

重元也聳聳肩。

「不用管他啦。」高木氣惱地說：「他那麼警戒，要是不小心被打中怎麼辦。隨他去吧。」

說完這句話，大家又陷入一陣尷尬的沉默。

重元的可樂好像終於喝完了，他不情願地喝著粉末沖泡的咖啡歐蕾。高木雙手交抱，躺在椅背裡閉上眼，靜原直看著紙杯底部動也不動。名張的樣子比誰都憔悴，安靜不說話。

我看看比留子。她發現多少眞相？看著大家的臉時，她心裡又在想些什麼？

「沒聽到那個音樂，好像突然有點空虛。」

管野說道。他指立浪平時播放的搖滾樂。

「平常覺得吵，但一時這樣安靜下來又不太習慣。」

幾個人略帶猶豫地點點頭。這時重元輕聲開口，不知是對著誰說。

「啊，這是布魯斯·史普林斯汀呢。」

我抬起頭。我很驚訝他知道這個樂手的名字。

「你知道？」

「一點點。卡式錄放音機播的那首《Hungry Heart》，在殭屍電影裡用過。」

這時高木和靜原突然對我投以銳利的視線，就像在埋怨我「爲什麼跟這傢伙提起殭屍話題！」等一下，剛剛這種狀況再怎麼想都屬於不可抗力吧！

殭屍大師並沒發現這些，繼續闡述他的高論。

「那部電影叫《殭屍哪有這麼帥》，要看嗎？」

說著，他從自己包裡取出筆記本電腦和DVD。

「這種時候不要看殭屍電影吧。」名張抗議。

「不要緊，這不是那種恐怖片，走戀愛喜劇風格啦。」

我們就在重元的大力推薦下，肩併著肩面對小螢幕坐著。

電影講一個變成殭屍的青年愛上了人類少女。他一時衝動擄走少女、把她藏在不爲人知的小屋，但因爲自己是死人，無法用話語傳達自己的心意。可是當少女企圖逃跑時，他從其他殭屍手中保護了少女，兩人因此拉近距離，放著青年收集的唱片一起聆聽。在這幕中插入了我們似曾相識的一首曲子，那首不知播放幾次的歌曲，我看了字幕終於知道歌詞的意義。

歌詞講述著無法滿足的心靈，我忍不住聯想起立浪的人生。

電影結尾中，兩人想必可以有美好結局吧。但立浪……

——別再想了。再想這些也無濟於事。

當故事進入後半段時，重元說。

「啊，說到卡式錄放音機，昨天傍晚，音樂有一次不自然的停頓呢。」

「音樂停了嗎？」我完全沒印象。

「只有幾秒而已，然後又從第一首開始播。那時候剛好管野先生來收垃圾，在我房間裡聊起電影的話題。對吧，管野先生。」

話題中的管野篤定肯定。

「對，確實停了。可能本來想換曲子，結果打消念頭了吧。」

這時比留子加強語氣問道。

「那大概是幾點？」

「正確的時間，我……我不太記得了，那時候沒注意。」

「我知道。那時候我剛好看完一部九十分鐘的ＤＶＤ，開始看正片是三點，所以是四點半。途中沒有快轉，那片ＤＶＤ我看過好幾次，不會有錯。」

此時我記憶裡有某個時刻甦醒。我在屋頂跟立浪聊天後回到自己房間的時間，剛好是四點半。

「等一下，那個時間立浪學長應該還在屋頂抽菸。我記得名張跟他在一起。」

「『一起』這個形容不太對。」名張有點不高興地說：「但那時候他確實在屋頂抽菸，我離開房間到屋頂時是二十五分左右，不會有錯。該不會是重元你們搞錯時間了。」

這時重元不滿地反駁。

「不可能。我開始看前還確認過時間，ＤＶＤ的播放時間也不會有錯，不然我們現在可以來確認啊。」

他看來對時間有絕對的把握，一點都沒有讓步。這就奇怪了。紫湛莊的時鐘是數位式的無線電時鐘，就算電池沒電也只是顯示螢幕顏色變淡，時刻並不會變慢。

「這是怎麼回事？有人覺得音樂太吵，趁立浪學長不在時關掉嗎？」

高木訝異地說，靜原則怯怯地補了一句。

「可是後來又響了……」

「該不會聽錯了吧？」

「沒錯，我們兩個都聽到了。」重元馬上又強調一次。

這時比留子急忙換另一個話題。

「管野先生，您昨天晚上睡覺前又巡視過一次吧？那時候看過三〇五號房、進藤社長的房間嗎？」

這唐突的問題讓管野茫然地點點頭。

「看過。畢竟進藤還死因不明，我想還是確認一下房裡有沒有人比較安心。」

昨天晚上他從名張手中拿回萬能鑰匙，進得了進藤房間。

「那時候燈光怎麼樣？」

她好像想確認我昨晚看到的檯燈燈光。當然，管野的說法跟我一樣。

「桌上的小檯燈亮著，大概忘了關，我想房間全暗也有點陰森，就放著沒關。」

「這樣啊——」

比留子心不在焉地輕聲回應。

我正要問她到底怎麼了。

「葉村，你來一下。」

比留子站起來，拉著我的衣袖。

我們倆在大家目送下離開了梯廳，比留子拉著我進了我房間。

「爲什麼突然過來？怎麼了？」

「除了Whydunit以外的謎題，幾乎都解開了。」

一進入房內，她便用極確信的口吻這麼說，我晚了數秒，明白她的意思。

她的意思是，Howdunit和Whodunit都已經知道了。也就是說，她已經破解了犯人身分和犯人手法。

但還有些謎題沒什麼進展。

「可是我們還不知道殺害立浪時犯人怎麼開鎖啊？」

這時比留子毫不猶豫地點點頭：「喔，你說那個啊。」乾脆得令人驚訝。

「那個問題我已經猜到一些。不然現在示範給你看？」

「啊？現在？」

「對啊，其實是很簡單的手法。」

說著，比留子走向房門。

「那你來演立浪學長。其實應該把門扣鎖扣上，不過既然已經知道怎麼開，這次就省略吧。」

她把我留在房內，自己走到走廊上，關好房門。我仔細確認，門確實上了鎖，卡式鑰匙也插在插槽裡。

她到底要讓我看什麼？我帶著期待盯著房門。

但下個瞬間，我聽到喀嚓一聲開鎖聲，比留子竟然平靜地打開房門進來。

這簡單的狀況讓我瞪大了眼睛。

比留子手上拿著一張卡式鑰匙。

「那是什麼？萬能鑰匙嗎？」我完全迷糊了。

「不是啊，是這間房間的鑰匙。」

比留子露出促狹的笑，翻開卡片表面給我看，上面寫著三〇八幾個字。這時我終於懂了，她偷偷抽換了插槽上的房卡。

根本無須考慮她何時有機會做這件事。現在大家都能自由進出房間，可能是趁我在屋頂畫SOS時抽換吧。我見到插槽裡插著卡片，一心以爲那一定是這間的房卡。

我腦中瞬間掠過一個想法：「啊！」

「你也發現了吧。剛剛你的行動幾乎跟立浪學長一模一樣，白天爲了方便躲進房裡，房間卡著門扣鎖沒關上門，人在室內時一心覺得關上房門就安全了。加上房間裡的電都沒問題，根本沒發現不知不覺中鑰匙被抽換了。」

房間的住戶總以爲房卡鑰匙「一直在」，確實不太會發現。

昨天聊天時立浪的確說過，自己人在房間外時還鎖著門根本是本末倒置。實際上他不在房間時門經常都是半開，卡式錄放音機的音樂聲才那麼清楚傳到交誼廳。

「昨天晚上前，有人偷偷替換了立浪學長房間的鑰匙？」

「對。立浪學長很少待在房間裡，要不就在屋頂抽菸、要不就去找七宮學長，經常不在交誼廳。只要犯人有幾秒鐘的機會一個人待在交誼廳，就可能抽換鑰匙。抽換過的鑰匙只要等侵入後再恢復原狀就行了。」

也就是說，人人都可能抽換鑰匙。

可是——光是這樣還不可能鎖定犯人吧？

就在這時候。

七宮房間的方向傳來東西倒塌的聲音，震耳欲聾的蜂鳴器聲響遍周遭。

第六章　冰冷的長槍

——發生了什麼事非常明顯。

三樓緊急逃生門被殭屍衝破。二樓緊急逃生門只撐到凌晨，這扇門算撐很久了。

我和管野率先撿起劍跑向南區。動作不快一點，七宮就會被困在房間。到時候也無法從屋頂降下梯子，要救他出來會很不容易。我們一邊跑一邊戴上口罩。可是轉過通往七宮房間的轉角，人影便在我們眼前湧現。是殭屍！

「哇啊啊啊啊！」

我大叫著振奮自己，朝著最前面的殭屍頭部全力揮劍。

隨著一股撼動胃袋的撞擊，怪物太陽穴碎裂、細碎肉片飛濺。被我往旁一擊的男殭屍猛烈撞上牆壁後頹然坍落。我不知道該給他致命一擊還是前往七宮房間，事實上兩者都來不及。殭屍陸續從後方出現。七宮房間早就被包圍了。

我回想起剛剛在交誼廳的苦鬥，馬上決定撤退。

「不可能再往前了，回去吧！」

「兼光少爺！千萬不要到走廊上來啊！」

管野大聲提醒應該還在房間裡的七宮，跟我一起迅速後退。

離開南區後管野立刻上鎖好隔門。其他人已經集合在梯廳，比留子表情迫切地問。

「七宮學長呢？」

我搖搖頭。

「來不及了，已經被殭屍佔領了。」

「他沒發現嗎？」高木問。

「怎麼可能？都吵成這樣了。」

比起殭屍的呻吟聲、拍打房門的聲音，更強烈的是警報蜂鳴器。在梯廳這裡隔著一個轉角和隔門都還能聽到，房間緊鄰緊急逃生門的七宮不可能沒聽見。

「有辦法從其他房間救他出來嗎？」

聽到比留子的問題，管野表情苦澀地回答。

「在結構上從這邊看不見南區的陽台，我們根本無法靠近。」

但她並沒有放棄。

「那好吧，我們上屋頂看看狀況。」

我們大家分頭行動。幸好南區隔門就算被衝破，要來到屋頂還隔了一層倉庫門守住。高木和名張、靜原紛紛把需要的物資搬進倉庫，比留子跟管野從屋頂去叫七宮，而我和重元負責防守，以防門被殭屍突破。

「沒想到兩扇緊急逃生門竟然比路障更早被衝破。」

重元不熟練地把玩著長槍一邊說道。

「就強度來說，其實緊急逃生門要堅固得多。」

「對那些傢伙來說，能不能有地方站穩比較重要。殭屍有用不完的精力，也沒有痛覺，單純的破壞速度比我們快多了。」

二樓南區隔門不到半天就被突破，離我們被逼上屋頂到底還剩多少時間？而犯人在這期間又會用什麼手法來殺害七宮？

過了一會，屋頂上的兩人下樓來，臉上滿是困惑。

「奇怪，再怎麼叫，他都不出陽台。」

從比留子焦躁的口氣，可以猜想她已經預見最糟的可能。

最糟的可能——犯人已經達到了目的。

我忍不住往窗外望，但救援隊可沒有這麼湊巧在此時出現。

我們絞盡腦汁思考有沒有方法能下到七宮房間。

屋頂上果然沒有能掛繩梯的扶手，而我所想的用現成布巾綁成長索拉上七宮的方法太危險。放棄將人拉上的我們，決定把重元的攝影機綁在布索前方，從屋頂垂下看看七宮的狀況。

「嗯，不管怎麼綁，攝影機都會轉個不停呢。」

「不要緊。就算只有短時間也沒關係，能看到室內狀況就好。」

拍攝了幾分鐘，我們拉起攝影機，在倉庫裡播放影像。

不斷旋轉的景色中，大概拍到了三秒左右的室內畫面。

「停！」

停下攝影機，清楚看到七宮的身影。比留子嘆了口氣。

「七宮學長他……」

「——倒在地上。」

管野這句話讓整個倉庫瀰漫一股悲愴感。

七宮房門還沒被撞破，室內跟今天早上沒兩樣。但他橫向倒在房門前，身體不自然地後仰，雙手痛苦地抱頭。

我們反覆看了幾次影像，但七宮一動也不動。

「——太遲了。」

比留子懊悔地這麼說。這句話的意思很明顯。

犯人成功地奪走最後目標——七宮的性命。

「啊啊……」管野頹下肩：「爲什麼連他都……」

這是出於無法守護夥伴的悲憤？還是身爲管理員沒能保護雇主兒子生命的自責？

高木和靜原不自在地將視線從畫面移開，直到最後都沒有說出惋惜哀悼的話。

早上剛跟七宮起過衝突的名張癱軟在地，茫然失神，重元默默關掉攝影機。

我盯著比留子。七宮在一個看似絕對安全的狀況下慘遭毒手，事情發展到這個地步，密室殺人的謎團愈來愈多。今天早上他把自己關在房間後，再也沒人進去那個房間，而所有夥伴都待在看得到彼此的地方。再怎麼想，都不可能有機會動手。

看來她也束手無策了。或者，她還藏有起死回生的一著棋？

她一反我的預期，平靜建議。

「各位，從現在開始我們把所有心力都放在如何求生、等待救援。我們最大的敵人是殭屍。三樓落入他們之手是早晚的事。我們把據點搬到倉庫，加強防守吧。」

聽了她這番話，管野跟我都重新振作，表示同意。

「說不定需要點狼煙求救。我們把剩下的布巾收集起來，誰有打火機嗎？」

「有，雖然在戒煙，打火機還是帶在身上。」高木說道。

大家紛紛轉換心情開始動作。不過……

「等一下。」

打斷大家行動的竟然是靜原。大家格外驚訝地盯著很少在眾人面前主動開口的她。

「怎麼了，美冬？」高木問。

「劍崎，妳該不會——已經知道犯人是誰了吧？」

這讓我聽了一驚。

我轉頭看比留子，她輕嘆一口氣。

——原來如此。她果然已經看穿一切。她什麼都知道，卻刻意不說出來。

「果然沒錯。」靜原以前所未有的強烈視線望著她：「打從剛剛開始就覺得妳樣子不太對勁。告訴我們，劍崎，這三天不斷折磨我們的到底是誰？」

「犯人的目的已經達成了。」

說著，比留子慢慢搖頭。

「現在暴露罪行、指出殺人犯又能怎麼樣？接下來我們必須合力設法活下去。要揪出犯人，等我們獲救之後，警方自然會查清楚。」

「不，我們當然有知道的權利，也有譴責犯人的權利。不管出於什麼理由，犯人都奪走三條人命。」

靜原不肯退讓。高木和其他人靜靜看著她們，大家臉上都浮現著困惑。

這也難怪。現在留在這裡的人是這三天來患難與共的夥伴。大家很難決定，要現在揭發罪行排擠這個人，或在之後短短幾天仰賴這個人的幫助。

或許——在心裡明確反對揭開謎底的，只有我一個人。

「——我知道了。我的推理已經沒有什麼意義，但大家如果願意，就聽聽看吧。」

比留子用力閉上一次眼睛，接著宣告審判開始。

二

「我逐一說明謎團前，我想談談這一連串事件的犯人形象。這次犯案的緣由可以追溯到去年合宿時七宮學長、立浪學長、出目學長他們引發的男女糾紛。詳細內情我不清楚，但犯人帶了安眠藥來參加，可見原本就懷抱著對三個OB和企劃這次合宿的進藤社長的殺意。但意外遇到殭屍入侵這種異常狀況。儘管如此，犯人還是利用一些小小的巧合，結合惡魔般的靈感成功實現了目的。

「這一連串的犯行充滿太多我無法理解的事。在所有人生死都垂危一線時，爲什麼還要涉險親自下手？這只讓我感覺到犯人對四個目標帶有難以想像的深重憎恨。不過在此同時，犯人又打電話通知我們有危機，展現充滿人道的一面。強烈的憎恨、人性的理性。我實在很難想像兼具這些特質的犯人心理，直到最後都被玩弄在犯人掌心之中。

「我的開場白太長了，那麼接下來開始揭開謎底。

「首先是第一樁殺人，進藤命案。

「進藤社長在上鎖的房間裡全身被咬而死。從屍體和現場看來，他無疑是在室內被咬死的。但這個情況非常詭異，因爲當晚我們爲了防止殭屍入侵設置了路障，也限制了電梯。緊急逃生門無法從外打開，也沒有能爬牆的立腳處，看起來並沒有掛上繩梯的痕跡。完全看不出任何可從外部潛入的路徑。

「也就是說，在我們之中的某個人或許可能說服進藤社長進入他的房間，可是沒有人的嘴巴裡能看出犯行的痕跡；但反過來說，殭屍雖然可能殺害他、卻無法入侵。還有一張寫著文字的紙條從走廊夾在門上——換句話說，犯人看來確實逃往館內。這些矛盾讓我相當困擾。」

一口氣說到這裡，比留子深呼吸一口氣，繼續往下說。

「另外，我對這兩起殺人案當中出現的落差，也覺得有些不自然。進藤社長在室內被殺，可是立浪學長卻特地被拉到外面殺害。還有，我們發現進藤社長的時候他全身被咬過，但立浪學長的頭部卻被殘忍敲碎到近乎偏執的地步。

「但這也是當然，**因為這兩起命案的犯人，並不是同一個人**。」

「妳說什麼！」管野驚訝地叫道：「妳說在我們當中有兩個殺人犯？」

但比留子否定這一點。

「不。我們當中只有一個犯人，因爲另一個犯人已經不是人類了。」

「**不是人類**？」

「葉村，把照片拿出來吧。」

我拿出智慧型手機，顯示在進藤房間裡拍到的棉被血跡。

「看到這張照片大家不覺得奇怪嗎？殺害時四處飛濺的血跡只沾在棉被外面。明明沒有滲透到內層，棉被內側卻沾著血。」

「確實，血不可能同時沾到兩面。」

「那到底是怎麼回事？」高木問。

「那是因爲，**在進藤社長被襲擊之前，有個受傷的人曾經躺在床上。進藤社長把那個人帶進房裡照顧。可是這個人半夜症狀惡化，變成殭屍咬死了進藤社長。**」

「怎麼可能……」

「進藤社長瞞著大家帶回房間想救活的人，**除了女友星川之外不會有別人。進藤社長是被殭屍化的星川所殺。**」

所有人同聲發出慘叫。

「太荒唐了！」

「就是啊，當天晚上進藤社長從試膽會場一個人回來，我們所有人都在玄關前看到了不是嗎？當時並沒有看到星川啊！」

重元試著回想試膽後的事。

「大家再仔細回想一下。當時進藤社長從別墅後面出現，他告訴我們先讓星川逃走，然後進別墅裡找她。我想他應該就是這時候讓星川躲進別墅裡的。進藤社長先進屋是爲了打開緊急逃生門的鎖。如果走緊急逃生梯，就可以不被大家發現進別墅。他就是這樣偷偷讓在後面等待的星川進屋的。」

高木表示異議。

「等一下。爲什麼進藤不跟大家求助？那時候我們還不清楚殭屍的生態吧？」

比留子起初略顯猶豫地沉默一會，然後再次開口。

「請回想一下進藤社長出現之前的事。我們被殭屍追趕，正從廣場逃到別墅前。那時有個殭屍正要從廣場爬上來，立浪學長奮戰一陣子後用長槍致命一擊。當時一直在旁邊的重元大叫：『被殭屍咬到就沒救了，那些傢伙不是人，只能殺了他們』。」

「啊——」

重元愕然失聲。

「進藤社長他們大概在後面看到這一幕。無論重元這句話有多少眞實性，當時進藤社長應該認爲，假如帶著被咬傷的星川出現，她一定會跟殭屍一樣被殺。」

結果如同重元所說，星川終究無法避免成爲殭屍的命運。可是正因爲重元這句話，進藤決定把女友藏起來，造成被她慘殺的結果。

比留子避免深究這個問題，繼續往下說。

「進藤社長發狂尋找星川那場戲演得很精采，我們沒有一個人發現星川竟然已經回到別墅。所以之後當大家提到要一起過夜他才面有難色，不過他的悉心照料終究是枉然，星川還是變成了殭屍。新聞上說，感染到發病大概要三到五小時。棉被上沾到的血跡很少，星川受的傷並不重，可能五個小時後才變成殭屍。開始試膽的時間是九點，假設星川是九點半左右感染，那麼可能在名張說聽到有聲響的兩點半左右攻擊進藤社長。我不清楚詳細狀況，不過從陽台上留的血跡看來，星川可能跟進藤社長扭打後摔到扶手外了。殭屍如果不破壞大腦就會持續活動，她現在可能還在那些殭屍群裡。」

「可是劍崎。」名張難以啓齒地問：「到目前爲止妳說的都只是推測吧？進藤眞的是被變成殭屍的星川殺掉的嗎？」

「證據的話，確實有。」

我再次亮出智慧型手機裡的照片。

「雖然覺得抱歉，但我擅自檢查了進藤社長房間裡星川的包包。」

看到照片裡的東西，大家紛紛驚嘆。

「鞋子！」「該不會是星川的吧？」

那確實是星川當天穿的白色包鞋。

「沒錯，第一天前往廢墟前，星川說過她沒帶替換的鞋。那爲什麼這個包裡會有下落不明的她腳上的鞋呢？答案只有一個。星川從試膽會場回來過。她脫了鞋、上床休息，進藤社長把她的鞋藏在包包裡。只有這個可能。」

沒想到那天夜裡，因爲感染而恐懼顫抖的星川就躲在進藤的房間裡——

名張低下頭，似乎不想面對發生在朋友身上的殘酷事實。

「犯人因爲某些理由發現了在進藤社長房間裡發生的事。進藤社長被殭屍咬死，房間裡只剩他的屍體。**於是犯人想利用這個狀況，布置成我們之中某個人殺了進藤的狀態**。這麼一來之後殺害立浪學長和七宮學長時，就算自己被懷疑也可以反駁，聲稱自己不可能殺害進藤社長。我一直只想到人類把犯行推給殭屍的可能，沒想到剛好相反。

「達到這個目的，首先必須在現場留下犯人是人類的痕跡。於是犯人留下兩張寫有訊息的紙條，一張夾在房門上、一張隔天早上趁大家都在注意屍體時丟在房間一角。果然如同犯人預期，我們因爲那張紙條而搞不清到底犯人是人類還是殭屍，陷入泥沼。」

這時我提出一個疑問。

「那犯人爲什麼要留下兩張紙條呢？一張不就夠了？」

「光是夾在房門上的一張，不太容易營造人進入室內的印象。把第二張紙條留在室外，更容易讓人覺得『犯人從走廊進入房間、然後離開』的印象。」

「那只要有室內那一張也就夠了吧？」

比留子大大搖頭。

「不，夾在房門上這一張還有其他重要任務。你想想看，犯人已經知道星川殭屍化。也就是說，在看到新聞之前，犯人已經知道大概多久時間人類會變成殭屍。**假如進藤社長變成殭屍，就能確定殺了他的就是殭屍**，這麼一來大家就會發現其實紙條是其他人搞的鬼，這樣對犯人不利。一定要讓大家認爲是人類殺了進藤社長才行。**所以犯人希望進藤社長的屍體能在殭屍化前被發現**，才把紙夾在門上，希望每小時巡迴一次的管野先生能發現。」

名字在此出現的管野鐵青著臉說道。

「可是我好幾次都沒注意到那張紙……」

「對，犯人應該很緊張。繼續這樣下去，進藤社長就要變成殭屍了。但幸好重元發現那張紙，通知大家。」

所有人一致望向重元。大家都心想，他該不會上演一場犯人自導自演、佯裝是第一發現者的戲碼吧？

「我、我沒有……」

「對，因爲這樣就判斷犯人是誰還操之過早。房間緊鄰進藤社長的重元第一個發現紙條並沒有什麼奇怪。總之，我們看過紙條之後前往進藤社長房間，發現他的屍體。時間應該是六點多一些。」

名張聽到聲音是兩點半後。假如那時候星川咬了進藤，那我們發現進藤大概是那之後過四小時。

「……只差一點呢。」

光是想就讓人寒毛聳立。

「沒錯，我們就在他快變成殭屍的時間點進入房間。他跟星川不一樣，全身都被咬遍，發作的時間會更快。」

那時候七宮看到倒地的進藤曾經驚呼：「指尖好像動了一下！」說不定並沒看錯，眞的是進藤化身爲殭屍正要站起來的前兆。

「以上就是進藤命案的全貌。接下來說說立浪的命案。」

三

進藤之死意想不到的眞相讓大家震驚不已，但目前還沒有出現足以鎖定犯人的資訊。關鍵在這之後。我側耳靜聽，感覺到自己的心跳愈來愈快。

「立浪之死的主要謎題有兩個。第一是犯人如何進入立浪學長房間，第二是如何讓立浪學長被殭屍攻擊。我先說明第二個謎。今天早上我也跟葉村解釋過，只要讓被綁住的立浪學長搭進電梯，送到一樓讓他被殭屍攻擊，之後犯人再跟平常一樣按上下鍵叫回電梯就行了。但這裡有個問題，萬一在一樓開門時殭屍也一起進入機箱上樓怎麼辦。」

「對啊，這是個大問題吧。」早上也提過這個問題的名張點點頭。

「這時犯人設下了一個機關。」

比留子顯示了智慧型手機裡另一張照片，是排在電視旁的那列銅像。

「這又怎麼了？」管野狐疑地問。

「因爲顏色跟深紅色地毯很接近所以看不太出來，不過請看看銅像的腳邊、跟地板接觸的部分，是不是沾到了一點血？」

我點開照片並擴大那個部分，確實如她所說，上面沾著跟地毯不同的紅色痕跡。

「眞的有。爲什麼會這樣？銅像放的位置應該距離屍體很遠啊？」

「因爲這具銅像跟立浪學長一起被放進電梯了。」

管野表情愕然。

「這是爲什麼？」

「為了不讓殭屍進電梯。」

我內心讚嘆，原來有這一招，佩服佩服。

「電梯的乘載量有限，犯人放進多餘的東西，可以確保殭屍一進電梯就會超過乘載量無法升降。」

「我們來實際計算看看。那座電梯是少人數用，空間很窄。上面寫著乘載人數四人。假如以一個人六十五公斤來計算，說明書上標示的乘載量大概是兩百六十公斤左右吧。通常如果來到乘載量的一．一倍，警報就會響起，假設實際可以載重到兩百九十公斤。如果立浪學長的體重有七十公斤，那些銅像高度約一公尺、重量估少一點也有四十公斤。要抬起來確實有點重——但二〇六號房窗外掉了一件浴衣吧？如果把銅像放在攤開的浴衣上固定起來拖著走，每個人都有可能搬動。假設放了五具銅像，再加上立浪學長總共兩百七十公斤。這會怎麼樣呢？體重二十公斤以上的殭屍進電梯警報就會響起、無法關上門。也有可能其實乘載量更高，還得多放一個銅像才夠。考慮到殭屍肉被啃噬掉的狀況，必須挑戰這條重量臨界線，不過這部分只要放上交誼廳裡剩下的武器就可以進行微調。就像把東西放在秤上一樣，警報一響就拿掉一個武器，慢慢調整就行了。

「在這種狀態下將電梯送往一樓，當殭屍進入機箱時電梯絕對上不來。他們咬人的目的不在進餐、而在於感染病毒，所以攻擊立浪學長到一個程度後目的達到，便離開機箱。這時候電梯門關上，電梯只會把立浪學長的屍體載回來。」

「但是這樣一來就不知道電梯什麼時候回來了吧？因為犯人無從計算殭屍什麼時候離開立浪學長啊。」

「沒有錯。所以除了立浪學長之外，犯人也讓我們所有人都喝下安眠藥。依照順序來說是這樣的：犯人先算準藥生效的時間，來到交誼廳，為了減少被發現的風險，用放在電視架上的鑰匙把所有區域間的隔門都鎖好，然後將我剛剛說的銅像等東西堆上電梯，再綁住立浪學長將他運出房間——這時候如果立浪學長醒了，可能會毆打他的頭讓他昏厥——把他放上電梯。之後再把劍、槍等小件物品放上，微調到不觸動警報的極限，然後把電梯送到一樓。可是殭屍不見得第一次就會攻擊，說不定反覆操作了許多次。等到電梯載著被咬死的立浪學長回來，犯人才卸下裝物件的行李，擦掉血跡。之後再毆打屍體的頭、留下紙條。到這裡為止，犯人的計畫原本非常順利。

「但到最後階段，犯人碰巧發現衝破二樓緊急逃生門的殭屍正在拍打南區隔門。

「犯人一定很煩惱。畢竟目的已經達成，之後只要若無其事地回房，就不會被懷疑。可是繼續這樣下去，服下藥的我和高木就逃不掉。於是臨時決定從空房間二〇六號房打電話給我們，當然也可能犯人本來就準備在這間房裡清除身上和衣服上的血跡。接著犯人趁著管野先生和大家陸續採取行動的空隙，出現在我們面前。」

「但是犯人爲什麼要打開原本關上的南區隔門門鎖？」管野問。

「我想是爲了留下我或高木自導自演的可能吧。小小一根鑰匙就能製造兩個嫌犯，確實非常划算。」

我聽著比留子講述的犯案經過，一邊在腦中重演。

「假如眞是這樣，那犯人花了相當長時間殺害立浪呢。」

犯人打電話應該緊接在所有犯行結束之後。

「沒有錯。可能是殭屍沒有如犯人所料很快進入電梯啃咬立浪學長，或者花太多時間收拾工具。」

這麼一來電梯裡之所以留下立浪學長被拖拉的痕跡，就說得通了。因爲銅像雖小，但機箱裡也裝載了四、五具，這麼一來飛濺的鮮血可能被銅像遮蔽，在地面上留下不自然的痕跡。爲了掩飾這些痕跡，犯人才在地面拖動屍體的吧。

「可是劍崎。」靜原開口道：「根據妳目前爲止的說明，確實有可能殺了立浪，但還是無法鎖定誰是犯人吧？」

比留子點點頭。

「妳說得沒有錯。畢竟實際上已經發生了命案，再怎麼證明有可能，都沒什麼意義。接下來我要開始解釋如何鎖定犯人。首先得說明第一個謎題，犯人是怎麼侵入立浪學長房間的。」

比留子先說明他房間房門上有讓鐵絲解鎖無效的機關，還有房門上留有用繩帶卸下門扣鎖的痕跡等事實，接著告訴大家剛剛表演給我看的抽換卡式鑰匙手法。

「抽換卡式鑰匙，聽起來是個很單純的手法，不過在這裡有幾個對犯人有利的條件。首先立浪學長平時都半開房門活動，他自己幾乎沒機會碰到卡式鑰匙。而且立浪學長經常離開房間，因此犯人要調換卡式鑰匙並不難。」

到這裡沒有問題，但真的能靠抽換鑰匙來特定出犯人嗎？

白天的交誼廳裡頻繁有人出入，很難確認什麼時候誰一個人待在這裡。除了始終關在自己房中的七宮，應該每個人都有機會才對。

比留子環視了大家一圈。

「大家想想看。犯人抽換了立浪學長的鑰匙。也就是說，**必須放棄自己房間的鑰匙**。紫湛莊的卡式鑰匙比較高階，放進名片或駕照等其他卡片進插槽也無法用電。假如不想被發現，只能放上自己的卡式鑰匙。」

「等一下。」

重元在此提出異議。

「犯人也可能拿到其他房間的卡式鑰匙吧？現在說這些很抱歉，但假如管野先生告訴我們他身上只有一張萬能鑰匙是假的，其實一開始手上就有很多鑰匙呢？」

「怎麼可能！爲什麼我要做這種事？」這突來的指名讓管野一陣倉皇。

「只是說有這種可能性罷了。現在既然要特定出犯人，就必須把所有可能的情況一一排除才行。」

這時名張不服。

「光懷疑管野先生不公平吧。除了下松和明智那些卡式鑰匙已經不見的房間，進藤社長的房間應該還有鑰匙吧？畢竟那裡空調一直開著。假如用之前提到的鐵絲手法進入室內，不就可以拿出鑰匙了嗎？」

比留子對這些假設一一點頭肯定後，沉著地開始解釋。

「首先，關於管野先生一開始就持有多份卡式鑰匙這個可能性，確實無法否定。可是管野先生有被排除在犯人之列外的理由。立浪被殺後高木接到疑似犯人的來電時，剛好跟我跟管野先生通話的時間重疊，所以他不會是犯人。」

這是她在二樓告訴我們的不在場證明。

「沒錯。」名張點點頭，管野也鬆了一口氣。

「接著是拿走進藤社長房間卡式鑰匙的可能性，這也不可能。昨天晚上從晚餐時間開始，交誼廳一直有人在，立浪學長最早回房間，因此**犯人應該早在晚餐之前就換好了鑰匙**。但是解散後，葉村從他自己房間看到進藤社長的房間有一盞燈忘了關，管野先生也確認他巡迴時看到燈亮著。我剛剛說過，房間要通電，無法使用卡式鑰匙以外的東西代替，所以這時候進藤社長的房間鑰匙應該確實放在插槽裡。」

幾個人的視線都朝向我，我也點點頭表示確認。

「根據以上的狀況，我們每個人手上都只有一張卡式鑰匙。到了晚餐時間，犯人手上只有立浪學長那張卡式鑰匙。我們喝了下藥的咖啡後，立浪學長最先回房，接著大家陸續解散。可是之後，在我們不知道的地方，發生了一場交易。」

說著，比留子的視線朝向名張。

「名張，妳睡前拜託整理交誼廳的管野先生跟妳交換了手上的鑰匙，對吧？」

「我不想拿著萬能鑰匙啊。萬一有人被殺時我手上有鑰匙，不會最先被懷疑嗎？」

比留子點了點頭，將視線轉向管野。

「你也確實從她手上接過萬能鑰匙了對吧？」

「沒有錯。最後我是用萬能鑰匙打開名張的房門、看著她進了房間，也用這個開了我的房門。」

「對，這時候鑰匙應該已經調換完畢，而名張手上原本的確實是萬能鑰匙沒有錯。所以說名張並不是犯人。」

這麼一來管野、名張這兩人都從嫌犯名單上消除。還剩下五個人。

「還有一個重點，那就是剛剛重元跟管野先生的證詞。」

「妳是說，昨天白天我們聽到立浪學長房間傳來的音樂突然中斷這件事嗎？」

「對。」比留子點了頭：「我先請問大家，有沒有人承認自己碰過立浪學長的卡式錄放音機，或者是看到別人碰過？」

沒有人舉手，她繼續往下說。

「音樂中斷的時候，根據重元推算的時間，應該是傍晚四點半。可是那時候名張證明立浪學長人在屋頂。那音樂爲什麼會中斷？答案很簡單，**因為這時候犯人正從插槽中抽出立浪學長的卡式鑰匙，房間瞬間斷電，卡式錄放音機也停下來**。今天早上我看過他房間，卡式錄放音機放在進房左側床後方，連接著電源線，距離入口是個看不到的死角，這就是發生失誤的原因。犯人大概以爲卡式錄放音機跟烤肉時一樣靠電池在驅動，又或者只是單純的無心之過。

「總之，犯人從插槽抽出鑰匙的瞬間，原本大聲的音樂突然停了。犯人一定嚇到心臟都快停了。驚慌之下一心想快點重新播放音樂。要是有人發現異狀，自己闖入房間跟抽換鑰匙一事就會被敗露。犯人急忙將自己的卡式鑰匙插進插槽，找出卡式錄放音機重新按下播放鍵。所以說，在這個瞬間有不在場證明的人，就可以先排除嫌疑。剛剛說到管野先生沒有嫌疑，因此當時跟他在一起的重元不在場證明也成立，他也是清白的。」

這麼一來就有三個人排除嫌疑了。剩下四個人。比留子、高木、靜原，還有我。

「終於來到尾聲了。」

比留子的聲音不知何時變得冰冷、銳利。

「我說過，要抽換卡式鑰匙，就等於要放棄自己房間的鑰匙。也就是說，大家解散之後犯人無法打開自己房門。」

「等一下。」名張打斷她：「就算沒有鑰匙可開門，只要像立浪學長那樣卡著門扣鎖讓門半開，就可以進房間了不是嗎？」

「對。可以進房。但這並不是太大問題。我要說，**昨晚解散後能證明使用過房間卡式鑰匙的人，就可以排除嫌疑**。」

——啊，原來如此。走這個方向啊。

「首先，葉村送我回了房間。」

我聽了點點頭。

「對，妳在我眼前用卡式鑰匙開了門。沒有錯。」

這麼一來除了比留子，還剩下三個人。

「之後你說在走廊上見到了高木對吧？」

「對，我一直沒辦法好好開門，葉村還替我開了門。」

我也點頭附和高木的話。

高木也排除了。

現在五個人十對眼睛，僅注視著兩個人。

我，還有靜原。

我的胸口已經充滿了絕望。

比留子果然發現了。我說的謊。

她到底何時發現？我不知道。但她究竟能不能找出謊言背後的理由呢？

比留子用那對大眼睛盯著我。

「好，葉村。你之後跟靜原一起回三樓吧？請告訴我。**你們兩個是誰先進房的？**」

這似乎就是她的最後通牒。

知道眞相的，只有我們。

所以，我——

「是葉村。」

聲音傳來。

「葉村在我眼前用房間鑰匙開了門進房，我看著他進去。」

靜原美冬這麼說。

她，正是犯人。

四

在我們之中，沒有其他更可疑的人物。
儘管如此，其他人心中還是佔滿了「這怎麼可能」的念頭。
「美冬、妳——」
跟靜原關係最好的高木，更是難掩打擊，她顯得比之前目睹任何屍體時都狼狽。
可是靜原一點都沒有驚慌失措，冷靜地說。
「這時候我是不是應該說，眞不愧是劍崎。」
當初要求解謎也是她，看來她已經做好了心理準備。但此時她所展現的傲骨，讓人難以聯想到過去那些令人感到悚然執念的犯行，眾人更是混亂。
「就算我輸不起好了，假如我剛剛沒有自白或者中間說了謊，妳是不是無法斷定我就是犯人？」
比留子慢慢搖著頭。
「不——其實我斷定妳是犯人的線索還有一個。那就是請大家交代今天清醒後的行動時。那時候的發言，有著很明顯的矛盾。」
「是嗎？我說話應該挺小心的……」

「失誤的並不是妳。」

她的視線看著我。

「是你，葉村。你交代的過程裡，有一個難以忽視的矛盾。」

我安靜地讓她往下說。

啊，她到底看穿到什麼程度？

「你說因為沒喝咖啡，大清早就醒來，在房間裡聽到管野先生的叫聲對嗎？問到當時的時間，你是這麼說的：**快四點半的時候**。」

名張狐疑地偏著頭。

「等一下。這時間應該沒有錯啊？劍崎打給管野先生是二十五分，講了兩、三分鐘不是嗎？接著管野先生發現屍體、檢查隔門，來到三樓差不多是這個時間啊。」

「我在乎的不是時間，而是說法。其他還有幾個人都提到時間，看了時鐘的人會說四點二十五分、二十八分等等，都舉出了具體的數字。沒有人像他一樣說快要四點半。這是爲什麼呢？**因為房間裡的時鐘是數位式顯示**，鐘面上有具體的數字，一般來說沒必要特地說出接近的整點。爲什麼葉村會這麼說呢？**因為他看的是類比式時鐘**。」

除了比留子以外——包含靜原在內——都不明白這句話的意義。而我已經知道，一切都已經被她看穿。

「妳是說他看的不是房間的鐘、而是自己的表？這有什麼奇怪的？」

管野提出疑問後，高木和名張同時「啊！」了一聲。

「等等，我記得烤肉時，葉村說過手表不見了吧？」

「所以你找到了？」

但比留子沒回答這個問題，繼續往下說。

「另一個矛盾剛好可以解釋這個原因。根據葉村的證詞，管野先生經過他房門前後，他從門扣鎖縫隙間觀察走廊的狀況，這時候靜原剛好從隔壁房間探出頭來，兩人四目相對。」

名張再次插嘴。

「靜原待在房間也沒什麼奇怪的啊？犯人打電話給高木是在二十八分之前。管野先生一邊叫一邊通過房間前大概是三十分，打完電話的犯人還有時間回房啊？」

「不是這個問題，矛盾的是他們兩人的行動。」

我自己完全沒發現到底哪裡矛盾。我那時候只是把自己的經驗直接說出口。

「實際看一次最快了。**從門扣鎖的隙縫間，兩人到底可不可能四目相對。**」

比留子走出倉庫，在走廊上走了幾步——指向我們房間的房門。

「啊——」

所有人都同聲驚呼。

我跟靜原的房門，是背向而開的。

我和靜原這時都終於發現自己犯下了致命的錯誤。

「這兩個房間的人要面對面，除非從打開的房門探出身去，把臉朝向房門背側才有可能，扣著門扣鎖不可能辦得到。那葉村爲什麼要說這個謊呢？一開始我不懂的是這一點。不過跟剛剛時鐘的問題組合起來，就可以看出答案了。**他們兩人確實隔著門扣鎖四目相對。**」

「等等，可是這個構造要怎麼看得到？」重元表示困惑。

「**兩人四目相對的地點不是三樓，而是二樓**。靜原在她打電話的二〇六號房，而葉村則在之前出目學長用過的二〇七號房，聽到從二樓往三樓跑的管野先生叫聲。」

所有人都將視線往隔壁房間移動。三〇六號房和三〇七號房配置跟二樓的二〇六、二〇七號房一樣，這兩個房間確實是房門對開的構造。

高木想起了什麼，摀住自己的嘴。

「出目的房間……該不會。」

比留子探詢地看著我，問我該不該說。我點點頭。騙了她的我，還有什麼權利說不？

「沒錯，葉村是爲了拿回自己的手表，所以去翻找出目學長的行李。根據烤肉時的狀況，可以證明犯人幾乎是出目學長沒錯。他應該是想在大家起床之前完事吧。果然，確實從他行李裡發現了手表。正要回房間時，剛好聽到管野先生一邊大叫一邊走過房間前。葉村依照平時的習慣，看了手表確認時刻。」

對。那時候手表的分針就快要指向六的刻度。要是數位式時鐘，我一定毫不猶豫地說出二十九分，但習慣了類比顯示的我，卻老實地說出了這個微妙的時間。

「另一方面靜原應該打算等管野先生經過再回自己房間，**偏偏跟不應該在隔壁房間的葉村撞個正著，四目相對**。也就是說，兩人都被對方看到不想被看見的一幕。於是他們串了口供，謊稱都在自己房間裡。」

「等等。」名張慌張地說：「這交易再怎麼說也不能成立吧？葉村只是去拿回被偷的東西，跟隱瞞殺人的等級差太多了。」

或許如此。就一般人來看，我做的事或許具有正當性。但是——

「在我們看來可以原諒的行為，對葉村來說是無法寬恕的惡行。對他來說，這幾乎可跟殺人相提並論。」

我驚訝地看著比留子。為什麼她能這麼說？

這時她歉疚地說。

「在廢棄飯店找到筆記本那件事後，明智學長告訴了我，你太陽穴上的傷不是地震或海嘯時的傷痕，而是在避難生活時偶然回家，遇到小偷被打留下的傷。」

——原來是明智學長啊。

在那場前所未有的大地震中，我家人僥倖躲過海嘯、逃到附近高地。許多建築都被海浪沖走，其中我家倖免於難，勉強留有原形，可是已經傾斜到被判定全毀，只好在避難所生活好一陣子。

那天，我回家想回收些還能用的東西，卻遇到兩個擅自進了我家翻找東西的人。我一怒之下跟他們扭打，被瓦礫砸到受了傷。

這件事在我心中留下一股陰暗的憤怒。不管地震或者海嘯，都是逼人看開的不幸。只要生活在這個島國，隨時都可能面臨這種危險。

可是那些人不一樣。我不能原諒那些想從災民手中搶奪財物的卑劣傢伙。他們是人渣，就算被殺也無話可說的臭蟲。

過了這麼多年，我不管回想幾次都無法減輕心中的憎恨。

現在我依然對從廢棄飯店拿走其他人筆記本的重元，還有偷走我手表的出目憤恨難消。因爲那會喚醒在我心底對那些男人未曾熄滅的陰暗憎恨。

對這樣的我來說，雖說是要找回妹妹送給我的珍貴手表，**動手去翻死人的行李還是難以接受的恥辱**，就算對方是出目。可是既然出目已經死了，除此之外沒有其他方法可以把表要回來。再猶豫下去二樓就會全被殭屍占領，表可能再也拿不回來。

所以當我被靜原看到時，與其懷疑她，腦中先有的念頭是希望她別說出去。我不能忍受自己這種行爲被別人知道。爲了掩飾這件事，放過她的犯行根本不算什麼大事。

我們來場交易吧。

我正要開口時，靜原卻——

「不是的，劍崎。」

靜原打斷我的回想，肯定地說。

「我沒有跟葉村串口供。我單方面威脅他，如果洩漏出去就殺了他。葉村只是服從我的話而已。」

爲什麼？靜原，都這個地步了，妳爲什麼還要——

「但是等一下，劍崎。」

高木就像不想再讓靜原說下去一樣，插話進來。

「七宮之死的說明還沒結束。美冬今早一直跟我在一起，根本沒時間殺他啊！」

管野也同意。

「不只靜原，其他人也一樣。兼光少爺這三天幾乎沒有離開房間。不可能抽換掉他的卡式鑰匙，根本沒機會殺掉兼光少爺啊。」

「不，有的。」

比留子說得篤定。

「因爲七宮學長是被毒死的。」

「毒死？」眾人一片嘩然。

「對。攝影機畫面上他並沒有外傷，要殺害躲在房間裡的他，只有這個方法。」

疑問頓時此起彼落。

「等一下，到底什麼時候有下毒的機會？」

「可能是事先混入他帶進房間的水或食物吧？」

「不可能啊，他只是隨便拿走放在交誼廳裡的東西。萬一下了毒的東西被其他人拿走怎麼辦？」

但比留子聽到這些只是搖搖頭。

「確實有一次進入他房間的機會。那就是今天早上把繩梯垂放到我房間的時候。」

啊！我們只有那時候進了他房間。

「可是要怎麼讓他吃下毒？那時桌上的寶特瓶還沒打開啊。」

聽到我的疑問，名張提出她的假設。

「可能是趁大家不注意時在洗臉台的牙刷或漱口杯動了手腳？」

但重元否定這個可能。

「不，那時候七宮學長等三個人出了陽台，室內除了靜原之外還有我在。我確實沒有分分秒秒都盯著她，但她沒有走進洗手間。」

我跟著補充，回顧當時房間的狀況。

「桌上的緊急糧食都還沒開封，口罩也是個別包裝。七宮學長有潔癖，不會把開封的東西就這樣放著，連止痛藥都是一顆一顆從膜片上壓出來吃的，很難混入毒藥。」

「那可能是事先準備了有毒的瓶裝水，然後瞬間掉包？」管野說道。

「不，我跟她從二樓一起跑上來，可以確定她身上沒有寶特瓶這類佔空間的東西。」

要在夏天輕薄衣物下藏那種東西一定會被看出來。

這時比留子說。

「所謂毒藥，並不一定要經口服用。」

「不經口？那要從哪裡？」

「眼睛。」她用食指和大姆指掀開右眼瞼給我們看：「讓毒從眼睛粘膜吸收就可以了。七宮學長可能戴了度數不合的隱形眼鏡，常點眼藥。眼藥包裝盒有顏色，很難看出裡面混進什麼，攜帶在身上又不易被發現。我記得靜原用的眼藥水好像跟他一樣吧？」

我想起高木以前這麼說過。

「可是比留子。毒物進了眼睛，就算會失明，有可能致死嗎？妳是說靜原事先準備了這樣的毒藥？」

「不，毒藥是她在這裡拿到手的。」

管野臉色大變立刻否認。

「別墅裡沒有保管那種毒藥！」

「怎麼會沒有呢？**電視上不是一直叫大家小心不要進入眼睛跟嘴裡，因為具有可怕**

的高致死率和感染力嗎？」

宛如五雷轟頂，我們頓時失語。

啊，原來如此。

進藤和立浪，殭屍的血。

如果從接近大腦的眼睛粘膜吸收，病毒應該瞬間到達腦部，現在七宮的身體應該正在轉換爲非人的存在吧。

「——不愧是劍崎。原來妳連這個都知道，所以才確信我是犯人啊。」

「其他人可能有一樣的眼藥，這只是加重了妳的嫌疑。」

「都一樣。很快就會有人來這裡救援，等到進入正式調查，各種小伎倆都會功虧一簣，馬上就知道是我下的手。」

我想起以前比留子說過關於犯人的意圖。

假如相信靜原的話，那就表示她並沒有特別下工夫湮滅物理性證據，例如指紋等等。這麼說，她之所以執行如此縝密的計畫，目的不在脫罪，而在於救援來臨前可以確實殺掉那三個人。

「爲什麼！美冬，妳爲什麼要這麼做！」

高木虛弱地發出顫抖的聲音，靜原的表情這才首次露出痛苦的神色。

「對不起，高木學姊。可是我無論如何都要替沙知姐報仇。我就是爲了這個目的才進神紅大學的。」

聽到這個陌生的名字，比留子看了看周圍的大家。

「遠藤沙知學姐，就是去年跟立浪學長分手後輟學回老家的學姐。」

重元告訴她。

「妳說復仇，意思是？」

「沙知姐十二月時自殺了。」

聽到這句話，高木和重元都表情一繃。根據高木告訴我的消息，自殺的只有七宮女友小惠學姐。所以遠藤沙知自殺是回老家後一陣子才發生，現在的社員都不知道。

靜原冷靜地開始說。

「沙知姐住在我家附近，從小就把我當眞正的妹妹一樣疼愛。聽說這個又漂亮又溫柔的沙知姐去年十月突然輟學回家，我有種不好的預感，馬上拜訪她家。」

一開始對方拒絕見面，但靜原前往好幾次，終於得以進對方房間，眼前的沙知已經憔悴得判若兩人。遠藤沙知將沒對家人說的理由告訴靜原。她被社團夏季合宿中相遇的男人欺騙，被玩弄之後無情拋棄。

「沙知姐很單純，上大學前沒交過男友，她根本不懂得怎麼懷疑男人。我想盡辦法要讓沙知姐重新站起來，但徒勞無功，她兩個月後自殺了。她大概直到最後都想保護對方，遺書裡連合宿的事都沒提到。知道事實的只有我一個人。我的良心跟沙知姐的肉體一起燃燒殆盡，剩下的只有復仇心。光是立浪還不足以消我心頭之恨。我發誓，要把跟他一樣折磨女性的男人們都打落地獄，決心報考神紅大學。我直到很晚才改變志願，加上應考科目的問題，最後能報考的只有護理科。」

「妳也本來就打算殺進藤社長嗎？」

聽到比留子這個問題，靜原的聲音裡帶著怒氣。

「那種男人當然殺！那傢伙明知女孩們會變成三個ＯＢ的獵物，還瞞著一切邀我參加合宿。不過就算他不邀我，我本來就打算想盡辦法參加。可是他竟然因爲人數不足而把劍崎和戲劇社的名張捲進來，眞是人渣！在那個男人眼裡，女人只是他求職的活祭品。」

「等一下。」

我發現這重要的自白中少了一塊。

「一開始寄恐嚇信的不是妳嗎？」

假如靜原參加合宿是報仇，那就不可能寫信恐嚇。果然，靜原否定了這一點。

「不是我。可能是知道去年狀況的學長姐警告大家而寫吧。假如那時決定取消合宿，我或許還可以放過進藤一命。」

這時名張再也忍不住，高聲說道。

「靜原妳太傻了！妳的心情我怎麼會不懂？即使現在我還是無法爲他們掉一滴眼

淚。但是妳何必要爲了那種人渣背上罪名——這太傻了！眞的太傻了！」

靜原默默對摀著臉的名張低下頭。

「謝謝，名張。但我不是妳想像的那種人。我這幾個月來腦子裡不斷描繪著殺害那些傢伙的光景，也是爲了這個目的才潛進合宿。原本的計畫是一一引誘他們，讓他們睡著後殺了他們，計畫很粗陋。我壓根沒想過要讓他們受法律制裁。對我來說，殭屍的襲擊就好像是對我這場復仇的啓示。多虧如此，不管發生什麼，警察都不會來，他們逃不了。更重要，被咬之後會開始咬人的殭屍特性，似乎給了我復仇絕佳的協助。」

「但是靜原，妳的犯行實在非常巧妙地利用眼前狀況。妳該不會跟引起恐攻的犯人有關吧？」

她否認了比留子的疑問。

「不，這一切都是上帝的惡作劇——應該說是堪稱惡魔低語的靈光乍現和巧合所致。第一天晚上我從陽台偶然目睹進藤在他房間裡被星川攻擊的樣子。進藤在窗邊拚命壓制住想咬他的星川，可是他並不打算呼救。因爲他知道萬一被其他人發現，星川馬上就會被殺。而我一直盯著他奮力掙扎的模樣。不對不對，我其實睜亮了眼睛在替星川加油，『快！就是那裡！加油，殺了他！』」

靜原的口氣平平淡淡、一點抑揚頓挫都沒有，不過眼睛裡散發出燦然光芒。

「就這樣過了三十分鐘左右，面對不知疲累的殭屍，進藤精疲力盡。他在最後，哼，你們知道他的臉爲什麼被咬成那樣嗎？他啊，在這最後的最後，親吻了星川，吻上早已變成殭屍的她。這讓我稍微對他刮目相看了些，但我沒有原諒他。然後，星川咬遍他的臉、他的全身之後，慢慢地站了起來。之後，她發現碰巧隔著陽台觀察他們的我，想往我房間跨過來。殭屍的智商低眞是一點也沒錯。她就這樣越過扶手，掉下去。」

我想起在屋頂上發生的事。衝上緊急逃生梯的殭屍們發現我，探身到無處可站的扶手外，接二連三跌落。變成殭屍的星川也一樣，想撲向站在斜前方陽台的靜原而摔下。

「我眼前是那間只留下進藤屍體的房間。我那時候靈機一動，假如讓大家誤以爲下手的是人類，我之後就不會被懷疑是殺人犯了。我深信這是上天給我的啓示，所以利用殭屍，開始思考殺害立浪和七宮的計畫。七宮很早就關在房間裡，所以我先把目標鎖定在立浪身上，我想到可以趁他不注意時抽換卡式鑰匙，還有電梯的機關。」

這時靜原的眼神出現動搖。

「不過，等到要執行時，有一個理由讓我猶豫了起來，那就是明智學長。沙知姐的死讓我開始輕蔑所有男人，不過明智學長保護了我，這讓我心裡起了很大的猶豫。犧牲他活下來的我，還有向男人復仇的權利嗎？所以我向某個人尋求這個答案。」

我耳裡又迴響起昨晚靜原那句話。

「如果有什麼我能贖罪的，請告訴我。不管用錢或者用身體都行。」

原來如此。原來那就是阻止靜原的最後機會。

我應該要求她的。不管是金錢或者身體。

就算被罵下流也無所謂，爲了不讓她的手沾上鮮血，我應該控制住她。

然而我這樣回答她。

「妳只要依照自己的想法好好堅強活下去，這樣就行了。」

她把這解釋爲許可證。

我淺薄的正義感推了她一把，讓她淪爲殘忍的殺人惡鬼。

實在是個無可救藥的笨蛋啊我。

「——我獲得了允許。」

靜原臉上浮現笑容。既非悲哀，亦無憤怒。

那是帶著瘋狂的笑意。

「那安眠藥呢？」

「我本來就準備了，覺得要殺掉三個ＯＢ和進藤時可能會需要。但是我聽說因爲這樣害名張被懷疑。對我來說，最理想的就是能維持一個不知道犯人是誰的狀況，所以我眞的沒有陷害別人的意思。給妳添麻煩了。」

名張搖搖頭，就像在告訴她都無所謂了。

「我發現殭屍侵入南區，是在殺了立浪之後，那時候我正在用浴衣擦掉銅像上的血跡。我想起劍崎和高木學姊還在房間裡，緊張起來——這時候，我心裡又出現一個惡魔般的靈感。如果利用這個機會，就可以用救出劍崎爲藉口，有機會進入七宮房間。於是我用平常隨身攜帶的眼藥盒吸取了立浪的血。

「你們大可輕蔑我。我之所以打電話給妳們兩個，一半是擔心，但剩下的一半，是爲了殺害七宮，又能留下妳們兩人自導自演的可能，所以我打開了南區隔門的鎖。

「衝進二〇六號房的我，該做的事有兩件，一是打電話給劍崎和高木學姊兩人，或者至少叫醒一個人，另一件事就是不被任何人發現，回到自己的三〇七號房。

「首先我打電話給劍崎，之後把沾血的浴衣從窗戶丟下，然後一邊觀察交誼廳的狀況，看看誰會爲了救劍崎她們而採取行動，還有殭屍進來了沒。當時劍崎跟管野先生講了兩、三分鐘的電話。因爲遲遲沒有動靜，我忍不住打了電話給高木學姊，在這當中管野先生來到交誼廳，我只好繼續等待回房間的時機。之後就如同劍崎的推理。我趁著管野先生一邊大叫一邊衝上三樓時從二〇六號房的房門探出頭來，剛好撞見葉村。」

於是，靜原完成了Howdunit——行凶手法的所有告白。

然而——謎題還沒全部解完。

比留子右手捂著臉，彷彿想用疼痛來掩飾苦惱般，豎著指尖強擠出聲音。

「只有一點我怎麼也想不通。」

「哪一點？我能回答的都知無不言。」

「殺害立浪學長時，妳爲什麼堅持那個使用電梯的手法呢？假如只是想讓殭屍攻擊他，應該有太多更簡單的方法可用。要把共計兩百多公斤的行李搬進搬出，還要擦掉上面的血跡，妳耗費這些心力堅持採用這個手法的理由，我實在想不通。」

這就是比留子一直掛在嘴邊Whydunit——爲何這麼做的問題。

靜原若無其事地點頭。

「喔，這很簡單。**因為要回收被殭屍咬過的屍體，只有這個方法啊。**」

「回收……屍體？」比留子怯怯地重複一次。

如果用「比留子法」，就可以把立浪屍體留在殭屍群裡。這到底哪裡不好？

「剛剛我說過，殭屍是我復仇的啓示。這是爲什麼呢？**因為殭屍可以殺掉兩次啊。**

身為人類的死、身為殭屍的死。唯有沙知姐的仇人立浪，不殺他兩次我不甘心。因爲立浪他奪走了兩條人命，**沙知姐、還有她肚裡的孩子。**」

「遠藤學姊她，懷孕了……。」高木呆呆地低喃。

「對。當然沙知姐也把懷孕的事告訴了他。可是立浪送給她的，只有裝了墮胎費的信封。過兩天，沙知姐就自殺了。」

居然是這個原因。她先殺了立浪、讓他復活爲殭屍，然後再殺他一次，就爲了這個原因採用電梯手法。這就是比留子不斷探求的Whydunit答案。

重元說得沒錯。

人們把自己的自我和心象，都投影在殭屍身上。

對重元說是充滿探究興趣的謎團；對我來說是提醒人類之渺小無力的災害；對比留子來說是她的特異體質所引來前所未有的威脅；而對立浪來說，就像被愛這種莫名疾病擺布的愚者姿態；在靜原眼裡，則是讓她完成兩度奪人性命這空前復仇的道具。

靜原低頭望著自己的雙手，彷彿在回憶犯案的感觸。就彷彿聖母懷抱著聖子。

「我到現在還清楚記得。當時——載著立浪的電梯下了一樓，不久之後，他悶著聲的悲鳴就從井道底部傳上來，我把耳朵緊貼在地板隙縫間，深怕錯過任何一瞬間，仔細聽著。他雙手雙腳被綁住，無法抵抗，無法逃脫，全身被大群殭屍肆虐！可能是在掙扎中塞住嘴的東西掉落了，他開始發出女孩般的尖銳慘叫。那聲音彷彿天上傳來的美妙旋律，洗清我這幾個月來心裡不斷燃燒的憎恨。

「你們懂嗎？我已經不是正常人了。電梯回來，回收立浪屍體後，我一邊整理那些銅像，一邊迫切期待他變成殭屍。我到清晨才動手不是因爲計畫延誤，而是要等他殭屍化。他比進藤快一點，剛好四小時左右開始出現殭屍的動作。等候已久的我，立刻用手上的錘矛不斷敲打他的頭。感覺就像敲西瓜，很有夏天的氣氛呢。」

她笑起來，唇間露出鮮豔的紅色舌頭。終於摘下清新脫俗面具的她，有股令人毛骨悚然的美和致命魅力。

「對了，可以親手殺死殭屍化的出目，實在是難以想像的幸運。畢竟沒能直接殺了他是我唯一的遺憾——這三天好漫長。要在這特定的環境下完成我理想中的殺人，我不得不要這些小伎倆，但所有目的都達到了。其他都無所謂了——」

我只能緊緊地、緊緊地咬著唇。

我很清楚，我沒資格對靜原說什麼。

既然默認她的犯行，我等於是她的共犯。

我想唯有我這個人，不管說什麼靜原都不會想聽吧。

這些我都懂。我懂，但妳眞的非走上這條路不可嗎？

靜原哪，我眞的非常懂妳心裡的恨。

仰慕者被那些傢伙玩弄拋棄，最後還懷著身孕死去。

這眞的難以原諒，會想要了他們的命也是理所當然。

要是我站在妳的立場，應該會有同樣的心情。

他們做了妳最無法原諒的事。除此之外或許可以原諒，偏偏唯有這件事不能。

現在，妳心裡想必並不後悔。

可是靜原哪。

妳也看見了吧？進藤獨自藏起變成殭屍的女友，堅持到最後一刻，最後用一個吻結束自己的生命。他或許膽小、任意妄爲，對女性來說是低級卑劣到極點的傢伙，但這傢伙，願意爲自己最珍視的東西奉獻生命。

立浪也一樣。妳或許根本不想知道，他有過超乎我們想像的痛苦經驗，滿布心傷，他無法相信人，卻還是探究愛的真相，貪婪地接近女人。他也有值得同情的部分。

說不定，這些傢伙，只是把他們人性中最醜惡的部分暴露出來。除了這一點，他們不是那麼罪無可赦，妳跟我，就好像是指著別人最醜惡的部分痛罵，你不是人！你罪大惡極！假如真是這樣，這些憤怒真是正確的嗎？妳真能確定自己永遠都不會後悔嗎？而暴露出最醜惡部分的我跟妳，還能繼續當個人嗎？

我已經不知道答案了。我不想再知道出目或七宮的故事，我只想把他們當成無可救藥的廢物人渣。

否則，我將不知道自己該憎恨什麼才好。

五

就在這時候，設置在東側樓梯路障上的防身蜂鳴器聲從樓下傳來。

這聲音代表的意義很明顯。大家驚聲連連。

「路障被突破了！」

「他們要上來了！」

不過殭屍上樓的動作很遲鈍，我們還有避難的時間。我撿起手邊的長槍。大家急忙將倉庫行李搬到屋頂的期間，我跟管野守在東側樓梯上方，盡量爭取時間。殭屍從樓下慢慢爬上來。

「來、來了……」

「不需要擊斃他們，推下去就行了。」我對管野說。

我嚥了一口口水，拿穩武器。

不過，此時卻發生意料外的狀況。

完全相反的另一邊，傳來木頭辟哩辟哩被壓倒的聲響，也聽到女人的尖叫聲。倉庫另一邊——南區隔門被破壞，殭屍從那裡湧入了。

「糟了！」

那邊離倉庫更近。再這樣下去我們會被留在這裡回不了倉庫。

我們連忙折返，持槍刺向正要衝破倉庫門的殭屍。

但這一著大大失策。長槍貫穿轉回頭的殭屍喉嚨，卡著拔不出來。殭屍就這樣穿刺在長槍上，伸手接近我。

「哇啊啊啊啊！」

我把長槍抬高、不讓他咬到，當對方仰頭時將他踢走而逃過一劫。但後面又有其他殭屍慢慢縮短距離走來。我們連滾帶爬跑進倉庫，正要關門時，殭屍伸出手來卡在門縫間。第二具、第二具陸續將手插進來。門已經無法關上了。
「上屋頂！快！快點！」管野大聲吶喊。
女生們跟重元放下手邊的作業依序衝上屋頂，不過終究不敵接二連三插進來的手臂壓力，門被擠開了。
「你先上去！」
我在管野催促下爬上樓梯。一出戶外，雨滴就打在臉上。管野馬上跟在我身後。就在大家都即將順利逃出的時候。
「哇啊！」
殿後的管野一聲慘叫。殭屍抓住了他的右腳。
我渾身一涼。被咬到就完了。
那個瞬間，一個嬌小的身影跳到殭屍前，用短劍刺向殭屍的臉。
「美冬！」
是靜原。她的反擊讓殭屍鬆了手，管野好不容易從樓梯爬上來，但接著輪到她成爲目標。四面八方的手朝死命揮著劍的她伸去。
一聲淒厲的慘叫響起。
「啊啊啊啊！可惡、可惡！」
高木從上方胡亂將長槍往前刺，好不容易把靜原拉上。大家終於都上來了。

我連忙想關上門。只需要把隨後追上來的殭屍推下再關上門就行。

原本應該是這樣，但——

「——啊。」

目睹走近眼前的殭屍，腦中一片空白。

「明智……學長——」

一具男殭屍爬到離我只有咫尺距離。

雖然全身是血、滿是咬痕，但不可能認錯。

這是我的福爾摩斯。過去一直帶領我的恩人、我沒能拯救的人。

我過去目睹太多死亡。

我對人力無法抵抗的無情災害、突然到來的別離都還算有耐受性。

可是，無法親手推落他。

重新復活的福爾摩斯，怎麼能被華生再次推落崖下？

眼前一切宛如慢動作。

我們四目相對。沒了無框眼鏡的紅色眼睛裡，並沒有映出我的身影。

明智學長抓住我的肩膀，張大了嘴朝脖子接近——

一陣強烈衝擊。

長槍從明智學長眼睛刺穿到腦門。

轉過頭去，比留子正站在我身後。

「——才不給你。」

她語氣堅定。

「他是我的華生。」

她放開手。明智學長的身體連同那隻長槍一起往後仰。

就像蜘蛛絲斷時的犍陀多，他帶著其他殭屍一起滾落地獄深淵，門隨後關上。

「啊，美冬！美冬！」

高木哭著叫靜原的名字。蜷在她懷裡的靜原肩口，清晰地留下讓人不忍卒睹的咬痕。我們都知道，這代表什麼意義。

「這就是所謂的因果報應啊。」

靜原站起來，慢慢推開高木胸口，離開她懷中。

「學姊，請不要難過。吃人的人終會被吃，這是啓示的後續。」

靜原拿著高木的長槍，後退到屋頂邊緣。

「美冬……」

「給各位添麻煩了，學姊、各位。我不怕死，但這樣下去可能得花更久時間才能找沙知姐，我先自行了斷。」

說著，靜原沒有半點猶豫，拿起長槍朝自己眼窩深深刺下。

嬌小的身體往後退，就這樣撲向空中。

「不要啊啊啊啊啊！」

高木尖聲慘叫。

一瞬間後，地面上傳來砰咚一聲。

一切重歸靜寂。

雨停了，又過四小時，救援直升機終於出現。

後話

奪走許多東西的夏天即將結束。

身爲被奪走的一方，我帶著稍微輕盈的身體重新回到我的日常，今天也走進老地方——這間咖啡廳。矮桌放著冰淇淋汽水，但第一次請我喝飲料的人已經不在。

已經過一個月。根據公布資料，新型病毒恐攻造成的死者目前五千兩百三十人。多達五千多人的犧牲者。但也可以說只死五千人。跟我經歷過的那場大地震相比，人數並不算多。

或許因爲這樣，約莫兩星期後，一度沸沸揚揚的媒體過了尖峰時期，就好比退潮般大幅減少殭屍或者恐攻等詞彙出現的頻率，現在一切恢復正常。而這樣的速度是否有人爲意圖夾雜其中，則不得而知。這也難怪在某座別墅裡發生的獵奇殺人和因此犧牲的幾個年輕人，漸漸在人們的風聲耳語間消失。

暑假結束的同時，高木輟學。她說明年打算上護理學校，還特地來打招呼。她也坦承一開始寄恐嚇信的是她。她希望取消合宿的心願最後無法實現。她離開前告訴我，以後希望有能力救人。

名張經歷這次事件心力交瘁，療養一陣子，前幾天平安回到大學。聽說她跟辭去紫湛莊管理員一職的管野偶爾會連絡，算是這次事件中少數值得欣慰的後續。

重元消失了。但他的狀況有點特殊，據認識他的人說，他在事件後從未出現在大學裡，也沒有連絡。

有一件事一直放在心裡。我們被救出紫湛莊後，接受精密檢查和偵訊，暫時被隔離在某個設施。當時不知道是警察還是檢查官，從重元的隨身物品中發現那本筆記，也只有重元被帶到另一個房間。他之後的下落，現在已經無從得知。

最後說到我們。

事件後，比留子再次邀請我當她的助手。

我向她坦承一個祕密。

靜原殺害立浪後跟我見面時，她並沒有威脅我，而是懇求我。

——求求你。我發誓除了七宮，不會對任何人下手，這次請你裝作什麼也沒看見。

我守住自己的祕密，答應她的要求，卻犯下失誤，讓靜原無路可退。可是她直到最後還是堅守跟我的約定。

「對不起，我沒資格當妳的助手。」

我明知道比留子的努力，還是欺騙她，眼睜睜放任七宮被殺。

這樣的我哪有當華生的資格。

「這樣啊。」

她那淒涼的笑，深深烙在我的眼中。

叮鈴，入口的鈴鐺響了。

一道人影襯著從敞開店門照進的光線，走向我這裡。

那是兼具天真無邪和成熟氣息的謎樣美女。

「——這麼早？等很久了嗎？」

「沒有，剛到。」

我替剛坐下的她叫來服務生。

明智學長過世後，推理愛好會的人數依然是兩個人。

「那我們就開始吧。」

「嗯。關於那個機關，這是我請朋友調查的報告書。」

我的贖罪，現在才要開始。

主要參考文獻

《打鬼戰士1：世界末日求生指南》麥克斯．布魯克斯著／卯月音由紀／森瀨繚翻譯、監修，enterbrain出版（台灣版由陳希林譯、木馬文化出版）

《電影祕寶EX電影必修課15　爆食殭屍電影100》洋泉社

解說
本格推理的變調與合調

陳浩基（香港推理作家）

（本文涉及故事謎底，建議閱畢故事後閱讀）

「神紅大學推理愛好會的葉村讓與會長明智恭介，因故參加電影研究社的暑假合宿，與同大學的偵探少女劍崎比留子一同前往別墅紫湛莊。合宿首晚舉行試膽大會期間，成員們遇上難以想像的意外，被困在孤立的紫湛莊內。緊張與混亂的一夜過去，早上眾人卻赫然發現其中一名成員慘死於密室中——然而這不過是連續殺人的序幕！在究極的絕望深淵之中，葉村、明智與比留子能否免遭毒手、解開謎團？」

以上是《屍人莊殺人事件》日版原文小說的文案，一如中文版，編輯故意隱去最重要的關鍵詞，而事實上日本的讀者們亦有共識，將這詞語當成劇透來處理，假如在書評網站撰寫心得提及，不少人會加上「爆雷」標示，縱使該元素在故事前段已揭露。對，這關鍵詞便是「殭屍」。

或許有讀者不明白這關鍵詞對本作爲何如此重要，畢竟以異世界作爲背景或使用「殭屍／活屍」作爲題材的推理故事已有前人寫過。採用這元素的《屍人莊殺人事件》之所以特別，要先從它的出版過程談起。

《屍人莊殺人事件》是第二十七回鮎川哲也獎得獎作。鮎川哲也獎是由東京創元社主辦的長篇推理小說徵文比賽，雖然理論上沒有規定推理類型，但主辦方強調投稿作品必須「洋溢創意與熱情、意念鮮明強烈」，基本上作家和讀者（甚至評審）都視此要求等同於「有新意、有趣的本格推理」，更何況鮎川哲也就是以堅持本格推理路線而聞名的作家。試想一下，假如您是評審之一，在讀過不少跑傳統本格推理路線的參賽作品後，讀到本作時會受到多大的衝擊——尤其它一開始並沒有露出底牌。

本作首三分之一篇幅的架構，幾乎可說是依照古典本格推理的模板而寫，第一人稱主角葉村讓是助手役，有「神紅福爾摩斯」之稱的明智恭介顯然是偵探役（連名字也似是以日本三大名偵探之二明智小五郎與神津恭介爲藍本！），因爲獲得神祕美女劍崎提供消息，知道去年有社員自殺的電影研究社收到恐嚇信妨礙合宿舉行，偵探決意插手調查，拖著助手跟電影社眾人入住深山中的別墅紫湛莊。社團各人似乎隱藏著不同的祕密，連別墅管理員也是背景不明的新任員工；晚上舉行試膽大會，眾人有第一個分開行動的機會，一切一切都按照傳統暴風雨山莊類型的本格推理小說模式進行，眼看某角色應該依照「行規」失蹤被殺之際——

一大群殭屍跑出來咬人了。

鮎川獎評審之一的北村薰以此來形容：「就像本來進場看棒球比賽，卻突然變成看鬥牛。」故事在這時點迎來一百八十度的轉變，彷彿從推理小說變成驚悚科幻作品，角色一口氣死了好幾個，而且當中還包括「應該是偵探角色」的明智。這種強烈的「變調」可說是非常大膽——別忘了這是參賽作品——因爲一個不小心，便會惹來「這不是推理小說」的批評。然而，作者今村昌弘最聰明的布局卻是從這兒開始，當故事似乎要向著「末日求生」類的驚悚小說邁進時，別墅裡發生第一樁密室殺人。

坊間不時用「披著××外皮的〇〇小說」來形容某些作品，像「披著懸疑外皮的靈異小說」、「披著奇幻外皮的愛情小說」等等，《屍人莊殺人事件》特別之處在於它有「兩層外皮」，它是「披著古典本格推理外皮的殭屍小說」，同時也是「披著殭屍驚悚小說外皮的本格推理小說」，互爲表裡。隨著劇情遞進，讀者會發現眞正的偵探役是由劍崎比留子擔任，而且眾人必須在抵禦殭屍、絕地求生的同時面對正在執行連續殺人計畫的內部犯人，防範被殭屍咬死之餘更要躲過凶手使詭計殺害，可說是「前門拒虎，後門進狼」。這種「變調」再「合調」的手法十分高明，讀者大概沒想到從棒球變成鬥牛後，竟然會再演變爲鬥牛士和牛在打棒球。

推理小說講究邏輯，作者布置謎團，就必須先留下伏筆，在解謎時一一回收；而讀者之所以覺得作者留下的「點」能連結起構成謎底的「線」，完全建基於讀者跟作者有同一套邏輯標準。然而，這套標準會隨作品類型變動，在閱讀追求寫實的社會派小說時讀者會不自覺地縮小這「邏輯框架」，而在閱讀本格推理時卻會放寬一點，正如我們可以輕易接受在本格推理中凶手爲了製造不在場證明用上複雜的滑輪機關，卻質疑社會派推理中犯人在殺人前作出預告的合理性。因此，以非現實背景來撰寫推理小說十分困難，讀者無法知道作者使用的邏輯框架有多大，就像一般推理小說中「密室殺人」是不可能犯罪，但換成科幻小說卻不一定，因爲作者可以舉出諸如「空間摺疊」或「量子穿透」作爲解開密室之謎的手段，令讀者「無理可推」。

會談到這點，是因爲《屍人莊殺人事件》所採用的邏輯框架十分獨特。按道理，有「非現實的殭屍」出現的推理小說會令邏輯框架無限地放大，很容易導致作品離開本格推理小說的範圍，然而作者充分利用坊間已經確立的殭屍電影設定，作爲《屍人莊殺人事件》的延伸框架，卻同時利用比留子這個對推理小說缺乏認知的偵探角色，將邏輯標準拉到傾向寫實的一方。

作者透過角色重元充闡述「殭屍世界」的邏輯，而且這框架跟坊間最普遍的說法類同，故此讀者能夠輕易接受故事裡的物理法則和邏輯標準，諸如「殭屍沒有智慧」、「人類被咬後要經過數小時才會變成殭屍」、「只有頭部是弱點」等等，但同時作者利用科學角度爲上述的設定背書（例如指出病毒感染大腦、咬人是爲了增殖而非進食），令這套邏輯收束回現實之內。另一方面，在發生密室殺人事件後，比留子用上現實的思考模式來調查案件，不像一般本格推理小說中偵探重視密室殺人的物理方法，反而重視密室的成因。通過葉村說明本格推理小說中的密室的各種破解，讀者會發現置身於一個另類的邏輯框架之內——故事布局以本格推理爲骨幹，偵探的切入點卻偏向寫實，角色所在之處更是混合了殭屍邏輯的世界，但綜合各點，讀者依然能獲得足夠的線索去進行公平的推理，這本的確是邏輯嚴謹的本格推理小說。

劍崎比留子的角色設定亦十分有趣。古典本格推理中，偵探身分超然，定位是案件的局外人，與讀者有著相同的地位，在《屍人莊殺人事件》前半段我們都會以類同的角度來看待比留子這角色；但當她向葉村說明她要求對方擔當「助手」的理由後，讀者才會發現比留子的角色定位並非局外人偵探，而是爲了求生不得不努力解決案件、增加自己倖存機會的「潛在被害者」。這設計令角色趣味大幅增加，亦令讀者對角色們身處的困境有不一樣的感覺。

另一方面，作者巧妙地使用「殭屍邏輯」來加強或打破本格推理的某些規則。暴風雨山莊是本格推理的王道設定之一，問題在於資訊發達的現代化社會中，要做成這種隔絕狀態並不容易，推理作家爲了滿足設定，不得不用上大量絕無僅有的巧合，比如泥石流令眾人被困山上，碰巧加上大停電導致手機網路失靈等等。《屍人莊殺人事件》最別緻的設定是這個暴風雨山莊是「合理地」人爲的——因爲恐怖襲擊製造出大量殭屍，主角們無法逃離別墅，同時間政府爲了阻止消息洩漏，故意關掉整個區域的電訊網路。這設定合理簡潔，增強了「假如現實眞的發生了這種情況，被困者會面對何種困局」的印象。此外，使用現實不存在的毒藥來殺害目標一向是本格推理的禁忌，但《屍人莊殺人事件》卻可以打破這規則，因爲這「毒藥」早透過重元和電視新聞說明，是合理公平的線索之一。在結末解謎的一段，讀者更會發現第一起密室殺人事件的眞相是殭屍化的星川襲擊進藤後掉下陽台，犯人故意冒名頂替來進行其後的詭計；而立浪與七宮的死亡亦是犯人利用殭屍和病毒的特質才能完成。「殭屍」這元素在本作不是單純的噱頭，而是被作者充分利用、構成這個本格謎團的關鍵。

撇開上述的「殭屍邏輯」特質不談，《屍人莊殺人事件》亦具備多種吸引讀者的特色：葉村與重元闡述推理小說與殭屍電影的設定令本作增添一份後設小說的色彩，比留子和葉村的互動有著輕小說的趣味，後段更爆出葉村其實是「不可靠的敘事者」，隱瞞了某個事實。故事中作者埋下的誤導亦相當多，諸如「管理員意外過世的妹妹」或「臉部被咬到無法辨認的進藤」都會令人有所聯想，我想也許有讀者對「明智會否像福爾摩斯一樣復活」有過幾分希冀。

一如鮎川獎的評審預料，《屍人莊殺人事件》在年末的推理排行榜輕易上榜，更厲害的是橫掃三大榜首，平了東野圭吾《嫌疑犯X的獻身》的紀錄，以出道作奪取三冠更是前無古人。筆者撰寫本文時，據悉今村昌弘已完成《屍人莊殺人事件》的續集《魔眼之匣殺人事件》，在日本即將出版，我相信不少書迷都期待著比留子與葉村再次搭檔，並肩調查事件。希望續集中文版亦有機會在台灣推出，以饗熱愛融合奇想小說與本格推理的讀者。

本文作者簡介

陳浩基，香港推理作家，香港中文大學計算機科學系畢業，台灣推理作家協會國外會員。獲獎無數，創作幅員遼闊，包括推理、科幻、奇幻、恐怖等類型，曾以〈傑克魔豆殺人事件〉及〈窺伺藍色的藍〉入圍台灣推理作家協會獎決選、〈藍鬍子的密室〉奪得台灣推理作家協會獎首獎；長篇推理《遺忘．刑警》榮獲第二屆島田莊司推理小說獎首獎，《13．67》榮獲誠品書店閱讀職人大獎、台北國際書展大獎，並售出多國版權，亦將由國際導演王家衛改編成電影。

日港作家今村昌弘&陳浩基跨海對談

（以下訪談內容牽涉到故事謎底，建議閱畢故事後閱讀。訪談中，今村昌弘與陳浩基以「今村」與「陳」簡稱）

陳 今村老師您好。恭喜您以如此精采的《屍人莊殺人事件》獲得鮎川哲也賞，並且創下以出道作橫掃年末三大推理排行榜榜首的紀錄，眞是爲喜愛本格推理的讀者帶來驚喜。或者在問關於作品的問題前，先請您簡單自我介紹一下？

今村 台灣的各位讀者，大家好，我是今村昌弘。我現居神戶，二〇一七年以這本《屍人莊殺人事件》出道成爲作家，但其實我並不是從小就喜歡推理作品，而是長大成人才發覺推理的魅力。這樣的我寫出的作品能像這樣交到海外的讀者手上，眞的非常高興。

創作沒有年齡限制，持續克服困難出道

陳 我在日本的訪談中得知您爲了出道，特意辭掉原來的工作，給自己兩年半的時間專心寫作。我也有類似經歷，只是我本來打算小休後繼續當軟體工程師，卻在休息期間發現全職寫作的可能，再給自己兩至三年時間尋找出道機會。我也有一些朋友有相似經歷，有些成功，有些失敗。可以跟我們分享一下當時的心情，以及有什麼成功的竅門嗎？

今村 我從小就很喜歡看書，但一直到大學爲止都持續在運動，眞要說的話是屬於運動派。二十二歲才開始因爲興趣寫起小說，在工作空檔持續在寫，眼看就要三十歲了，我開始思考如果要投注全力寫作應該就只有現在了吧？比方說，如果要成爲職業運動選手，就要持續好幾年、幾乎投注所有生活在練習上。投注一切之後、能不能留下成果，就是這樣的世界。如果不曾嘗試努力就這樣老去，到死之前我一定會後悔的，於是我在二十九歲時辭去工作。我設下的期限和陳老師一樣是三年，與其說我想用這三年成爲作家、不如說我想在這三年用全心全力在寫作上，看看結果會是什麼樣子。我投稿非常多種類的新人獎項，但能留到決選的只有一、兩個。話雖如此，第一次嘗試的推理長篇《屍人莊殺人事件》卻讓我出道，

眞的不知道爲什麼運氣會這麼好。
至於要說成功的祕訣是什麼？我能說的也只有「勇於挑戰」了吧。也有人挑戰了之後沒有留下亮眼成果就結束了。但就算失敗了、這時面對到的課題一定是沒有挑戰就不會發覺的。只要不挑戰連失敗也不會有。再說創作並沒有年齡限制，只要持續克服這些課題，實現夢想的機會就還會到來。

不能失去名為「自我」的港灣，懷有寫出「劣作」的勇氣

陳 說得是呢！努力不懈，堅持挑戰的確是通往成功的唯一途徑。我在訪談中讀到您以漫畫家島本和彥老師的「寫出劣作的勇氣」爲座右銘，我自己也很喜歡島本老師的漫畫，尤其在思考該堅持自我風格還是順應出版社（編輯）的要求更有深刻體會。我也很認同與其追求每一部作品完美，不如完成後在下一部作品追求寫得更好。可以請您詳細一點說說您對這句話的想法嗎？您又如何判斷作品的好壞呢？是主觀的、還是從一般讀者的評語來判斷？我有時讀到一些作品，坊間的評語不太好，但自己還滿喜歡的。

今村 你說得沒錯，自己喜歡的作品沒有獲得好評、或是大家讚不絕口的作品自己覺得不怎麼樣，像這樣自己和大眾的想法有著落差的事常有。只要是以創作爲工作，

就會因爲這樣的落差苦惱，或許是一種宿命。島本老師的作品中深刻描寫了創作者面對這樣的糾結該如何面對的姿態，讓我深深佩服。所謂的創作者，無論面前名爲「評價」的風暴再怎麼劇烈、都不能失去「自我」這個港灣。不管投注多少心力，都不能確定社會大眾會如何評價。不過我到前一陣子爲止都還只是一介讀者，所以有特別注意必須要寫出自己身爲讀者能夠接受的作品。我必須寫出自己首先能比世界上任何人都還要喜歡的作品。這樣說來似乎把自己擺在讀者之前了呢？不過在沒有獲得大眾肯定的時候，與其感嘆「爲什麼都沒有人懂我」，更要擁有「原來我的認知跟大家不一樣呢，眞是沒辦法」這樣一笑置之的堅強吧。

新時代的讀者及作者，孕育出《屍人莊殺人事件》

陳　這些創作心得眞的很值得參考！我們不如談一下《屍人莊殺人事件》這作品吧，在《屍人莊殺人事件》裡，我覺得最厲害的其中一點是能夠將本格推理小說、幻想小說、後設小說和輕小說以毫不突兀的方式融合在一起，而且人物都好有趣。請問您在設計本作的大綱時，劇情、角色和風格哪一個最先決定的呢？有沒有哪一方面在設計時曾遇上困難？

今村　謝謝你，要說融合不同領域聽起來有些誇張了，我認爲這是因爲我所成長的現在這個時代的美好之處，不只小說，透過漫畫、動畫、電影、網路等作品讓人們能接受各種不同風格的創作，我也才能毫不躊躇地將這些領域融合在一起。

我投稿的鮎川哲也獎是本格推理新人獎，所以在書寫本格推理的這個大前提下，決定寫我在偵探故事中最喜歡的密室案件。我一開始想到的是在事件中使用的詭計。密室詭計、或是類似敘述性的手法，爲了鎖定犯人使用的消去法等等。既然使用了〇〇〇這個設計，這個故事某方面來說就是單行道了，接下來就是決定要用哪些順序來使用這些詭計。然後在各個場面要讓哪些角色登場，慢慢讓其他的人物發展的感覺。

陳　最辛苦的應該是到第一起殺人事件發生前的鋪陳吧，畢竟還是得在登場人物到齊之後才發生案件，故事沒有什麼起伏，寫起來也覺得不有趣。這或許是暴風雪山莊的宿命，寫完以後我又回頭修改刪減鋪陳部分的份量。

哈哈哈，這種痛苦我十分理解呢！我曾寫過一部暴風雪山莊的短篇，事件要在一半篇幅過後才發生，如何寫好一開始的鋪陳眞的費煞思量。但我必須說一下，《屍人莊殺人事件》在事件發生前也寫得很有趣，第一章開始那句「咖哩烏龍麵才不是本格推理」已讓我產生好感，葉村和明智的對答，我想推理迷看到都會會心微笑。

寫實的奇想，奇想的寫實

陳　關於創作手法，以下這個問題可能有點深入。我在閱讀綾辻行人老師的《Another》時，讀到某些段落會讓我覺得好高興，心裡嚷著「那是向〇〇〇（電影名字）致敬吧！」。我在閱讀《屍人莊殺人事件》時也有類似的心情，不論是有關本格推理的話題，或是某類型電影的解構分析，都教我感到很親切（我也很喜歡看那類電影）。我自己很接受這種風格，但我也有作家朋友持相反意見，認爲創作不應該引用其他作品，因爲讀者不一定認識被引用的小說或電影，於是「知道的讀者」和「不知道的讀者」的看法便會相差很大。您對這一點有什麼看法？

今村　對引用或致敬的作品「知道的人」和「不知道的人」的感想會有落差，這一點我能理解，但是如果再鑽牛角尖一點，對於人氣作品的故事發展，有人會覺得「這種轉折我第一次看到」、當然也有人會說「不，這種手法之前就有人用過」，致敬或引用的缺點也是從讀者的經驗差當中產生的，這可以說是必然的結果。問題在於這個「落差」的大小。如果因爲不懂引用的哏而導致完全無法享受作品、因爲都看不懂所以讀起來好痛苦，這樣的話確實是個問題。不過如果是作品本身就非常有趣、如果知道引用或致敬的哏就有另一層的樂趣，這樣有什麼關係呢？在我來說，大肆加入了〇〇〇電影的要素，是因爲我判斷這個題材在現今的社會已經充分取得「公民權」了。一聽到這個詞，幾乎所有人都會想到一樣的東西、想像類似的發展，我做出這個判斷後，再故意在既有的設定上發展。作品中提到的電影片名，就算不知道也不會有任何問題，知道的人一面偷笑一面看，也是一種享受作品的方式。

陳

「題材的公民權」的說法很有意思呢，我想這也關乎社會對某題材的認知與流行文化的普及程度，說不定一百年後的學者會利用我們的作品來推論哪些題材在我們的時代曾經有著舉足輕重的地位吧。

回到作品，雖然《屍人莊殺人事件》是以奇想和本格推理結合的故事，但其實我覺得它比很多以暴風雨山莊爲主題的本格推理小說還要寫實，比如在人物的行動和目的、偵探的切入角度、特殊設定背後的緣由與科學根據等等。您覺得「寫實性」在本格推理創作中該如何取捨？

今村

以這部作品來說，我在構思之前知道有可以作爲參考文獻的書，爲了加強寫實性而找來參考。奇想有奇想的優點，我也並不是以寫實爲優先，在這部作品中特別強調寫實性是有原因的。本格推理是以解謎的樂趣爲主軸，如果讀者對奇想的定義不同就傷腦筋了。哪些做得到、哪些做不到，爲了將讀者的認知統一，需要靠寫實的力量。

並不是強調寫實性作品就會有趣，比方說「受到警察委託而介入案件的偵探」這種非現實的設定非常常見，重要的是作品中必須保有一定程度的寫實性，讓讀者能接受這個作品世界中的「寫實」。

人物及詭計的構思過程

陳 我很喜歡結末高潮的一幕裡偵探那句台詞，簡直帥氣無比。請問您在創作故事的時候，有沒有仔細雕琢角色的對白，還是對白是很自然地浮現出來的？

今村 人物的台詞或過去，其實我一開始並沒有雕琢太多，也沒有特別的原因，比方說對朋友或上司，就算知道「這個人的個性是這樣」「那個人感覺會說這樣的話」，但對他們的過去也幾乎一無所知。我跟筆下角色的距離感很接近這樣。要讓角色做出某個行動、有動機的必要性的話，那個時候再去深入做設定。不過我自己有時候也是會反省，如果在寫之前再針對角色多想一點就好了。高潮的那句台詞，正是因爲她有「這麼說的背景」，自然而然浮現的。能讓大家留下深刻印象，我很高興。

陳 使用殭屍作爲構成暴風雨山莊的條件眞是非常高明，而且三椿殺人事件也用上殭屍作爲關鍵——第一樁是犯人冒認本來是意外的殭屍殺人，第二樁是利用殭屍不會持續襲擊已被感染的人類的特性，第三樁是利用殭屍病毒。徹底地使用世界設定來製作詭計，展現出來的完整性極其漂亮，可否請您說說構想的過程？是先想到使用殭屍這設定，再設計殺人詭計，還是因爲先想到某一道詭計，再決定整個世界邏輯？

今村 一開始決定要寫本格推理，就是爲了想帶入我最喜歡的密室殺人。不過要想出新的密室詭計當然是很困難的，所以我想密室的構成本身就要夠新穎。不是用牆壁、而是用其他東西困住人類……想到這一點，我腦中就浮現殭屍電影的畫面。被殭屍團團圍住不止出不去、故事也會有緊張感。我想這說不定很有趣，就找了有名的殭屍電影來做功課。之後我列出幾種殭屍的特徵，開始想可以利用這些特性的詭計。主角們隨著時間過去、會被逼到狹小的空間，所以就決定各個詭計使用的順序，再配合這個骨幹去爲故事添加血肉，是這樣的順序。因爲我很喜歡不可能的犯罪，一開始就是以詭計爲主的。

陳 所以是詭計類型（密室）→場景設定（殭屍圍困）→詭計呢！說起來，我想這正是推理作家跟其他作家最明顯的相異之處，純文學作家往往聚焦於角色的變化，輕小說作家在乎設定，但我們寫推理，詭計比角色更重要，甚至可以爲了謎團而更動人物細節。

《屍人莊殺人事件》的未來

陳 我知道葉村和比留子會在續集《魔眼之匣殺人事件》繼續登場，爲了保持驚喜，我不問類型或風格的問題了。我只是想知道，今村老師您有沒有打算寫多少集？會不會讓主角們跟班目機關持續戰鬥下去，像柯南對抗黑暗組織那樣子？（笑）

今村 我目前還沒有思考續篇的故事，但我很喜歡系列故事，也希望比留子他們能繼續活躍下去。不過班目機關並不是單純的邪惡組織，他們的技術可以爲善也可以爲惡，我是用這個方向寫的。希望之後也能發展出更多不同的故事。

陳 這眞令人期待！在推理和殭屍電影以外，今村老師有什麼喜歡的作品？小說、漫畫、電影、電視劇也可以舉出來。

今村 鋼彈吧。每一個故事的風格都不同，總覺得已經脫離原作者的設定、而是由粉絲們不斷從失敗中找出好方法來讓系列繼續發展。每個年代都有各自的死忠粉絲，有人支持、有人批評，總是能再誕生出新的東西，是非常有意思的動畫。

陳 啊，我也是鋼彈迷呢，不過對富野監督很抱歉，我最喜歡的鋼彈作品是《0080口袋裡的戰爭》，其次是以香港爲舞台的《機動武鬥傳G》（笑）。您會不會希望《屍人莊殺人事件》或將來您的其他作品像鋼彈一樣系列化，讓其他作者加入創作？

今村 書籍上市後特別有趣的是，讀者有「明智和葉村兩人以前有過什麼樣精采的經歷呢」的好奇，也有人寫相關的衍生作品。我沒有寫出來、關於葉村與明智的故事，有讀者以衍生創作來補完，實在很棒。此外，《屍人莊殺人事件》舞台中發生了捲進數千人的恐怖事件，其中應該有許多尚未被挖掘出來的高潮迭起事件。關於這些，如果能募集到各方作家創作有殭屍設定的推理小說合集，一定很有趣。我很期待。

陳 最後，請您寫幾句給華文讀者的話。

今村 借助許多人的力量讓這部作品呈現在台灣的各位面前，我衷心感謝。這是越過國境的暴風雪山莊。多美好的一件事。如果能夠透過這部作品、讓對推理或對日本感興趣的人慢慢「增加」，就是我最開心的事了。

陳 謝謝今村老師！

E FICTION 37／屍人莊殺人事件

原著書名／屍人荘の殺人
作　　者／今村昌弘
原出版者／東京創元社
翻　　譯／詹慕如
責任編輯／詹凱婷
業務・行銷／陳紫晴・徐慧芬
編輯總監／劉麗真
事業群總經理／謝至平
榮譽社長／詹宏志
發 行 人／何飛鵬
出 版 社／獨步文化
城邦文化事業股份有限公司
115 台北市南港區昆陽街16號4樓
電話：(02) 2500-7696　傳真：(02) 2500-1951
發　　行／英屬蓋曼群島商家庭傳媒股份有限公司
城邦分公司
115 台北市南港區昆陽街16號8樓
網址／www.cite.com.tw
讀者服務專線／(02) 2500-7718；2500-7719
服務時間／週一至週五：09：30～12：00　13：30～17：00
24小時傳真服務／(02) 2500-1900；2500-1991
讀者服務信箱E-mail／service@readingclub.com.tw
劃撥帳號／19863813
戶名／書虫股份有限公司
香港發行所／城邦（香港）出版集團有限公司
香港九龍土瓜灣土瓜灣道86號順聯工業大廈6樓A室
電話／(852) 2508-6231　傳真／(852) 2578-9337
E-mail／hkcite@biznetvigator.com
馬新發行所／城邦（馬新）出版集團
Cite (M) Sdn Bhd
41, Jalan Radin Anum, Bandar Baru Seri Petaling,
57000 Kuala Lumpur, Malaysia.
Tel: (603) 90563833
Fax:(603) 90576622
email:services@cite.my
封面設計／高偉哲
排　　版／游淑萍
印　　刷／中原造像股份有限公司
●2019年 8 月初版
●2024年8月30日初版十六刷
售價420元

 ISBN 978-957-9447-40-9

國家圖書館出版品預行編目資料

屍人莊殺人事件 / 今村昌弘著；詹慕如譯.
–初版. – 台北市：獨步文化，城邦文化出
版：家庭傳媒城邦分公司發行，民108.08
面 ； 公分. --（E fiction ; 37）
譯自：屍人荘の殺人
ISBN 978-957-9447-40-9（平裝）

861.57　　105004607